獻給史帝芬和托比，我的靈感泉源。

各方讚譽

嗶嗶嗶！《花園裡的機器人》好看到犯規！讀者故障大暴走！

「怪奇絕妙，振奮人心。」——《Heat》雜誌

「我真的愛不釋手，這是一趟神奇的閱讀體驗。」——compellingreads.co.uk

「精采的處女作。」——ajbookreviewclub.wordpress.com

「《花園裡的機器人》帶領讀者跨越多個國家，輕鬆愉快且動人，充滿幽默與愛，還有一臺只想交朋友的可愛小機器人。」——handwrittengirl.com

「故事感人精采，聚焦在主角和機器人之間的關係。與眾不同，暖人心扉！」——thebookishuniverse.wordpress.com

「我覺得這本小說感人至極……」——chouett.com

「這可以拍成一部散播正能量的好電影。」——thepewterwolf.blogspot.co.uk

「我可以用一個詞總結：可愛！這本書超幽默，可愛爆了！」——betweenmylines.

com

「作者黛博拉誠摯地寫下美妙的友情故事，我的心完全融化了。毫無疑問，這是我今年讀過最好看的一本書。」——laurasittlebookblog.blogspot.co.uk

「《花園裡的機器人》是可愛的優秀出道作，我真心敲碗續集，希望以後還能見到阿唐和其他有趣角色。好了，我現在要去看第二次……」——reviewedthebook.co.uk

「這部小說講到真正的友誼、愛情、認識自己的旅程，我非常喜歡。故事情節精采，角色明確且討喜，文筆完美。」——thebloggersbookshop.blogspot.co.uk

「暖心、迷人、詼諧，我樂在其中。」——thebooklife.co.uk

「『主角踏上尋找自我之旅』是各類藝術媒介中常見的類型，但很少有人能做到像《花園裡的機器人》這般出色，或是如此富有想像力，而且這還是黛博拉・英斯托的出道作。」——ifthesebookscouldtalk.com

「沒想到這本書竟然是作者的第一部小說。我建議大家趕快去讀。」——befreviews.wordpress.com

「快去閱讀這本書，你絕對會喜歡。沒別的好說，讀就對了！」——dark-readers.com

「這本書使我微笑……最後幾章我大笑了好幾次。」——mac-adventureswithbooks.

blogspot.co.uk

「這是本好看又溫馨的小說，充滿大量幽默，保證能吸引讀者，要他們想不斷看下去，直到最後一頁。」—— thecuriousgingercat.blogspot.co.uk

「《花園裡的機器人》是友情與成長的感人故事，是一本獨特的另類小說。」—— lynseysbooks.blogspot.co.uk

「翻開《花園裡的機器人》，你會發笑，你會流淚，你會熬夜閱讀，連超過睡覺時間也想繼續看。」—— bookaholicconfessions.wordpress.com

「故事實在動人心弦！讀完後，我在擁抱這本書。」—— realitysabore.blogspot.co.uk

「我很喜愛《花園裡的機器人》，詼諧逗趣，相當溫馨，但是也有探究嚴肅的話題……」—— thewritesofwoman.wordpress.com

「《花園裡的機器人》劇情精采，引人入勝，我希望早上的通勤時間不要那麼短！」—— gymkhanaclub.me

「小說中無條件的友誼關係非常特別，我感覺這本書註定要成就大事。」

—— sincerelybookangels.blogspot.co.uk

「如果你今年要讀一本小說，我推薦這本！」—— wordsfromareader.weebly.com

「這部美麗的小說以幽默交織而成，探討人際關係……悲傷、發掘自我、人生中大小事的優先順序（而且還會來一場有趣的公路之旅）。」—— the-bookshelfreviews.blogspot.co.uk

「……神奇的故事……讀者會掛上微笑，甚至想自己去買臺機器人。」—— alover ofbooks.wordpress.com

「我在夏天挑了這本書，讀得很開心……一翻開，整個人沉浸其中。」—— trishbsb log.tumblr.com

「……節奏明快，引人入勝，有些可愛好笑的段落。」—— magazine.100percentrock. com

「……這是原創故事……講述人性最美與最醜惡的一面，卻以最輕鬆的方式呈現。我向所有人真心推薦這部小說。」—— neverimitate.wordpress.com

1 廢柴人生

「花園裡有機器人。」

我老婆愛咪在跟我說話。過了幾秒，腳步聲傳來，她出現在臥房門口。我在床上看報紙，一抬頭就看見她那種表情——「我對你不斷感到萬般無奈」全寫在她臉上。

她看我神情茫然，只好重講一遍。

我輕輕嘆口氣，離開被窩，走到能俯瞰雜亂庭院的窗邊。

「花園裡怎麼會有機器人？」

她沒有回答。

「愛咪，妳院子門又沒關好嗎？」

「我一直叫你去修，修好了就沒這個問題。」她說：「老房子要維護，班，花園也是。如果可以請人來……」

我忽略那句話。

我把窗簾整個拉開，瞪著眼往窗外望。

沒有意外，花園裡真的有一臺機器人。

早上七點半，機器人闖進我們的生活。我其實不用那麼早起，但自從六年前爸媽過世（在那之後我才認識愛咪），我很難再睡懶覺。這棟房子是我的童年老家，以前為爸媽所有。

我睡醒的那一刻，腦海中會響起媽媽從樓下喊我的聲音：「快起床，好好善用這一天。」

我搖搖晃晃跟著愛咪下樓，眼睛還沒完全張開，暗自希望今天能從寧靜地看報紙開始。到了廚房，我發現愛咪已經搶先一步，將茶和奶油乳酪貝果壓在女性專欄的版面上。

她的裝扮極為肅穆——海軍藍細條紋套裝、亮白色大翻領襯衫，還有可怕的高跟鞋。她天生的金髮完美地盤在腦後，臉上畫了全妝，這表示法庭上將有嚴肅的一天在等著她。

她似乎沒心情講話，於是我倒了一杯特濃黑咖啡，躲進我的書房。不是「我的」……應該說是我爸的。我其實不需要書房，可是愛咪晚上回來還要工作的話，她喜歡待在客廳，我不要礙到她比較好。

我小口喝著咖啡，聽見她把昨晚的碗盤放進洗碗機裡，我坐著無聊便開始轉動我老舊的辦公椅（以前是我爸的），每轉一圈都吱嘎作響。爸爸的書牆在眼前旋轉，清晨的陽光一照，書本上的積灰和每天到處飄散的揚塵都顯露無遺。

我打開電臺，收聽晨間節目。玻璃杯和餐具碰撞的聲音傳遍走廊，刺耳到蓋不過去，甚至還伴隨高跟鞋在廚房移動的響亮踏地聲，愛咪偶爾停下來吃早餐才有片刻寧靜。

這些事她都匆促完成，而我皺起眉頭，試著回想她說今天怎麼了，她是有場難纏的官司要結案，還是有另一件案子要辦？

沒有動靜一段時間，她大聲喊我。我沒回應，她就直接走過來。

「我跟你說了，花園裡有機器人……」

據我估計，機器人快一百三十公分高，橫向約高度的一半。他有四四方方的金屬頭部和身體，鉚釘應該是劣質品（我自己說的，我也不知道鉚釘該長什麼樣子），胖胖的小短腿看起來像是用噴漆上色的烘衣機排風管，手臂也是那樣。而平坦的金屬板則做為腳底，手掌像一些長輩會使用的多功能取物夾。總而言之，他活脫脫是件學生勞作。

「你覺得它還活著嗎？」我們站在廚房窗邊觀看，愛咪問道。

「活著？妳是指形而上有生命？還是機械能夠運作？」

「你去看就是了。」

我說應該要她先去，因為是她發現的。但我的建議又引來老婆臭臉。我曾提議過她想要花就自己去買，那時候她也是這副表情。

「我沒時間搞這個，班，你去。」她大步跨到客廳，從咖啡桌上拿起文件和公事包。我晃到後門，正在轉動門把，我聽見前門被大力甩上。

機器人癱坐在柳樹下，背對我們家的窗戶，雙腿擺直在前面。

秋露在金屬機殼上留下小水珠，他看似某種日本藝術品和報廢場零件融合在一起的結果。他好像沒在動，但是當我靠近，我看到他望著花園外遠處的馬群。他的頭部略微左右轉動，我可以確定他在看馬。

我在離他不遠的地方停下腳步，暫時停止動作。我不確定跟機器人對話要怎麼起頭。雖然我們家從小就沒有機器人，可是朋友家裡有。大家的一般認知是機器人只要有工作做，就不太管打招呼之類的事。

他們大多是家庭幫傭——好比是閃亮鉻金屬和白色塑膠的素描人偶，他們在家中來回漫步，用吸塵器打掃和準備早餐，有時候還會去學校接小孩。我姊姊有一臺，我老婆也想買，不過家裡只有我們兩個，我覺得沒必要。

當然也有比較便宜的型號，外表沒那麼閃亮，功能比較少，可能只會燙衣服和把資源回收物拿到外面。但我從來沒看過這種機器人，即使款式廉價也沒這麼破爛。

「嗯……你好？」

機器人猛然震動，被嚇到了。他發出尖銳的聲音，努力想站起來，卻重重往旁邊摔，地上露出被壓平的方形草地。他倒在那邊，腳底板朝著我，雙腿像慌張的瓢蟲般瘋狂亂踢。我覺得有義務要幫他。

「你還好嗎？」我問道，把他推回原來的坐姿。

他轉過頭來面向我，眨了幾下眼，金屬的半球型眼皮嗡嗡低鳴。機器人在打量我，眼皮下兩顆閃亮的球體輕快地上下挪移，瞳孔隨著焦點變化如同照相機快門般擴大收縮。

他的眼睛下方設置了鼻子，是樂高積木的大小和形狀。我覺得那沒什麼功能，純粹裝飾。他的嘴巴是一條黑色的長方形縫隙，看來是舊式CD光碟機——製造商八成多出一臺，平常只放著積灰塵，想一想不如拿給機器人用。

他全身上下都坑坑疤疤的，只要有什麼大動作，胸口的外蓋就會軋吱開啟，露出一團互相交纏排列的黃銅齒輪和精密電腦晶片，複雜到我看不出要怎麼理解。

很明顯，創造他的人是高科技工程師，也是傳統工匠。光芒規律地從這團混亂的機械零件中央散發出來，想必是機器人的心臟。再繼續細看，心臟旁有根內含黃色液體的玻璃圓柱管，用途不明。經過一番端詳，我看到玻璃上有條微小裂痕，但我沒再多想什麼。

我站在微風中仔細觀察，才發覺他的外殼有多髒。從黏在機身上的各種碎屑和垃圾判斷，他到這裡之前經歷了一段長途跋涉，橫越沙漠、農場和都市。我不知道他從哪裡來，我想很可能就是我推測的那樣。

我在他旁邊的草地蹲下。「你叫什麼名字？」

他沒有回應，於是我指著自己的胸口。「班，你呢？」

我指向他。

「唐。」他發出噹啷的電子音。

「唐？」

「唐、唐、艾克——烈．唐。唐！」

「好，好的……我知道了。唐，你為什麼會在我的花園裡？」

「八月。」

「現在不是八月，唐。」我和善地糾正：「是九月中。」

「八月。」

「九月。」

「八月！八月！八月！」

我稍作停頓，換一個問法。「唐，你家在哪裡？」

他對我眨眨眼，什麼也沒說。

「我可以聯絡誰嗎？叫他們來接你？」

「沒有。」

「很好，我們聊起來了。你打算在我家院子裡待多久，唐？」

「艾克烈・唐……唐……唐……唐……」

我好聲好氣地又複述了一次問題。

「唐！艾克烈・唐……八月……不……不……不要！」

我雙臂交叉胸前，嘆了一口氣。

十二個小時後，愛咪下班回家，她打開後門，招手示意我進屋。

「待在原地。」雖然講了有點多餘，我還是跟機器人說。

今天早上的大部分時間，我都待在書房裡不去管他，想說他也許會自己離開，可是他絲毫不動。過了早上，我就開始在室內和機器人之間來回奔走，想方設法要跟他溝通。

在愛咪回到家之前，他頑強的個性已經激發了我強烈的好奇心。

「怎麼樣了？」她問完後挑起單邊眉毛，因為注意到我穿著深綠色睡褲和藍色舊睡袍——早上她出門時我就穿這一套。她很討厭那件袍子，無論洗多少次都有霉味。

「這個嘛，機器人是男生，至少聽起來像男的。」我說。

「它們有性別嗎？」

「一般來說，我不確定。但是這臺有，他不太一樣。」

「當然，它甚至不是基本款。」

「不是啦，我的不一樣是指他很特別。」

愛咪不苟同地皺起鼻子。「你怎麼知道？」

「我不知道，就直覺認為。」

「它有說什麼嗎？」

「他告訴我，他叫艾克烈．唐，還提到八月。」

「但現在不是八月，是九月中。」

「我知道。他真的很慘——全身凹痕，內部玻璃管有裂縫。」

「喔，好極了，所以是壞掉的機器人，真是太完美了。」

我沒回話。

愛咪的語氣稍微軟下來。「它還說了什麼？」

「沒說多少。」

「有說它為什麼在這裡嗎？」

「我不知道，他沒講。」

「那它要多久——」

「聽著，我不知道，好嗎？我們沒談到那麼多。」

「不能就這樣把它留在花園裡，難道要放到生鏽嗎？你再去和它談。」

愛咪瞇起眼睛。

「我整天都在努力和他溝通。如果妳自認為比我行，妳去啊。」

她又露出那種表情，像欠打的不屑貓臉。我討厭她指使我做東做西，但我也很重視寧靜的生活。於是，我無奈地咕噥一聲「好啦」，伸手打開後門。

一星期過後，愛咪認定有破爛機器人在花園裡真的很傷眼，她不想每次從廚房望出去都看到他。我不停嘗試，他有願意跟我多說一點話，卻說服不了他移動到別處。

至於他的來歷，我仍舊沒問出什麼線索。

「你不能把它處理掉嗎？」

「為什麼是我去做？」

「因為跟它說話的人是你。」

「但我問不出什麼東西啊……」

「我說了，它不能待在花園裡。」

「我們要為這件事吵多少次？妳想把他處理掉，請提供方法。」

「我覺得你喜歡這樣。你除了找工作，還有這件事可以忙。」

「說真的，愛咪，妳為什麼每次講一講都要扯到我沒工作？」

「如果你有工作，我們就不必有這段對話……」

「根本沒必要，我就是沒工作，妳很清楚。」

「是啊，是啊，你爸媽留給我們的遺產夠用了，但工作不是只為了錢，懂嗎？」

「我不懂。還有，阿唐是『他』，絕對不是『它』。」

愛咪改變策略。「重點是我不想再看到花園裡有機器人，尤其是那種。」

「妳說『那種』是什麼意思？」

她用起雞皮疙瘩的手臂往機器人的方向揮。「你知道……就那種，破舊的故障機器人。」

「喔，我懂了。如果是閃亮亮的頂級機器人，有手指、腳趾和人臉，那就沒問題了。」

「有可能。」

起碼她很誠實。

「好了，妳從很久以前一直吵著要買機器人，現在不就有了嗎？我不懂問題在哪。」

「這就像買了汽車殘骸，還問有什麼問題？我要仿生人（註1），這個能做什麼？它什麼都不做，只坐在那邊看馬。那是怎樣？留沒有用的機器人要幹麼？壞掉了就拿去修。為什麼是我們處理？」

「他沒壞成那樣，不要這麼誇張。如果確實需要修理，我們就送修。」

「誰修啊？」

我跟她說不知道，但是我確信有人可以修。

愛咪無奈地兩手一攤，轉過身背對我，用力擦拭廚房檯面。沉默了幾秒，她嘟囔：「不管啦，我說了，我要的是仿生人，不是機械型機器人。」

「有什麼差別？」

「差了十萬八千里！你自己說的：『手指、腳趾和人臉。』我要一臺新的，拜恩

註1 人型機器人，與機械式機器人相異。

妮家的那種。她給我看過《不失良機》裡的介紹文，那款是運用最新技術的高科技產品。」

拜恩妮是我姊姊，她和愛咪已經當了約五年半的好閨密，而我和愛咪在一起五年三個月。

「有什麼是那臺做得到，這臺不行的？」

「它可以幫忙做家事，打掃、整理花園之類的，要是能煮飯就更好。我不覺得這個方形矮冬瓜搆得到爐子，更不用說準備餐點。」

「但煮飯的人是妳啊。」

「對，沒錯！我整天工作，為難搞的人解決非常頭痛的法律問題。我回家最不想做的就是還要自己下廚。」

「我自願煮給妳吃，可是我的料理妳都不喜歡，說什麼我亂煮一通，看了倒胃口。」

「好吧，煮飯是我回家最不想做的事第二名。第一名是看到半熟的培根。」

「我以為妳喜歡培根。」

「我喜歡啊，班，但是你沒搞清楚重點！如果我們有機器人，你跟我晚上誰也不用下廚。我在朋友家看過，只要給它們食譜，指一下冰箱，每餐都會端出好料理。」

「妳像在唸廣告詞。」

「喔，成熟點！」

她的話惹惱了我，感覺有把火在脖子後面燒。我知道不該繼續爭辯，但我就是吞不下這口氣。

「只因為妳所有朋友都有機器人，妳也吵著要買。妳八成是看上了那種會貼身服侍妳的『機器男僕』。」

「才沒有，我只要一般的家務機器人。」

「那是要放哪裡？」我執意辯下去：「機器人不工作時要有地方去，難道不需要充電嗎？」

「那不是問題，家裡有空間。」

「哪裡啊？拜恩妮的機器人有充電底座，擺在洗衣間非常占空間。我們家洗衣間很小，而且底座必須由專人接線，還要看他們評估怎麼安裝。我不懂妳到底什麼意思。」

「你的確沒搞懂……那就是我的意思。我要機器人不是因為我每個朋友都有，而是因為我不想整天上完班回家還要做所有家事。」

我不肯就此打住。

「我不懂我們家為什麼要有機器人，我可以做那些事啊。」

「沒錯，你可以，但是你不做，對吧？」

「這樣講不公平，愛咪，我有做家事。」

「你做什麼？」

「我有把垃圾拿出去。」

「那是兩個禮拜前。」

「對，剛好是收垃圾的時間。」

「班，垃圾每隔幾天就要倒。」

「很瞎耶，垃圾桶又沒那麼快滿。」

「那是因為我拿出去了！」

「真的？」

愛咪惡狠狠地瞪我。這場口角跟以前的許多爭吵沒有兩樣，都是永無止境的惡性循環，只有分手才能解脫。

我回到原來的問題。

「隨便啦，妳覺得這臺機器人不夠好，那妳要我怎樣？」

愛咪噘起嘴，看起來有些不自在。我不打算高興接受她給的建議，她心中也有數，不過我已經惹火她了，她沒有很在乎我會有什麼反應。

「好吧，留在那邊沒有任何好處，那就……扔到垃圾場好了。」

聽到這個可怕的建議，我愣了一下。無可否認，我對新訪客很好奇，想多瞭解他。我照實告訴愛咪。

「而且，這很刺激吧？有機器人突然冒出來。」

愛咪雙手扠腰，難以置信的樣子，而我一反常態，搶在她回話前阻止她。「這是我的房子，他想住多久都可以。」

愛咪瞪我，憤怒的眉毛擠成一團。她知道我是對的，這是我的房子。

「這也是我的房子，班。」她低聲說：「我是你老婆，我不能有意見嗎？」

我咬咬嘴唇。「當然可以，但不要叫我把他扔到垃圾場。我要先查出他從哪來的，有人可能在找他。」

愛咪同意，她叫我至少把它搬到車庫裡並清理一下。

「它在那邊，我不敢請人到家裡坐。」

這才是重點，愛咪希望朋友來的時候一切都很完美。

我伸出手要摟她，還沒碰到，她咳一聲便轉身離去。

廚房裡，只剩下我獨自一人。

2 沉默以對

隔天一早，我在室內車庫的臺階上坐下，跟機器人面對面。

我沒別的地方可以坐，除非要坐地板或是汽車引擎蓋，這輛車是爸媽留給我的喜美。愛咪堅持老喜美要留在車庫裡，她自己閃閃發光的奧迪則停在車道上。

阿唐和我對視，好像在等我打破僵局。可是他不幫忙，我也不知道要怎麼繼續。照今天這樣子來看，他不打算去其他地方。

愛咪有件事說得沒錯：我至少該把他清理乾淨。

我拿了一碗溫熱的肥皂水和洗車專用海綿，當水滴到阿唐身上時，他似乎不喜歡。他雙腳掙扎擺動，明顯焦躁不安，直到我放下溼答答的海綿，他才停下來看著我，好像眼前的人是大笨蛋。

「你怕水嗎？」

他眨眨眼。

「好吧，那我用小一點的東西呢？不會吸那麼多水。」

我在旁邊找到一小塊抹布，雖然機器人還是不太高興，起碼可以開始清理了。我輕輕擦拭，他的腳不斷亂晃，看不太清楚哪裡擦過，哪裡還要多下點工夫。此外，固定金屬殼的鉚釘光用抹布擦不乾淨，而我才只清理到他的正面。

這是項大工程，可能需要幾天的時間。我覺得很高興，不過，我知道愛咪不會太開心。她可能以為我會直接往他身上潑一桶水，事情就解決了。她也可能認為我會帶他去洗車場。

我離開車庫去找更合適的清潔工具。

「愛咪？愛咪？妳在哪裡？」

「樓上，什麼事？」

「我們有舊牙刷嗎？」

「舊牙刷？」

「對。」

「你要舊牙刷做什麼？」

我沒有馬上回答，因為我想到了，我們有舊的電池式電動牙刷，就放在行李箱裡。我們買了新的超音波去牙菌斑電動牙刷之後，電池式的就改成度假專用，但我和愛咪有段時間沒出去旅遊了，所以拿去用應該也沒關係。

「嗯……沒事了。」

我走去堆放行李箱和雜物的客房，到處翻找牙刷。我才離開房間，就突然想起其中一個行李箱最近被放到沙發床上，沒有和其他的一起堆在床旁邊。

用電動牙刷清理機器人有點怪，或許是因為刷毛碰到金屬機身上的汙垢，會發出怪異震動聲，也可能是機器人看著自己變乾淨會露出奇妙的表情。他顯然忘記那些金屬表面的存在，或是牙刷的震動不停彈開他的外蓋。

整個過程拖得很久，每隔幾分鐘就必須停下來把它關好。

我終於清理到底部，把阿唐挪成平躺姿勢，開始執行這項清潔工作中令人難為情的階段。我這時有了新發現。

阿唐底盤的正中央是面金屬牌，草率地以四顆鉚釘固定，牌面有累累凹痕和刮傷，但看得出刻字的痕跡。我頭頂上只有一顆燈泡，光線不夠亮，現在去拉開車庫門也太晚了，九月的白天本來就比較短。於是我拿出手機照明，要看上面刻了什麼。

基本上很難辨識，只剩殘缺的字：「ＰＡＬ……」和「ＭＩＣＲＯＮ……」。這行之上是半句話：「Ｂ……之財產。」

「阿唐，『Ｂ』是誰？」

阿唐盡力抬起頭，一眼不眨地看著我，沒有回答。

主屋和車庫之間的門突然打開，我聽到愛咪的聲音。

「所以，你為什麼要找牙……你到底在搞什麼東西？」

我理解她的訝異。她下樓時撞見阿唐平躺著，而我拿著照相手機和不停震動的電動牙刷，像個婦產科醫生般猛盯著他的下體部位。

「愛咪，我知道這不太雅觀，但我跟妳保證，我只是照妳說的要把他弄乾淨。」

她一臉狐疑。

「看，我找到線索了。」我指向牌子，可是她沒有動作。

「班，聽聽看你在說什麼！你叫我去機器人的屁股上找線索。」

「妳只要看一眼，我可以解釋……」

「我要出門了。」

門砰地關上，我頓時錯愕，阿唐也被嚇一跳，外蓋彈了開來。

我拉他站起來，又問一遍：「阿唐，B是誰？」

他視線下垂，沒有回應。他一定很想念「B」。

不管那是誰，看樣子是不會來接阿唐。我很同情這個故障的金屬小盒子。

愛咪晚上回來吃晚餐時冷靜許多，居然還有心情跟我說話，這很不尋常。她煮飯時，我坐在廚房的高腳凳上，邊聽她談律師工作的甘苦，邊留意坐在花園看馬的阿唐。

愛咪已經打消把他藏在車庫的念頭。我們發現若是阿唐不想待在那個地方，怎麼強迫他也沒用。現在至少他變乾淨了。

我看著她切紅蔥頭，這時候她應該會願意聽我講金屬牌。

「阿唐的牌子……上面寫說『B……之財產』。」

愛咪聽到雖然心裡不舒坦，仍假裝感興趣。「B是誰啊？」

「不知道，我問阿唐但他不說。」

「真令人跌破眼鏡。」

她算是在半開玩笑，我很高興。

「B後面的字母不見了。其他還有兩個字看得出一部分：『MICRON……』和『PAL……』。」

愛咪暫停手邊的切菜工作，想了一下。「也許『MICRON什麼』是製造商？」

「我也這麼覺得。他們或許能把他修好。我上網查過，因為感覺有點年代，搜尋範圍可以縮小。他沒有產品序號，所以應該是限量一批的款式。我最後只查到一家在加州舊金山的科技公司：微米系統（Micronsystems）。」我停頓後接著說：

「現在這個季節去那邊應該很舒服。」

愛咪又放下菜刀。「班，你敢去就給我試試看。」

「什麼？我只是在說沒去過而已。」

「是啊——你沒去過，而且你想去。如果他們可能有修復機器人裂痕的魔法裝置，你就樂翻了，多好的藉口，我很清楚你怎麼想。你已經花太多時間在那個東西上，你是成年人了，該有理智的行為。」

我忽略第二項指控，針對第一項回答。

「難道不值得試試看嗎？我想把他留下來，如果能修好，那就……也許我可以教他一些仿生人會做的家務。而且他好像很悲傷，整個機體又那麼慘烈。幫助他是在做善事。」

愛咪一側嘴角往旁邊歪。「班，它是機器人，沒有情緒、不在乎待在哪裡或是故障多嚴重。你說要教它……要它正常說話你都辦不到了。你去做其他有意義的事不是更好嗎？」

「把故障的機器人帶去加州，修好後帶回家，這樣沒意義嗎？愛咪，妳想想看——這是多了不起的壯舉。」

「你自己說沒壞成那樣，幹麼浪費力氣？」

「直覺告訴我，事情沒有表面上那麼單純。」

「你不把壞掉的機器人拿去回收，買全新的仿生人，寧可靠直覺做事，跨越半顆地球到美國那家公司，還不知道他們可不可以修好。然後，最後你才要決定留它有沒有用？」

我稍微停頓後做出答覆。「這個計畫還不錯，對吧？」

愛咪默默吃完晚餐就出門了，她沒說要去哪，也沒講幾點回來。

我在清晨獨自醒來，感覺到一股怒氣，她每次都讓我覺得吵架是我的錯，所以我不想傳訊息問她跑去哪裡。再說，她十之八九會在拜恩妮家，她想遠離我的時候通常會躲到那裡。

她早上回來還是不跟我說話。

「妳昨天晚上去哪了？」

她故意瞧我一眼，我知道她有所隱瞞，但就是不說話。她逕自上樓洗澡，換好衣服便出門上班。

「喔，妳最棒了，愛咪，完全不要幼稚。」我對著關上的大門喊，接著又說：

「阿唐，你在哪裡？我們去看馬。」

愛咪整整一週不跟我講話。我很難過，然而也不是第一次這樣了。有一天晚上，我們上床睡覺時她轉過來面對我。

「班。」

「什麼事？」

「對不起，我氣你氣很久。我不希望和你相處很尷尬。你想不想……那個？」

驚訝之餘，我大人有大量，準備好盡釋前嫌。

「嗯……我當然想，一直都想。」

現在我和愛咪的床事變成這樣：詢問對方、取得同意、執行動作。完事後，她躺著仰望天花板，一句話突如其來……

「班，垃圾拿出去了嗎？」

我臉上寫滿迷茫。

「垃圾，你有沒有拿出去？」

「當然有啊，這幾天倒兩次了。」

她看向我，沒有理會我上一句話。

「後門鎖了嗎？」

「鎖了。」

「機器人在哪裡？」

「在我辦公室。」

愛咪還是不喜歡阿唐在屋裡，但她沒有出聲抗議。

「門是關的？」

「對，除非他學會怎麼轉動門把，不然他不會到處亂跑。別擔心，他不會半夜突然跑來嚇妳。」我承認這樣很幼稚。

二十分鐘前我們才重新開始說話，現在已經成功激怒對方。

愛咪瞪我一眼，翻身睡覺。

三小時後，我們被哐啷聲吵醒。

「那是什麼？」愛咪聽起來很害怕。「你去看看。」

我雙腳伸出床外正要下床，就發現不必了。要認不出那個聲音也很難，下方樓梯口傳來機器人的說話聲。

「班……班……班……班……班……」

停了片刻，之後越來越大聲。

「班……班……班……班……」

我離開臥房，完全不看愛咪一眼。因為沒有必要看。

一星期後，我和愛咪的關係沒有改善，我也沒怎麼提到加州。

我走到哪裡，阿唐就跟到哪裡。我阻止不了他，但我不介意。可是當他跟在愛咪身後，問題就比較大了，儘管次數沒那麼頻繁。

她通常會想把他趕走，就會叫我把他帶到別的地方。我和阿唐一起在書房的時間日益增多，我盡力鼓勵他多開口。平心而論，努力不算白費，他確實學會多說幾個字，例如「不要」。

「阿唐，我要吃午餐，你出去看馬吧？」

「不要。」

「我不是真的在問你，阿唐，那是提議。」

「不要。」

「可是我有事要忙，請你到外面去一下，好嗎？」

「不要。」

基本上就是這樣鬼打牆的對話。

一天下午，和阿唐的詞彙課程特別冗長又令人洩氣，結束後我把他留在書房窗前，因為他從那裡看得到馬群。我走向廚房想喝一大杯飲料，聽到愛咪在講電話。

我並不想打擾她，於是停在原地，思考要不要返回書房，結果我無意中聽到一部分的談話內容。

「它剛出現時，我想：『太好了，班終於願意扛起一些責任』，但我意識到它待在這裡的時間越長，班還是不會改變。他所有時間和精力都花在那個討人厭的東西上……它在他後面當跟屁蟲，也會跟著我，好噁心。它上禮拜有天凌晨四點吵醒我們，用它那種愚蠢的生硬語調大喊『班……班……班……班……』，一遍又一遍，直到班起床下樓才停止。等我回過神，它已經跑到我們房間裡了。也許下次它會爬到我們床上！班還說要帶它飛到加州去修理，其實就是帶著機器人去壯遊，可是他都三十四歲了，當什麼背包客？他應該要拚事業和生小孩，對吧？」

她停下來喘口氣，聆聽電話那頭的人給予意見。不知道聽到什麼，愛咪有同意也有反對。

「是啊，我知道那正是妳爸媽會有的瘋狂點子，但差別在於，他們真的會去實行吧？」中間停頓，又接下去：「我不知道是他想去，還是只會空想讓我比較生氣。」又停頓，「可是那不是重點。我要說的是，班為什麼不能花心思在生小孩上？反而很沉迷那臺機器人。它根本什麼事都不會做。」

我聽到愛咪的聲音激動起來，又是一次停頓。

「有，他當然知道，我說過幾百萬遍了。」停頓。

「喔，我沒跟他講白：『班，我想生小孩了，你覺得呢？』但我給的暗示夠多了。」停頓。

「說得對，也許我該直接把話跟他說清楚。」停頓。「不對，拜恩妮，太遲了。還有太多其他問題，沉迷機器人真的是我最後的底線。」停頓。

「老實說，他根本一事無成。我剛認識他時，我想：『他在接受培訓，準備成為獸醫，一定聰明又善良』，但後來呢？沒下文了。他連院子門都還沒修。帶機器人到美國蠢透了，絕對會半途而廢，他做什麼都那副德行。」停頓。「對，我知道，但自從我認識他之後已經夠包容了。到了一個階段，他必須接受現實，繼續往前走……妳不就辦到了嗎？他為什麼不行？」

愛咪向我姊姊細數我的缺點，並逐項分析。我面子掛不住，覺得自己好沒用，卻也困惑不解。愛咪從什麼時候開始想要小孩了？從我們認識到現在，她就只關心自己的工作……她不久前才獲得升遷，還說「絕對」沒空生小孩，我以為她是認真的。

我自己都不知道想不想要小孩了，怎麼會去多想？我可能會是糟糕的父親吧？但是她說的所有話裡，有一句話最傷人：「他根本一事無成。」

她說得對，我毫無成就。真的該有所作為了。

3 大力膠帶

愛咪離開我的那天是星期六早上。電話響起時，我在書房，難得阿唐不在旁邊。幾分鐘後，愛咪出現在門口。

「拜恩妮打來。」她說。

「喔，好，她說什麼？」

「她說只要十一點過後到，什麼時候去都可以，因為她和安娜貝兒在馬廄，喬治上網球課，戴夫的班機三點才降落。」

我姊姊拜恩妮是超級資優生，跟愛咪一樣是律師，她們似乎很喜歡討論我的缺點。我是失敗的獸醫，努力了十二年還拿不到執照，在上一個實習單位因為狗的麻醉藥和兔子抗生素問題被開除。反觀拜恩妮，她還會在伯克郡騎馬，生了兩個小孩（當然是一男一女），先生是航空公司飛行員，多年來的婚姻幸福快樂。說拜恩妮是爸媽求之不得的兒子也不為過。

「我不知道我們今天要過去。」我終於回答。
「不是『我們』，只有我而已。」
「好，幫我跟她打聲招呼。」
「她還問你有沒有找到工作，我說你太想成為機器人訓練師，整天好沉迷。」
沉默半晌。
「還有啊……」她開口。
我驚訝地睜大眼睛。
「我和拜恩妮都認為房子應該歸你。畢竟，是你爸媽留給你的。我和她沒問題，你比較需要。」
「什麼叫『房子應該歸你』？房子是我的，我們的房子！」
「離婚分財產，班，我拿走房子就太狠了。我可以，但是我不會那樣做。」
「離婚？誰要離婚？我不懂妳在說什麼。」
「我們要離婚。」她輕聲說：「我要離開你，班。我會先借住拜恩妮家，等找到下一個住處再走。」
我緩緩吐氣。「妳開心就好。」
她同情和鎮靜的態度瞬間消失，臉色劇變。
「看到沒？就是這樣我們才會走到這個地步。你什麼都無所謂，不在乎任何東西，除了那臺該死的機器人！」

「不能怪阿唐，他來歷不明，我們不知道該拿他怎麼辦。」

愛咪憤怒地走出書房，門砰的一聲關起來。我起身追趕，聽到她在咒罵。阿唐坐在走廊的木地板上，旁邊是愛咪的智慧行李箱，他腳下一灘油。

「阿唐不高興了。」我告知她。

愛咪釋放無聲的怒吼，雨衣披在肩上，把行李箱拖出大門。她身後又是砰的一聲。就這樣，她離開了。

當晚，黑暗中的廚房，我坐在吧檯桌前，用愛咪心愛的馬克杯喝酒櫃裡最高檔的香檳。那瓶是拜恩妮和戴夫送我們的結婚四週年禮物，每到週年紀念日他們都會送。其他瓶我們喝掉了，這瓶已經積了一年多的灰塵。

我對阿唐說：「要是她回來，她一定會氣炸。」我把杯子舉到窗外透進來的月光下，又灌下一口。

阿唐坐於吧檯一端，身體前傾，頭倒在桌上。他再次顯得意志消沉，雙臂可憐兮兮地垂在身旁。我的手臂則攤在桌面，頭也跟他一樣倒著。我不知道阿唐對現況明白多少，他到底有沒有任何理解能力？

過了一下子，他挺起身體，一隻手舉上來指向自己。這個動作使機身的外蓋彈開，他關起蓋子後發問：「我？」

「你？」

「愛咪……我？」他又指了指自己。

「喔，沒有啦，阿唐，不要想太多，跟你完全沒關係。已經有問題很久了，都是我的錯。」

阿唐沒有表達意見，只是顯得比較安心。反正他也幫不了什麼。

「說實話，這不全是我的錯，不能都怪我，我是廢物獸醫也不是我的問題。不積極上進的確是我的錯，可是我就是這麼廢啊。

「對愛咪來說太容易了，她做什麼都成功。我一直是永遠比不上老大的遜咖老二。爸媽意外走了，來不及跟他們證明我的能力……我現在該怎麼辦？

「也許我可以當個更稱職的老公。也許她可以是更賢淑的老婆，她有想過嗎？她八成會說：『喔，班，我還是愛你，我們當朋友吧。』去她的，我不需要她，也不需要拜恩妮或其他人。我有你，不是嗎？」

阿唐對我眨眼的速度比平時快，他將我的衣袖圈進夾子手圍成的小拳頭裡。

「阿唐，我跟你說。去他們的！」我罵道，搖搖擺擺站起來。高腳凳往後翻倒，撞到橡木地板上發出聲響。我盯著左手一兩秒，再次喊出「去他們的」，接著把結婚戒指扔進餐具櫃抽屜裡。

「阿唐，我再跟你說另一件事。我們去加州吧，明天就出發。」

喝了上等香檳，醉意正濃，我下定決心要做給所有人看，我要和故障的機器人來趟公路之旅！

過了好幾天我才開始收拾行李。喝完酒醒來宿醉，一天沒了。隔天，我在爸爸的書房裡瞪著旅遊指南，思考要不要隨身帶幾本。必須承認，我不太想搭飛機。爸媽的意外發生後我就會怕，平常能免則免。

阿唐大部分時間不斷進出花園看馬。

我站在我們的……我的……臥房看著放在床上爆開的行李箱，突然發覺我心想的那種自助旅行拖這個行李箱很蠢。我三十幾歲，誰說不能當背包客？就這麼決定了。問題是我沒有旅行背包，於是我上網選購，沒想到好幾個小時就這麼被網路偷走了。我忙著瀏覽一張張背包的圖片，沒空理睬阿唐，他覺得無聊又去看馬。

我等著新背包送到，想說先來規劃每日預算和行程。預算的部分無疾而終，因為好枯燥乏味，至於行程……根本是碰運氣，因為我無法查證微米系統就是我們要去的地方。我決定再詢問阿唐一次，看能不能打聽出更多線索。我不得不從頭問起。

「阿唐，你有聽到嗎？」

「有。」

「很好，你怎麼會到花園裡？」

阿唐拋出像愛咪的眼神，聳聳肩膀。

「對，我知道以前問過很多遍，我這次是在問你實際上怎麼過來的。」

我們在客廳裡談話。我起身，從沙發後面拿起灰色的舊開襟毛衣，打開通往花園的落地窗，走到愛咪堅持要加蓋的露臺——為了休閒娛樂用。阿唐噹啷地走過來，我在他面前蹲下，雙手放在他的金屬小肩膀上。「四個多禮拜前，你出現在那棵柳樹下，記得嗎？」

阿唐上下搖晃方形腦袋。

「你怎麼來的？」

他好像還是不明白我的問題，於是我走到側門。「你從這扇門進來的嗎？」

他又點點頭。

「是你打開門，還是本來就開了？」

「打——開？」他把學過的還給我了……他說得像在學新單字，但不對啊，我知道他懂這個詞。我在懷疑他是不是有時候故意裝笨。

我示範給他看，把門打開，鉸鏈在十月寒冷的空氣中不順暢地費力轉動，金屬摩擦聲猶如痛苦的呻吟。「像這樣？」

「對。」

所以終究是愛咪的錯。

「阿唐，跟我來。」我說完，刻意穿過門，沿房子繞到前院，修剪整齊的整片草坪中間有一小塊玫瑰花圃。幾分鐘後，我聽到哐噹的嗡鳴聲，那表示阿唐跟了過來。

「你到這裡之前是在哪裡？」

幸好阿唐好像已經掌握這個遊戲的竅門，他舉起一隻手，指向馬路對面的公車站。

「你搭公車來？為什麼？」

他睜大眼驚慌看著我，雙腳彆扭地變換站姿，隨後腳下多了一灘油。

「喔，阿唐，對不起。」

他垂下視線。我翻找褲子口袋，拉出我很少用的紗布手帕，由於多年來放在口袋裡受盡折騰，上頭骯髒的摺痕已經洗不掉。我動手擦拭阿唐的腿，那裡的油斜斜往下流。旁邊有人在咳嗽，我聽到便抬起頭，發現鄰居帕克斯先生在他家前院觀看。他似乎擔心我接下來會對機器人做什麼，試圖在憾事發生前阻止我，他就不用成為目擊證人。

「帕克斯先生，真高興看到你，這個月天氣真好。」我一說出口就自己打臉，不過帕克斯先生沒有注意到其中的諷刺。他吸一下鼻子，身體往菱格紋園藝背心裡縮，頭不轉動地向上瞄靜止的雲——那種雲秋天獨有，看到了代表會起霧，手套要準備好。他伸手調整千鳥格紋的粗花呢寬簷紳士帽，再把瑞士菲爾科的園藝剪換到另一隻手中。我認得菲爾科是由於愛咪有段時間熱衷園藝，她叫我去買那個牌子的園藝剪，因為她不想拿著又舊又生鏽的在前院被別人看到，舊的那把是繼承爸媽房子時一起拿到的，我的爺爺奶奶可能也用過。

我對鄰居微笑，稍微揮揮手，繼續清理阿唐。帕克斯先生又咳一聲。

「他搭三十路過來。」他喊道：「我看到他下車。他過馬路前還左右查看，之後就直接跑進你們家的花園。我以為你們在等他，我現在知道不是了。」

帕克斯先生！我可以親你嗎？三十路來往貝辛斯托克和希斯洛機場之間停靠的站數不多，哈雷溫南是其中一站，站牌就在對街。

隔日，新背包送到了，散發出倉庫的味道，還附帶過量的小包矽膠乾燥劑。儘管我迅速把物品塞進背包，阿唐都會不厭其煩挖出來觀察，他對每樣東西的好奇心大約維持十秒就沒了，直到他發現我的太陽眼鏡。

「阿唐，小心點，不要弄破。」

他不理會我，拿著持續揮舞，在兩手間交換把玩。

我嘗試從他手裡搶走，但他手臂伸到我碰不著的地方，他的身體快速顫動。我越惱火，他似乎就覺得這種遊戲越好玩。

「阿唐，夠了，可以不要鬧了嗎？」

我把太陽眼鏡搶過來，放回盒子裡。我不是故意要吼他，只見他咚一聲重重坐在地毯上，身上外蓋啪地打開，我立刻感到內疚。我幫他闔上蓋子以示道歉，下一秒又彈開。

「我們要好好處理一下蓋子，放著不管對你的內部結構不好，髒汙會跑進去，而且我不覺得有人想看到你裡面。」

阿唐的身體略微起伏，嘴巴同時發出像傳統熱水壺或是壓力鍋的嘶嘶聲——那絕對是一聲嘆息。他闔上外蓋，一隻夾子手壓在胸口。

我有個點子。「待在這裡，我馬上回來。」

我盡速走到車庫，在破爛的工具箱裡翻找。

我發現密封的小塑膠袋，裡面裝了一組閃亮全新的門用鉸鏈。我皺起眉頭，順手丟到旁邊，再拿起一捲大力膠帶，匆匆到樓上臥房。我看到阿唐正要走上樓梯。

「阿唐，我叫你在原地等。」

阿唐好似不明白地看著我。這是怎樣？我很想翻白眼。隨便啦，我跪下來，咬下一段膠帶。

「這個也要一起帶去。」我跟他說。

我關上他的外蓋，正要用膠帶封起來，我注意到他心臟旁的圓柱管。第一次看到時，管內液體是滿的，現在只剩三分之二。玻璃上的裂痕似乎變大了。

「阿唐，液體是做什麼用的？」

因為阿唐沒辦法彎下來看自己身體正面，所以我舉起一面手拿鏡，指向圓柱管。他舉起雙手，表示不知道，然而他的眼神游移不定，我覺得十分可疑。

「這些液體很重要嗎？」我問下去。

他眨幾下眼後回答：「對。」他關上蓋子，一隻手護在胸前。

「液體沒了會怎麼樣？」

他緊張地扭動身體。

「停止。」

我仔細思考。

「你的意思是，玻璃管空了，你會完全停止運轉？」

「對。」

我慌張起來，我選背包瞎耗了那麼多時間。「天啊，阿唐，我們要找人把你修好。」

從阿唐那邊問不出更多資訊，因此最好的應對方式就是維持原定計畫——去微米系統。

我要鼓起勇氣，看哪一班飛機搭得上，盡早飛往舊金山。

4 豪華升等

要是我說在前往報到櫃檯的途中，沒有人向我們行注目禮，我絕對是在唬爛。當然有些人身邊帶了仿生人，可是有個貼著膠帶的科學實驗品緊跟在後，我在機場特別顯眼。

我們路過時，我不經意聽到旁人議論紛紛——年輕的學生說：「哇！真的該升級了。」老婆婆說：「哎喲，小可憐一隻。」我甚至聽到：「他是不是想上電視？」

我假裝尊嚴尚存，抬頭挺胸大步走，藍色帆船鞋向前邁進，加入辦理報到手續的隊伍。阿唐機械式地踉蹌跟來，運轉的嗡嗡聲在我旁邊停下。他抓一抓身上的膠帶。

「這是為了你好，小老弟。」我說。

阿唐對我眨眨眼，看向地板，一隻手往旁邊甩。

「不要抱怨，對我沒有用。」

隊伍往前進，我們經過有特殊行李託運單的架子，要託運特大號行李的旅客必須填寫資料。當阿唐的注意力被附近的閃亮行李推車吸引過去，我急忙填單子。我正在寫，口袋裡的手機震動起來，但我不管它。

到了櫃檯前，我把表格遞給地勤人員，等她核對。我隨意摸著空空的那根手指，幾天前我還戴著婚戒。

「這臺機器人要託運？」地勤的視線越過櫃檯，一臉嫌惡地看著阿唐，接著點頭示意。

我聽到機器人極力搖頭的響亮聲音。

「對。」我回答，沒有理睬阿唐。「我還有一件行李要託運，是新的背包。」我感覺到衣袖被拉扯。

「壞——掉。」

「什麼壞了？」

「阿唐。」

出遠門很興奮，讓我差點忘了這趟旅程的目的。阿唐凝視著我，眼皮下斜，像受傷的可憐小狗。我的決心開始動搖。儘管如此，我還是維持原來的決定。

「聽著，兄弟，你不能和我一起坐，飛機上有分人類區，也有……機器人區。你去那裡比較好。」連我都不相信自己說的。

我看向地勤，她顯然被說服了。

「豪華經濟艙的座椅有加大，空間比較寬敞，非常適合他。」

阿唐聽到這裡，眼睛張得好大，左右腳交替彈跳。我怒視地勤，而她只是對我微笑，我無法理解她在想什麼。

「阿唐，買兩個豪華經濟艙座位說不過去。你要和另一件行李去託——」

「我自己的話會帶機器管家上飛機。」一名男子在我身後輕快地說。「到舊金山是長途飛行，我覺得把他送到貨艙孤零零的，很不人道。」

「不人道？不是要活著的生物才能遭受非人道迫害？」

在隊伍中一組商務人士和小孩搖頭抗議。我聽到不屑的嘖嘖聲。

「阿唐，聽著，小老弟……」

阿唐突然鬆開抓住我格子襯衫的手，伸長雙臂緊緊抱住我的大腿，好似放開就會沒命。他雙腳交替跳起來，尖聲大叫。

「阿唐……阿唐……阿唐……班……阿唐……座位……阿唐……阿唐……班……阿唐……座位……班……」

阿唐很喜歡豪華經濟艙。我想坐靠窗的位子，他使出讓他坐到豪華經濟艙的同樣招數，又耍剛剛那種脾氣，直到我給他坐窗邊才不吵鬧。我發現在報到櫃檯讓步，不但沒有避免尷尬的場面，反而讓他學到怎麼有效地煩我。所以我決定理智點，在短時間內連續叫來幾杯免費的琴通寧。我漸漸昏睡過去，放阿唐自己盯著窗外。

我幾個小時後醒來，阿唐冰涼的金屬夾子手正戳著我的臉頰。

「班……班……班……班……班……班……」

「什麼事？」

「班……班……班……班……」

「別弄我了，阿唐，你想做什麼？」我閉著眼睛說。

阿唐沒有回應。

我睜開左眼，朝他的方向看。沒有戳我臉頰的那隻手往他面前的椅背螢幕揮動。

「那是電視，讓我睡吧。」我閉上睜開的左眼，把毛毯拉上來蓋住脖子。阿唐移開我臉頰上的手，我一時之間還以為他真的變乖了。沒想到那隻手又再度回來，這次更用力，撞擊我下巴的力道之大，我覺得他是不小心的才那麼大力。

「喔，阿唐，搞什麼東……」

他不眨眼瞪著我，接著轉動腦袋，盯著螢幕，再轉回來看我。

啊，觸控螢幕。

我花了一個小時滑過機上娛樂系統裡大量的鬼東西，阿唐才終於找到他願意看超過三十秒的影片。那是部動畫電影，關於機器人居住的世界。片中的機器人外表跟他很像，難怪他想看下去。

電影裡也有仿生人，但被認為是異類，阿唐覺得那樣太棒了。故事的寓意大概是：忠於真實的自我，跟別人不一樣也沒什麼不好，就那類的道理。阿唐搞錯重點，我選擇不開導他。對我來說，重要的是，他接下來會戴著空姐特地幫他找來的特大號軟墊耳機，安靜九十分鐘左右。我感激地閉上雙眼。

九十分鐘後，我醒來有種既視感。

「又怎麼了？」

「再一次！」他指指椅背螢幕。

「你確定？你才剛看完，不想看別的嗎？」

阿唐困惑地稍微垂下眼皮，眨著一隻眼睛。這反應好像在表達他無法理解我的建議。

「再一次。」

我幫他按下重新播放。「你喜歡這部？」

他沒回答。

我拉開他的耳機一耳。「我說，你喜歡吧？這部電影？」

「對。」他說，邊推開我的手，把耳機壓回網格狀的聲音接收孔上面。他總共有兩個那種收音構造。

「你為什麼覺得好看？」

他又拉起那側耳機。

他說：「好機器人和壞機器人打架。」

這也許是他在我面前講過最長的一句話。

「他們為什麼是壞蛋？」

「壞機器人對好機器人不好。」他指自己，再指向螢幕。「好機器人對壞機器人不好。」

結論來了：他喜歡這部電影，因為他的同類在劇中世界是主宰，會對以前虐待他們的仿生人一族報仇。

不知道我有沒有立場講，不過有件事可以確定——我不是醉得太厲害，就是太清醒，無法解釋冤冤相報何時了的道理。我拍拍阿唐的金屬肩膀，讓他專心看電影。

5 冥頑不靈

我們大半夜抵達舊金山。我當時訂機票沒考慮到時差，也沒想到加州白天溫暖，秋夜裡卻有幾分寒意。我們走在入境大廳，我好希望自己穿了套頭衫、牛仔褲和厚襪子，而不是帆布鞋、棉上衣和休閒西裝褲。

我們站在行李轉盤旁邊，等待新背包穿過黑色的條狀橡膠簾滑過來。我突然想起那通未接來電——是拜恩妮打來的。我皺著眉頭，把手機設定成「勿擾模式」，再塞回口袋。我想過要直接關機，但這樣至少還可以上網。

阿唐不顧我的反對，坐在轉盤邊緣擋板上，一隻手任由輸送帶挪移。他每隔幾秒會把手抬起來，才不至於被拖走。

最後我看不下去，走上前把他冰冷的金屬機身輕柔地拽過來，跟輸送帶保持安全距離。我才搭完長途飛機，不想凌晨三點還要到失物招領處，跟他們解釋我搞丟機器人，原因是我管不動他。

我的背包終於轉到腳邊，拿起來有種比上機前還沉重的錯覺。

疲倦沖淡出發時的活力，下一步能做的只有租車開到旅館。真的很鬼扯，所有租車櫃檯都沒開。堂堂國際機場，半夜竟然不能租車？我不考慮搭計程車，於是說：「阿唐，走吧，我們去搭公車。」

「公車？」

「對，這邊。」我大步朝標誌指示的方向走，阿唐哐啷跟在後面，努力移動著他的烘衣機排風管。

客運站內燈光昏暗，影子縱橫交錯，飄忽不定。大型寄物櫃排列牆邊，其中一扇壞掉的櫃門不時大聲打開，又「砰」地關上。穿著骯髒大衣的流浪漢坐在角落，虎視眈眈盯著我的新背包。

小巧的售票亭裡只有一名仿生人售票員，他坐在防彈玻璃後面，身穿防彈背心。仿生人需要保護成這樣，表示這裡治安不好。他們往往被分配到這種工作——沒什麼人類想做，但只放臺簡單的機器又不行。

不知道什麼原因，我不想在阿唐面前丟臉，所以我保持沉穩自若的態度，走到售票口，放阿唐在後面照自己的步調跟上來。

「不好意思，你知道這家公司嗎？」我舉起手機。我之前有把阿唐身上疑似公司的名稱存在裡面。

「先生，請把手機收起來。」仿生人冷冷地說。

我瞥一眼四周，馬上明白了。光是我的聲音就吸引了附近一兩道黑影靠過來。亮出閃亮的手機分明是要給人搶。我把它放進內側口袋。

就在這時候，阿唐終於追上我了，他緊緊抓住我的衣袖。我跟仿生人直接說公司的名稱，他這次變得比較有反應。

「我知道，先生，我的資料庫裡有。微米系統科技公司：採用最先進科技的人型家務助理製造商。《財富》雜誌世界排名五百大公司之一，連續三年榮獲科技實踐獎，執行長是……」

「好，我知道了。」我制止他之後改變策略。「謝謝你提供資訊，但是我最想知道要怎麼到那裡。」

「我的資料庫裡有各種在地知識，隨時準備好滿足您的需求。」他對我展露笑容。

「所以呢？」

「恐怕我不明白，先生，您說『所以呢』是什麼意思？」

「我在等你回答我的問題。微米系統，記得嗎？」

「哪個問題，先生？」

「怎麼到那裡。」

「先生，我分析了我們的對話，結果顯示您沒有詢問過微米系統科技公司的地點。」

「喔，你也幫幫忙！」死腦筋的仿生人。就是這樣我才不想要有一臺放在家裡。阿唐也會照字面解讀，但至少他很好笑。真是的，我只好確實使用問句，問他可不可以告訴我微米系統科技公司在哪裡。

「可以。」

我嘆口氣。「所以是在哪裡？算了，不要回答那個。我問別的：那附近有旅館嗎？」

「有的，先生。這一區有許多旅館，對面就有一間。」他指向對街。

「你誤會了，我是指微米系統附近。」

「有的，先生。距離微米系統科技公司一英里處有一間符合您需求的旅館。」

「我的需求？」

「是的，先生。我運算出您需要房間，因為您能量不足。您需要半夜還開放入住的旅館，您偏好附設速食小餐館，以便購買食物。在微米系統科技公司周邊有一間符合以上條件的旅館。這邊有書面資料給先生參考。」仿生人旋轉腰部一百八十度，抽出一張紙給我。

我跟他道謝。阿唐從售票亭下看著仿生人，他放開我的衣袖，一手搶走單子。

「阿唐，拿來，我要看。」

阿唐不聽，不但把單子捏得更緊，還反覆砸向售票亭側面。

「阿唐，我說了——拿過來。」

他瞪我一眼，單子拿在手裡，慢慢溜達到旁邊。我轉頭，無奈地跟仿生人多要了一張。

「是哪一家旅館？」我看著紙上的名單問。

「加州旅館，先生。」

「有車可以搭到附近嗎？」

「二十二路，先生。您可以到站外乘車，那邊。」他指示方向。「下車地點就位在旅館外面。」

我問他下一班二十二路什麼時候到。

「二十分鐘後，先生。車程五十分鐘整。很不好意思，車上沒有廁所，也不販售餐飲。然而，萬一發生交通事故，車頭車尾皆備有滅火器和急救箱。」

我謝過仿生人，說要買兩張票。

「好的，先生。兩張成人票？」

「對，一張成人和一張……一張……」我朝阿唐的方向揮揮手。他正走向寄物櫃。「阿唐，不要走太遠。」

「不要。」他頭也不回地喊。

我繼續和仿生人對話。

「機器人有沒有優惠價？」

「我們的優惠票僅提供給兒童、年長者、行動不便者、已註冊過的機器管家和機器看護。一般機器人，沒有。」

「搞什麼？」難怪阿唐不喜歡仿生人。

「對不起，先生，我不明白您的問題，請再說一遍。」

我跟他說要買兩張成人票，接著我四處張望要找阿唐。我看到他正要打開一扇寄物櫃的門。「阿唐，不要亂碰！回來好嗎？」

「好。」他回答，卻還是原地不動。

我不想在這座客運站多待一分鐘，更別說二十分鐘，但是現在也沒有更快的替代方案。我們只能乖乖等待，祈禱瘦小的英國人和無聊找事做的機器人不會引起有心人士注意。

我帶著沉重的心情坐到等候區的塑膠椅上，我環顧四周，看阿唐在哪。他現在正用一隻手猛敲寄物櫃，製造出大聲「咚咚咚」的噪音。

我們旁邊一扇門猛然打開，身穿灰色運動服的蒼白男子衝來，推開擋路的阿唐，跑出客運站。阿唐搖來晃去，終於恢復了平衡，眼睛仍驚訝地瞪得好大。他拖著沉重的步伐回到我身邊，摳抓身上的大力膠帶。

我看著客運站的時鐘滴答運轉。跟考試時一樣，每秒鐘流逝的聲音只會越來越大聲。我整個人累到癱軟在座位上，雙手苦惱地抱頭。我到目前為止還是沒有顧好自己和阿唐。我能想像愛咪挑起一邊眉毛批評，說什麼常識夠就不會發生這種事，而且我會反駁不了，因為她說得對。

以前規劃旅遊行程的人是愛咪，所以我們從來沒有三更半夜被困在客運站。最類似的經驗是在法國多爾多涅自駕旅行那次，我們的車在客運站旁邊拋錨，愛咪立刻打電話給當地的道路救援服務，請他們來幫我們——對，她會說法語。

她講完電話一小時過後，我們已經在一家溫馨的鄉村旅館喝著熱巧克力。

售票員身後一道門傳來廣播聲。

「往聖荷西市區，五分鐘後出發。請把車票準備好。」

喔，謝天謝地！司機廣播詞還沒說完，我已經站了起來。

「來吧，阿唐，走了。」

爬上客運的階梯對阿唐來說相當吃力，我必須從後面用雙手推他上去。他到我家後院搭的車是低底盤無障礙公車，但是在這裡可沒那麼幸運。第一項挑戰是爬上階梯，緊接著是中間的狹窄走道。阿唐勉強往前擠，不斷撞到別人手肘，尤其是在睡覺的乘客。我們已經快要成為全車公敵。

幸好後面的座位區沒人，阿唐可以自己占好幾個位子，空間很夠。我們隨著車體晃動，他一雙圓眼睛直直盯著前方，而我頭靠著窗戶假裝小睡片刻，卻一直暗中密切注意阿唐。

我不想有事沒事打開他的外蓋檢查圓柱管，會害他窮緊張，可是不打開來看就沒辦法知道我們還剩多少時間。也許應該先找家裡附近誰可以修，也許這樣大老遠跑來真的很蠢，也許……也許所有問題到最後都會迎刃而解。有太多未知數，一切還很難說。

6 客房服務

一下車真的就是加州旅館，那個仿生人提供的資訊沒有錯。

我們站在門口，背對海岸線。晨曦的微光逐漸從破舊的旅館屋舍後方綻放，不同深淺層次的紅灰藍三色渲染破曉的天空。這個地方彷彿加了一層濾鏡，看起來比實際上更漂亮。即使旅館前的道路距離海灘只有咫尺，這裡跟聖塔莫尼卡的濱海度假勝地還是差很多，確切來說是完全相反。

放眼望去，前方有座年久失修的候車亭，再看仔細點，路邊一些排水孔被用過的保險套堵住，而人行道上的長凳下有好幾支注射過的針筒。我看到日出的景色，心情為之一振；我腦中幻想著咖啡和可以躺平熟睡的軟綿綿床鋪，精神為之振奮。我肯定即便旅館再爛，要床要咖啡一定沒問題。沒錯，他們有！可是旅館老闆擺明不歡迎阿唐。

我們才跨過大門，我馬上聽到：「嘿，你……對啦，就是你，扁塌頭髮的那個。」

他外表像是黑幫電影裡老愛阻撓別人的小角色——下班後的當鋪老闆，穿吊嘎，戴綠色鴨舌帽，櫃檯下放了一把槍。

我靠近時，他說：「我們這裡不接待那種機器人。」他伸出關節凸出的手指比向阿唐。

我正要回應，他打斷我：「僅限仿生人。讀一下牌子好嗎？」充當旅館櫃檯的木箱上有面告示牌，他用一隻胖手指比一比。

牌子上寫著：「機械型機器人禁止入內，入住須先付清住房費用。」

阿唐像隻憤怒的狗兒發出低吼，不斷跺著腳。

「拜託，我只要幾個小時睡一覺就好……我們才剛下飛機。」

「你聾子嗎？我說了，不接待那種機器人。」

「但他故障了，他也要休息。」

「故障的機器人更不行進來。」

「好啦，我們去別的地方。」我轉身往門口走。

「……嘿，你只是要睡覺嗎？」他忽然說。

我深吸一口氣。「對，我才坐完長途飛機下來。我老婆離開我，我現在很累，我還不清楚要去哪，我們在客運站還差點被攻擊。我真的沒心情跟你理論，所以我們要走了。」

「老兄，這個時間只有我們還開著，其他地方會直接收你一天的費用，只有我們能夠以小時計費。我跟你說，我可以給你一樓的房間，但是你不能說出去。我們是老實經營的旅館，有名聲要顧，不能被看到接待那種機器人，知道嗎？」

正如我告訴他的，我累斃了，沒力氣爭辯，我威脅要離開也不能真的馬上走。我一時間沒想說要問為什麼可以接待仿生人，其他機器人卻不行。我只是疲憊地掏出一些美金付房費，他收下後從身後一排掛鉤拿鑰匙，然後放在櫃檯上，跟我們說到時候早餐要額外付費，用餐時間是七點到十點。想到有咖啡可以喝就很心動，可是我必須先睡一覺。我累到不行，只能感謝他，朝我們的房間走去。

我本來只打算小睡一下，結果連續睡了十二個小時。我醒來時已經快傍晚五點，我還穿著原來的衣服，像海星般四肢攤平在床上。底下的床墊看起來很髒，上頭蓋著凹凸方格子紋路的粉紅色斑駁床罩。我連床罩都沒掀開就躺下去了。

我不知道阿唐在這段時間做了什麼，我看到他才比較放心。他閉著眼躺在地上，跟我差不多的姿勢，顯然是在睡覺，或說是待機中。我說「差不多」是因為，他有一隻手臂高舉著靠在床邊。我定睛一看，發現他軟管手臂的「腕關節處」被床罩垂下的線纏住動不了，所以他才會有舉著一隻手的怪姿勢。

即使他有向我求助過，但我應該已經睡死了，聽不到。我解開他被纏住的手臂，把他的手輕輕放下，擺到他身旁。

我這幾個小時並不是一覺睡到醒。還在淺眠階段時，奇怪的碰撞聲迴盪在我腦中。我覺得應該是老舊的管路系統，可是沒辦法確定。除了碰撞聲外，我還聽到尖銳的吱嘎聲和金屬器物鏗鏘作響，像是熱水器和笛音壺在吵架。我甚至一度聽到彈簧啪嚓折斷，之後出現類似彈簧玩具翻轉下樓梯的聲音。我確信自己沒有幻聽。

我撐起上半身坐起來，用髒兮兮的手搓揉臉龐，再看看四周。我們剛到的時候，光線微弱，我沒注意到房間的狀況。現在睡醒，秋日午後的陽光逐漸變暗，但還算充足，看得清楚房間。我意識到為了在這邊小睡一下，付出的旅館費確實很高。即使我的小睡長達半天之久，睡這樣的房間還是太貴了。

薄紗窗簾吊掛得很低，許多鉤子不見了，幾乎等於沒有窗簾。牆壁貼滿深橄欖綠的絨面壁紙，角落水漬斑斑，到處是一塊塊怪異的深色汙痕。牆壁受潮，房間裡也充滿溼氣，聞起來像被棄置已久的地下室。

往下看，地板沒有整個都鋪地毯。阿唐躺的木地板上放了幾條小毯子，應該是要當作浴室腳踏墊。毯子邊緣蜷縮上翹，彷彿想盡可能遠離地面。我突然覺得對阿唐好抱歉，沒有幫他找可以躺下的床。

不過說真的，我不確定他的金屬身體喜不喜歡接觸柔軟的表面。

我睡覺前還有點力氣取下手錶。所以伸手到床頭櫃上準備要拿來戴，卻碰到溼溼的液體。我反射性把手縮回來。

「好噁！這什麼鬼東西？」我嗅一嗅指尖，是機械油。好奇怪，真的非常詭異，不接待機器人的旅館怎麼會有這種油？我再次伸手去拿手錶，忽然決定要看看床頭櫃裡有什麼。應該會有國際基甸會放的《聖經》，但願會看到——有的話，這個地方就好像比較正常。

我拉開抽屜，看到裡面擺了一整套電池，有三號、四號、方形九V電池等等。接著我瞄到床底下有東西，於是向前靠過去看，發現一顆車用電瓶和幾條救車線。

我選擇不胡亂猜測，把東西推回床底下，抽屜關好。我離開布滿灰塵的凹陷床鋪，盡量安靜地踮腳往一扇門走，那看上去是通往浴室的門。

我想起老闆之前說過所有房間都有獨立衛浴，因為他的顧客有需求。他說完還俏皮地對我眨一下眼。我實在搞不懂那是什麼意思。

我站著小便，一邊東看西看。馬桶水箱上擺著麂皮擦拭布，還有一雙加厚型皮革工作手套，像園藝用的那種——在廁所用這些未免也太誇張了吧。浴簾是拉上的，我從簾後望進去。浴缸邊通常會有洗髮精之類的身體清潔用品，那裡的確放了二合一洗髮沐浴乳，可是旁邊居然有一罐WD40多功能除鏽潤滑劑。整個沐浴區看上去溼溼黏黏的，我瞬間打消跳進去洗澡的念頭。

我在用一塊像是蠟製肥皂的東西洗手時，阿唐已經起身。當我打開浴室的門，他拍手迎接我。

「現在走？」

「不行，阿唐，很抱歉，我們要去附近找人談你的狀況。沒想到我睡這麼久，今天可能來不及了，必須等到明天。」

阿唐把金屬下顎往前挪，做出生氣嘟嘴的動作，邊摳著身上的膠帶。

「地板硬。」

我突然覺得愧疚，故障的機器人沒有床睡，而我大睡特睡，耽誤掉不少時間，他又多一天沒有人修理。

「我知道，抱歉，我以後會注意，那時候太累了。」

「班不累了？」

我感謝他的關心，並跟他說：「也許我們可以看看附近有沒有別的旅館可以住。來吧，我們去找找看。」

傍晚的陽光難以穿透寒霧，天色陰暗。

為了離開那間古怪的旅館，我們到處走，要找到另一個落腳的地方。我們的雙腳倦怠地踏在人行道上，每走一步，腳步聲就越無力。旅館老闆說得沒錯：附近完全沒有其他提供住宿的旅舍。整條商店街的店面和公司行號都用鋁板封住出入口，只有垃圾在逛大街。加州旅館真的是方圓內唯一仍在營業的場所。陰涼的大霧瀰漫開來，視線漸漸受阻。

我面向我的機器人好友。「阿唐，我們可能要回去那間旅館了。附近什麼都沒有，而且霧這麼大，我們走不遠。」

真的該稱讚阿唐，他沒有鬧情緒，雖然他樣子有點崩潰。他平時可以非常煩人，但陷入絕境時倒是滿懂事的。

我們回到加州旅館的房間。至少我有帶鑰匙——卑微的勝利！事實上，我今天又再次搞砸了。

阿唐坐到窗戶旁快解體的椅子，把薄紗窗簾拉開，瞪著外頭一片幽暗。我開始尋找旅館房間裡通常會有的住房資訊，最後在另一側的床頭櫃抽屜裡找到了一個文件夾。

裡頭資料提到附設餐廳有供應早點，也提供「熱情晚膳」。菜單上有各種套餐，名稱取得很幽默，例如「螺帽螺栓火熱快炒」、「油嘴滑魚」等。我覺得哪裡好像怪怪的，一間不收機器人的旅館有機器人主題菜單。

這時我才想起來，自從下飛機後我就沒吃東西，我好想大吃一頓。而且我沒喝咖啡，出現了戒斷症狀，我的頭在痛。

我沒有很想離開房間，勇敢闖進用餐區，準確來說，這間旅館的任何公共空間我都不想踏入，因此我叫了其中一項客房特別服務。我也有點咖啡，可是他們通知我咖啡機壞了。

「你就不能幫我泡一杯即溶咖啡嗎？」

「先生，我們不供應那種咖啡……這裡是高品質的旅館。」

我停下來思考。

「好吧，那能不能幫我換成啤酒？」

一個身穿女僕裝的仿生人送餐點過來。我不確定誰比較無言想翻白眼——是我還是阿唐。女僕一手在屁股上，向前彎腰翹起臀部，另一隻手穩穩端著晚餐托盤。

「先生，要我進去為您服務嗎？」她對我拋媚眼。

我拒絕，告訴她我可以自己來。

她又拋一次媚眼。「好的，先生。我知道了，先生。如果您想要人家，請打到櫃檯，我會馬上回來唷！」她悠哉地漫步離去。

「那是怎樣啦？」我問自己，然而阿唐看向我，他小巧的金屬肩膀略微挪動，看得出來是在聳肩。

吃飯時有種鬱悶的氣氛，我們都沒講話。之後我們花了點時間研究根本是古董的老電視，試過各種方法，畫面就是不能看。我們放棄看電視，現在能做的就是早點睡覺。

我躺到床邊，讓阿唐也可以躺上來。這是小型的雙人床，阿唐的體積占了一大部分，所以我整晚都快要摔到床下。

第二天早上，在旅館走廊和大廳走動的人突然變多了，所有人身旁都跟著仿生人。我睡不好，咖啡因不足，完全不想處理任何麻煩事。我看一眼阿唐，感覺得出來他比我更不自在，他跟我貼得很近，走路時緊張地旋轉頭部。我們往大廳走，一路上的人類和仿生人都好像在看熱鬧般盯著我們。

我帶著背包走，因為看過旅館和周邊區域是什麼樣子，我知道去吃早餐時最好不要把貴重物品留在房內。我把背包放在檯子上，按了一下服務鈴。早班的櫃檯人員是個瘦削的老女人，她臉上的妝特別濃，指甲長到好像沒有實際用途。

我客氣地詢問附設餐廳在哪裡。

「那邊。」她舉起乾癟的手臂，指向大廳另一側。

我繳清還沒付的帳單款項，正準備朝早餐和咖啡的方向邁進，我卻忽然想起什麼，「不好意思，再打擾一下，妳知道別人為什麼要盯著我們嗎？」

她塗了口紅的薄唇歪斜成一抹詭異的冷笑。「因為你有機械型機器人，他們覺得……很古怪。我就直說了，你不要介意，那樣有點變態。」

「變態？」

「你看看別人，這裡還有誰也帶了小不點？」

目前不管到哪裡，我已經習慣只有我帶著像阿唐這樣的機器人，可是當我觀察四周，可怕的事實擺在眼前。這裡的仿生人全是女的，都有特殊裝扮，像客房服務的女僕那樣。她們招搖的風騷服裝根本不能穿上街。

我終於恍然大悟：他們認為阿唐是我的「男伴遊」。

我一把抓起背包，「走了，阿唐，我們要退房。」

7 玻璃大廈

我把鑰匙丟還給櫃檯，快步離開旅館。阿唐吃力地跟在後面。

「班……班……班……班……班……停下……班！」

我走到之前下車的車站才停下來。一分鐘過後，阿唐來了，瞪著我，眼球從眼眶裡凸出來。

「對不起，阿唐，我只是想趕快離開那間旅館。」

阿唐點頭。「但是……班……咖啡？」

「我去別的地方喝。」

「喔。」

「你是對的，阿唐，我們應該昨天就離開。我們現在要走了。」我講現在要走，可是我去看了滿是塗鴉的公車時刻表，發現下一班車至少要等四十分鐘，同一個方向也沒有其他車更快來。

「真煩，我們搭計程車吧。」

五分鐘後，我成功攔下一輛計程車把阿唐努力塞進後座，再跟著擠進去。

「要去哪？」司機問。

「嗯……微米系統，你知道那裡嗎？」我舉起手機給他看地址。

他看我一眼，那種眼神就像在看引擎裡發現的死老鼠。

「好，我知道，早該想到了。」

「什麼意思？」司機正加速離開，我問道。

「你就是那一類的人，待在加州旅館，但是隔天會去閃亮大樓裡工作。」

「那一類？」

「對，外表乾乾淨淨，家裡得不到滿足，就出來找。那家旅館有很多跟你一樣的人光顧，可是我得說，我沒看過別人有你這種類型的伴遊。他們帶的通常……外表比較像人。」

「是啊，大概吧。」我回答：「但是你看錯我了，我們不是那樣。」

我在後照鏡裡看到他挑起單邊眉毛。「你說了算，老兄。」

「是啊。」我的意思是不聊了。這裡的人都認為我和阿唐有什麼特殊關係，真是有夠煩。

計程車穿越濃霧，司機在一座玻璃帷幕大樓外放我們下車。大樓的外觀像U

字型的滑板場，兩邊高，中間低。正前方有一塊區域，在通往入口的道路兩旁排列著精心修剪過的小樹，像緊急疏散時通道兩旁的燈。

我和噹啷前行的阿唐踏上對稱大道，這條路好像怎麼走都在原地踏步，實際到達入口才知道走完了。茫茫寒霧籠罩，大樓宛如飄在雲端。

外頭的門面已經很夠看，內部也同樣風格。前廳裡四處點綴著類似的小樹盆栽，幾張耐磨的皮沙發擺在大門附近。前廳後方是接待處，檯子很高。從門口到櫃檯有一大段距離，所以當訪客走到接待處之前，雙方都會有點尷尬。我們很幸運，因為坐櫃檯的嬌小金髮女生正忙著講電話，沒空管我們。

除了我們兩個以外，整個大廳中沒有其他訪客。

我在空盪盪的安靜場所裡下意識踮起腳尖，但阿唐的金屬腳踏在大理石上格外響亮，我們絕對會被注意到。我仔細觀察阿唐小巧的身體，看他有沒有任何認出這是哪裡的跡象。

「阿唐，你認得這個地方嗎？」

「不認得。」

「你確定嗎？」

「確定。」

「你不是從這邊來的？」

「不是。」

就在接待員親切的聲音結束通話時，我和阿唐到了櫃檯前。

「先生，有什麼需要幫忙的？」她微笑。

「有，希望妳幫得了。我在網路上查到你們公司，我想知道有沒有人能跟我討論一臺機器人的問題。」

接待員摸著優雅襯衫上的超大蝴蝶結。

「機器人？」

「對，這臺。」我比一比阿唐。

她從檯子後面站起來看他。

「您有預約嗎？」

「我直接過來的，我想找出誰是製造商。他的底部有一塊金屬牌子，上面寫『MICRON……』，所以我覺得可能跟你們有關……你們製造機器人。」

「我們是製造仿生人，先生。」

「喔。」

「這不太可能是我們公司的。」

我一時之間不知道要說什麼。

「先生，我還可以幫你什麼嗎？」

我不打算碰到第一道難關就打退堂鼓。

「也許你們沒有製造他，但是妳知不知道誰懂舊型機器人？像這樣的機械型。」

她雙眉緊蹙，用法式指甲輕敲牙齒。

「你可以跟柯里談。他在遊戲部門，可是我知道他對這種機器人很感興趣——那是他的嗜好。」

「太好了。」

「請在等候區稍坐，我看可不可以請他過來。」

我和阿唐互看對方，視線再移動至大廳遙遠另一端的沙發。

「謝謝，但是等我們走到那邊，可能就要走回來了。」我說完自己輕聲笑起來，接待員卻不覺得有趣。我抓抓頭，想掩飾尷尬，手中感覺到我的蓬鬆黑髮已經開始亂翹。

我想起和愛咪第一次見面，愛咪說她喜歡我的頭髮那樣，她覺得很可愛，到後來，她覺得看了很煩，說我很像學生。

接待員在面前輕薄閃亮的筆記型電腦上輸入一些字，接著露出微笑。她繼續敲鍵盤，最後快速按一下確認鍵結束打字工作。

「他要下來了。」

柯里讓我們等了很久。我特別擔心阿唐會無聊惹事，因為我們周圍都是玻璃牆。阿唐的耐心終於到達極限，還好他把注意力放在地板，而不是玻璃。他看到大理石上無聲的倒影，想看得更清楚，於是俯身下去，雙腳竟然瞬間打滑。我叫他不要害自己受傷。

「不要。」

他有點怕怕地向前移動一隻腳，眼睛睜大，在大理石上滑移有種不同的感覺。他驟然轉身，全速前進。我驚恐地意識到慘劇即將發生。阿唐放聲狂呼，把嗓門拉到最大，在光滑的地面上滑行。

「阿唐，回來。」我盡量小聲地喊，但在停機棚般的大廳裡要不被聽到也難。阿唐的大叫和我的斥責在玻璃帷幕間迴盪。接待員站起來。

「先生，請把機器人帶在身邊，我們不希望有任何損失。」

我皺著眉頭看她一眼，把阿唐叫過來。他滑回我身旁，我對他說：「我真應該要給你套韁繩。」

「討獎賞？」阿唐困惑地問。

「韁繩，騎馬的用具。」

阿唐眼睛亮起來。

「班的馬？」

「那些不是我的馬，阿唐，但也對啦，可以套在那些馬身上。」

「阿唐喜歡班的馬。」

「對，我也是。請你待在原地好嗎？」

阿唐嘆口氣，跌坐在地上，摳弄身上的大力膠帶。

十分鐘後，玻璃門開啟，發出刺耳的聲音。我們都往右看，一名高大的男子走過來——他是讓我覺得自己不如人的那一型。肩膀寬闊，皮膚晒成小麥色，又不會過於黝黑。他穿著設計師品牌的襯衫和時髦短褲，在辦公室裡這樣穿應該很不搭調，在他身上卻毫無違和感。他看上去不太像機器人迷。他對我伸出一隻手，綻放陽光般的笑容。他有完美的牙齒和兩個迷人的酒窩。

「柯里・菲爾茲，很高興認識你。」

「班・錢伯斯。」

「凱拉說你有機器人要給我看。你想把它賣掉嗎？」

阿唐兩手圈住我一隻腳。

「沒有要賣。他有損壞，你看得出來。他需要幫助，我必須找人修好他。」我試圖保持冷靜，可是說話時就透露出心裡很慌。

「跟我來，我會看一下。」柯里又對我笑。

他領我們穿過那扇玻璃門，走進陽光四溢的透明走廊。從前廳看不到這裡，可能是巧妙運用了稜鏡之類的機關。沿著長廊走沒多久，柯里突然左轉，穿過牆壁。我跟上前，看到他幫我扶著另一扇玻璃門。

走進去是會議室，裡頭擺了一臺有環保團體標誌的飲水機、一張玻璃大會議桌、幾把很潮但坐起來可能不太舒服的椅子。柯里坐在桌子周圍的一張椅子上，他請我也坐下，再向阿唐招手。

「來吧，小傢伙，我不會傷害你。」

阿唐望過來，徵求我的同意，我點頭。他走過去站到柯里面前，那個人竟然掏出一副眼鏡。我聽說過視力有問題在加州是違法的。

「我老婆。」他揮動眼鏡。「我想做雷射，但她認為戴眼鏡看起來特別『有氣質』，喜歡我有書卷氣還是怎樣，她真是個寶。」他看著阿唐。「他很不一樣，是吧？對現在這個時代來說。」

「是啊。問題出在他的圓柱管，在蓋子下面。」為了說明清楚，我剝開阿唐的大力膠帶。

柯里看到玻璃管上的裂痕時點點頭，鼓起臉頰說：「凱拉說得對，他不是我們公司的，甚至也不是我們剛成立時的初代機器人。這不是我們的風格。我不知道哪裡拿得到那樣的零件，就算你真的找到了，我也不清楚要怎麼組裝。應該可以客製一個，可是要找誰？製作時間多久？我不知道。」

「喔。」我越顯焦慮，不過聽到柯里的下一句話，我有稍微沒那麼緊張。

「但是我不會太擔心，我判斷他還可以走一段路。能夠換圓柱管的時候就換吧。你不用怕，他不會突然掛掉。」

我的肩膀放鬆下來，我呼出一口氣。我沒發現自己一直在閉氣。

「你能告訴我玻璃管裡的液體是做什麼的嗎？」我問道，而柯里搖頭。

「抱歉，我真的不能確定，有很多種可能：潤滑劑、冷卻劑、燃料，也可能只是平衡用，你知道的，就像耳朵裡的液體。」他聳肩。「我認為某人匆忙製造出你這個機器人，他沒有表面上看起來這麼沒能力，他其實很懂人工智慧。看這裡。」他指著阿唐手臂和身體的連接處。「這看起來可能只是一條軟管，但這樣設計是有原因的。他當時手邊可能沒有平常會用的材料，所以只好將就。使用這樣的管子，你的機器人能具有良好的靈活度。如果是把固態金屬零件焊接上去，他能執行的動作會少一半。你看得到這臺機器人的身體是個硬盒子，不過手臂的活動範圍可以彌補機身行動力的不足，腿也是這樣。不管是誰設計的，他很清楚自己在做什麼。你想修好他，最好的辦法就是找到發明他的工程師。」

我看向阿唐，他的眼睛瞪得好大，但辨識不出他現在有什麼情緒。他似乎對柯里的建議還沒有想法。

柯里搓揉下巴。「我要大膽地說，我認為他這樣做幾乎是故意的。」

「故意？」

「對，創造他的人是故意的。有點像是建造艾菲爾鐵塔，它沒有被設計成要矗立在那裡很久，只是直到現在它還在。」

「我不太懂……」

「我不認為這個小傢伙的機體被刻意設計成金剛不壞。這應該只是暫時的，玻璃管也是。」

「為什麼有人會這樣做？」

柯里聳肩。「就像我說的，他也許很急，也許沒有需要的零件，也或許打算有機會再升級。」

「你說升級是指換一臺新的，還是進行改造？」

「都有可能。」

我點頭，稍作停頓。

「我有另外一個問題。」

「說吧。」

「你怎麼確定他是人類創造的？」

柯里微笑，坐回椅子上，對我揮著一根手指。「那是個好問題。答案是：我不能完全確定，大概有九成把握吧。我接觸過很多智慧機器人，過了一陣子就能辨別，基本上是靠經驗。你知道通常要怎麼從筆跡判斷寫字的人是男是女嗎？這個嘛，同樣的道理。我沒辦法解釋得很清楚，只能說他看起來像……人造的。從外表直觀來看，他很像男性。」

我同意他的看法。「我第一次看到他就知道他是男性機器人。我知道他有男生的聲音，但不僅是靠聲音才能辨別。」

「真有趣，對吧？我們把人類的特徵放到機器上，人們會對它們產生依戀。沿著我們公司這條路走下去，會有座讓人類去哀悼追思的仿生人墓園。」

「你在開玩笑？」

柯里搖頭。「沒有啊。對某些人來說，仿生人就像有實質用途的寵物。我知道你在想什麼——只有在加州吧？」

我做出否認的手勢，不過他說得沒錯——我的想法差不多就是那樣。

「說了這些，我終究幫不了你執行尋人之旅、任務，或看你想叫什麼。可是我有朋友可能幫得上忙。她是我的網友，沒騙你，叫小貓咪９８３５，本名莉琪．凱茲，她是博士。」

「她專門製作機器人嗎？」

他搖頭，摘下眼鏡，用乾淨的手指揉揉眼睛。「沒有，她在德州休士頓一家博物館工作。她是機器人歷史學家，我覺得你會需要她的幫助，班。」他中間停下，認真看著我。「你真的應該要升級。你可以挑一款我們的新型號，我可以給你折扣。它們功能更多，還是全新的，沒有損壞。」他爽朗大笑，拍拍我的上臂。

阿唐在旁邊一直非常有耐心，這時候卻劇烈地左右搖晃起來，緊抓住我的手臂，緊到我會痛。我的心裡內疚不已，阿唐聽得到那段話。我知道帶著阿唐到處跑，旁人都會多看我們一眼，不過我已經習慣他在身邊，早忘記他和仿生人比真的差很多。他沒有那麼老，也許還不滿六歲，但從人工智慧的角度來看，可能已經是化石。

「不用了，謝謝。我有這臺就好。」

柯里聳了聳肩。「隨你開心。這是我的名片，你改變主意可以找我。」他靠到我耳邊大聲說：「不用怕會得罪你的機器人，班。大家最後都會升級，何況他已經有損壞，所以……他會理解的。」

他這樣說聽起來很像愛咪。我不覺得阿唐會理解，可是我沒有吭聲。我跟他道謝，感謝他抽空下來給我們建議。我在離開前又問他一個問題。

「你們這裡有咖啡機吧？」

8 天生狂野

我叫了計程車，要搭去距離最近的租車公司，我覺得自己又活了過來。這完全要感謝我新交到的好麻吉柯里・菲爾茲，他請我喝美好的熱咖啡。

我和阿唐在路上爭執。

「不行，阿唐，你可以不要吵同一件事嗎？」

阿唐指著天空。「豪——華——經濟艙！」

「不行，阿唐，我說了，那太花錢。」儘管我嘴巴上這樣講，也知道自己沒說真話。事實是，柯里說阿唐「還可以走一段路」，我就有理由選擇比較慢的方式……來避免搭飛機。

他又開始吵，我應該直接對阿唐說實話，可是我拉不下臉。

「豪——華——」

我朝阿唐的方向堅決地伸出食指。他瞧我一眼，摳弄起大力膠帶。我成功制止他無理取鬧。至少這次我沒有因為可憐他很快就要報廢，而成為他情緒勒索的受害者。

我控制住場面大約二十分鐘後，租車公司的服務人員問我：「那你想租哪一種車？」

阿唐又開始了。

他抓住我一隻腳，兩手夾子又擰又捏，堅持車子要選低底盤，他才上得去——簡而言之，他就是要一輛高性能轎跑車，是野馬更好。但他同一招對我沒用，我就是拒絕租野馬。服務人員站在我這邊，介紹我們無障礙車款，其中配備的機械升降手臂可以把阿唐抓起來送進車裡。阿唐根本不屑一顧。

結果我們租了高性能轎跑車。

服務人員非常年輕，可能連駕照都還不能考，但他展現出應有的專業度，無視吵鬧的機器人。他告訴我們野馬都租出去了，我慷慨給他一大筆小費，他還幫車子（道奇戰馬）額外多加一點油——所謂一點是指足夠從停車場開到馬路上。

小費能換來多一點好處，我喜歡這樣想。

阿唐呼呼地爬到副駕駛座上，把看到的每個按鈕都按過去。他越玩越開心，切換著廣播電臺，先是加州搖滾樂，換到加拿大民謠，再來是福音頻道。

「阿唐，關掉啦。」

他收回手臂，往後倒在座位上，摳抓大力膠帶。

「抱歉。我們到路上再聽，你想聽什麼都可以，好嗎？」

他的兩隻小腳上下擺動，我認為他的動作是在表示同意。

出發了！我們漸漸駛離聖荷西，沿路的丘陵地形慢慢變得低平，遼闊的淡藍色天空擴展開來，幾抹飛機雲劃過天邊。藍天下是整面沙地，稀疏點綴著綠色的耐寒灌木叢，沒看到其他景物。遠方可見山脈輪廓，道路卻好似無限延伸，永遠到不了山區。這景色彷彿是一幅不斷向後移動的風景畫，我們永遠無法觸及。

我一說可以聽電臺，阿唐馬上動手。他頻道轉了一陣子才選定。他找到喜歡聽的電臺時，我們已經行駛在五號公路上，周圍一片荒涼。我聽到他選的電臺裡有那首歌，我心裡一沉。

不久前，我還在舒適的家中，沒有房貸問題，快樂地做我喜歡的事，身邊還有一個愛我的老婆。好吧，事實證明，也許前一句話不太正確，但我相信她至少有喜歡我，以前有喜歡過吧。

我現在則開著道奇戰馬穿越加州，經過飛沙走塵中的仙人掌和風滾草，沒有老婆，沒有工作，也不清楚自己接下來要去什麼鳥地方。我身旁還有一臺復古機器人，有這麼多頻道，什麼不好選，偏偏挑了一臺正在播放〈天生狂野〉。

我陰沉的臉對著擋風玻璃，一手要去切換電臺，阿唐卻賞我一記金屬重拳，往下捶在我手背上。我把手縮回來，痛得變臉。他狠狠瞪我一眼。顯然阿唐很喜歡這首歌。

他把旁邊的車窗搖下，十分放鬆地坐著，一隻金屬小手臂擱在車門上，疾風從敞開的窗戶灌進來，刺激著他的眼球，他因而尖聲歡呼。他把頭和上半身盡可能探出車外，身上的大力膠帶在風中快速翻動，嗡嗡作響，聽起來像啤酒瓶裡亂飛的蒼蠅。

「阿唐，把窗戶關上……太吵了！」我大喊，可是沒有用。「阿唐。」我敲他身體側邊。「把窗戶關上……這首歌要播完了！」我指向車內音響，他會意後坐回位子上，把車窗關好。

他坐了幾分鐘，一腳不時微微顫動。這種動作漸漸變得明顯，他的另一隻腳跟著抽搐起來，雙臂也不例外，隔沒多久就有整套自創的抽動舞。他手舞足蹈，表達對車內音樂的熱愛，我看了忍不住發笑。

阿唐注意到了，雙腳高興地上下狂踢。但隨著這首歌持續放送，我的心情跟著走下坡。阿唐好有個性，而且一直在成長。然而，他並不是「天生狂野」，他是……「人造奴僕」。我想到他裂開的玻璃管，他的時間遲早會用完，這些念頭浮現，我不禁悲傷起來。

單調的五號公路繞經洛杉磯郊區周邊，離開這個區域後，地勢又變得平坦，永遠到不了的山脈再次出現。除此之外，不遠處還有一座風力發電廠。我們逐漸靠近，阿唐目不轉睛地凝視，用頭部畫著小圓圈，想跟風力發電機的葉片同步轉動。我們開車經過後，他轉頭從車後望出去，直到看不見為止。

我連續開了好幾個小時的車，還好有開定速巡航系統，不然沿途景色沒什麼變化，注意力很難集中。我的心思遠飄到愛咪那邊，不知道她在做什麼，如果她也在車上，她會說什麼？她可能會叫我專心開車，不要胡思亂想。

我們不知不覺到了亞利桑那州，朝著新墨西哥州前進。阿唐這時拉拉我捲上去的衣袖，才把我從思緒中喚回來。我沒發現自己已經把車速放慢，因為我們正路過一座荒涼的小鎮，而阿唐比著後面不知道什麼東西。

我看向後照鏡，什麼也沒有。

「嗚……汪汪。」阿唐說：「汪。」他看到我一臉困惑便皺起眉頭。

「小老弟，你要說什麼？你聽起來像狗在叫。」

他再次坐下，放聲尖叫，腳亂踢。

「你變成狗了？為什麼？」

「對，狗。」

我問他為什麼要當狗。

「狗、狗、狗、狗……」他又指向我們身後。

我這次把自己這邊的窗戶搖下來，要看清楚後面有什麼——竟然有一隻臘腸狗在追車！牠離車尾很近，所以從後照鏡看不到。

我轉回來面向前方，不想管追在車後的小狗。我只想往前看，平安開離這座冷清的小鎮。然而命運捉弄，我的膀胱正發出警訊。我嘆口氣，看向側邊後照鏡，車後的臘腸狗正好跑到視野裡，之後又再度消失。牠一下跑到左邊，一下右邊，還能跟得上。

「狗……狗……狗……」每次臘腸狗從阿唐那側出現，他就說一次。

「好了啦，阿唐，我知道那是狗。」儘管我這樣講，我知道終究還是要停下來看臘腸狗想做什麼。

「反正我需要上廁所。」我把車停到人行道旁，前面是一小排店鋪，包括五金行、酒類專賣店、雜貨店，這些沒有一間是開的。我到街上到處看，好像在搞什麼全鎮封鎖，門、窗、百葉窗全都關起來了。

「這裡是怎麼回事？」我喃喃自語：「國定假日？殭屍入侵？」有什麼在輕推我的腳，我低頭查看，發現臘腸狗仰頭望著我。牠全身紅棕色，明亮的綠眼睛，一隻耳朵剩下一半，脖子上圍了紅色斑點的領巾（臘腸狗身上都會有配件吧？）。

我彎下腰，拍拍牠的頭，瞇起眼看牠項圈上的狗牌。

「阿唐，牠叫凱爾。凱爾——真有趣！」

阿唐從車裡出來，走到我旁邊。他戳一下臘腸狗的身體，牠則嗅聞阿唐的腳和下半身，接著抬起一條小短腿，朝機器人尿尿。阿唐尖叫，想把牠趕走，但小狗很執著，仰頭望著機器人的臉。阿唐好像生氣了，可以理解他為什麼會氣，而我在旁邊看好戲只是覺得很好笑。

「喔，拜託，阿唐，牠對你很友善。」

「朋友。」他想到這個詞。「班，朋友；狗，不是朋友。」

我作勢要踢，把臘腸狗趕走了。我到處找有沒有可以擦乾阿唐的東西，最後在後車箱裡找到一塊擦拭布。

「現在走。」阿唐要求。

「你改變主意啦？幾分鐘前你還想叫我停車。」

「鎮上沒有人，只有狗。」他解釋：「狗有毛病……尿尿。所以這個鎮有毛病。」

我沒辦法用他的邏輯跟他辯，但我還是要去解放一下。臘腸狗的小短腿很忙碌，在車旁跑來跑去，車輪和水箱罩都被牠聞過了。

我在中央大街上尋找咖啡館或酒吧，或是任何有廁所的地方，不過就是沒有一間店營業。我最後只好在小巷裡的垃圾箱後面小便。我用餘光看到阿唐在看我。尿完後，我迅速走回大街上繼續探索行動。

「這是什麼鬼地方？」我又自言自語。不只是一條街的店面，而是每間店都沒開，所有房子的每扇窗通通被封起來。我們很可能是走錯路了，可是在美國寬敞的公路上，要轉錯彎也有點難度。

沙塵覆蓋每樣物體表面，我到處走走，看到商店櫥窗內張貼了公告，上面寫著：「休息中，直到我們被准許回來」。我走到商店街盡頭的房屋，那裡立了根柱子，破掉的塑膠長帶子綁在上面隨風飄動。在黃色帶子上，粗黑大字印著「警告」和「輻射」。

太可怕了！我拔腿跑回道奇戰馬。阿唐不解地看著我。

「阿唐！上車，我們要走了！」

凱爾還在嗅輪胎。我一把抓起牠，扶著牠柔軟的肚子，將牠扔到後座。

阿唐更加不理解，眼珠往內斜移，成了鬥雞眼。

「別擔心，阿唐，我們只是要離開，現在就走。凱爾也一起來，這邊不安全。」

阿唐擺出臭臉，跟愛咪不高興時的表情一樣。他旋動頭部，看向凱爾，而牠冷不防飛撲上去，狂舔機器人的臉。一陣慘叫傳出來，機器人恐慌地胡亂揮動手腳。阿唐瞪著我，眼中怒火在燃燒，又倒回座位上。

我必須承認，開著道奇戰馬穿越荒漠，旅伴是復古機器人和輻射臘腸狗，我作夢也想不到自己會做這種事。但人生有時候會有意想不到的發展，遇到了只能欣然接受，見機行事。

我現在這樣度過秋天算好的了，還有更糟的呢，例如在失敗婚姻的陰影下，渾渾噩噩地當家裡蹲。是啊，現在這樣實在開心得不得了。

我開了好久的車，有時候還得停到路邊，直接在車裡過夜。可是我們才快到德州，休士頓還很遠。沿途的景色綿延無盡，沒有什麼變化，經過旁邊的其他車輛好像只有大型油罐車和輕型載貨卡車，其中甚至有一輛還載了一匹死掉的馬。

我餓到很煩躁，碰到第一間加油站就停下來，把車加滿油，走進店裡付錢，找點吃的。我拿了微波熱狗、起司片和其他看似好吃的食物。在櫃檯的店員是個胖男人，外表像是那種地下室裡會有手榴彈的狠角色，所以我不想久留。但是我結帳時還是沒辦法避免交談。

「老兄，你迷路了嗎？」

「喔，應該沒有。」

「對，你迷路了。」

「你為什麼那樣說？」

「因為你人在這裡，而且你從『那個』方向過來。大家都知道那裡有什麼。」

「小鎮？無人小鎮？」

「是啊，沒有人，只有一隻狗。牠來來去去的，時常跑到那裡。」

「來來去去？」

「對。」那個字感覺帶了句點，應該是凱爾這個話題沒什麼好說的了。他換講別的：「有很多人到這邊不知道自己迷路，你不是第一個。」店員在收銀臺上攤開地圖，用粗短的手指比著我們的所在地點。

「你在這裡。」他說完把手指移到另一個位置。「我猜你應該是要去這裡。我真的不知道你們這些人是怎麼跑到這裡來，但如果你沿著這條路開下去，會碰到十字路口，你要往右走，那樣就會朝目的地前進。」

我看他指的地方。果然，那條路直達休士頓。我說「直達」的意思是距離幾百里，這裡就是地方大，歡迎來到德州。

「我能問一下嗎？那座小鎮怎麼了？」我問他。

「輻射外洩。」他熱心回答，邊把我的熱狗放進後方的微波爐。「建立那座小鎮完全是為了附近設施的員工。我也是因為那樣才在這裡，但是我不笨，我不想待在核子反應爐上面，所以我到比較遠的地方。」

「現在看來，那是明智之舉。」我說。

「是啊。總而言之，他們出了差錯，只好撤離所有人，關掉那個地方。」

店員注意到我不太自在。

「別擔心——那發生在很久很久以前。你不會有事啦。我不是好好的嗎？」

他那樣說是要我不要緊張，也確實有點效果。但我差點就脫口問「很久很久以前」是多久，我想一想覺得還是不要知道比較好。

我再次感謝店員，帶著蒸氣騰騰的鬆軟熱狗回到車上。

「還好嗎？」阿唐問。

「沒事，不用擔心，小老弟。」儘管我說得很有自信，實際上仍然忐忑不安，但是我不希望他操心。光是車子有押金這點，我就有充足的理由不說，萬一阿唐在座位上漏油，錢可能就飛了。我會緊張也因為阿唐破損的圓柱管不知道能撐多久，那使我越來越焦慮。

耳邊突然出現嗅聞聲，我嚇了一跳，原來是凱爾正想偷吃我的熱狗。我習慣不用餵阿唐，所以忘記狗也會餓。我剝下熱狗頂端餵牠。牠看起來沒有營養不良，但牠仍然是一隻狗。牠大口咀嚼，好像在吃全天下最美味的食物。接著我打開一包洋芋片，放幾片在手裡給牠吃。

我一吃完就飛快開走，儘管店員說不用擔心，我還是想離「無人一狗鎮」越遠越好。不過那「一狗」在我們車上，我不知道要拿牠怎麼辦。

「阿唐，我們可能要在附近多繞一下，找凱爾的主人。」

我們很快就發現凱爾不需要（也不想要）主人。不論是因為我給牠可怕的垃圾食物，還是因為阿唐不停轉過去戳牠耳朵，又捏牠腳掌，我在下一個小鎮停車時，牠逕自跳下車。我停下來休息是要去小便和吃晚餐，我以為牠會跟著我去洗手間，牠卻只是坐在熱騰騰的柏油路上。我往前走了幾步路，轉身喚牠過來。

「不管牠。」阿唐在車上說。

「那樣很壞心耶，阿唐。」

我走回凱爾旁邊，兩腳因為長時間開車而痠麻。我蹲下，向牠伸出一隻手。牠舔了舔我的手指，磨蹭我的手掌，要我摸頭。

「嘿！凱爾，我的狗大哥。」我身後有人在說話。

我轉頭，看到一名陽光型男，他穿著格子襯衫、淺色牛仔褲，大步朝我們走來。他在凱爾身旁彎下腰，對著牠的臉舉起一隻手。凱爾跟他擊掌。

「你認識牠？」我問。

「是啊，大家都認識牠，牠很常來。」

「牠是誰家的狗？」

男子露出笑容，幾顆牙齒特別耀眼。「牠沒有主人。鎮上每一戶都試過要養牠，但就是留不住。大家看到牠就會餵，牠通常只待幾個小時。牠喜歡回家。」

我問牠家在哪。

「那邊的小鎮。」他用手比。「不過那裡沒有人了，只有牠一隻狗。我認為牠喜歡這樣。不要誤會，牠不是孤僻，只是喜歡自由自在，不想當任何人的寵物。」

「可是牠有項圈……」

「對呀。沒有人知道是誰幫牠戴的，應該是那個鎮上牠以前的主人。」

「喔，我才剛把牠從那個鎮上帶過來，我以為牠迷路了。牠在追我們的車。」

「是啊，牠會追車，壞壞小瘋狗。」

凱爾短促地吠一聲，蹬腳跳起來，好像在附和男子的話。

「我應該把牠留在那邊嗎？我不是故意要帶牠離開家。」

男子揮揮手。「啊，不要緊，牠喜歡搭便車。你絕對想不到有多少人在這裡迷路，牠有時候會搭他們的車過來。先說到這裡，我有事先走了。」他跟我握手，並且跟小狗再擊掌一次。「回頭見啦，凱爾，要乖喔。」

他離開時，我想起加油站店員說的話。

「他說『來來去去』。」看來凱爾只是把我們當成免費接駁車，況且牠也不是第一次搭陌生人的順風車。

我身後的門開啟，阿唐出現在我旁邊。

「不管牠？」他建議。

「嗯……對，可以不管牠了。」

阿唐搖擺地跳著，大叫起來，抱住我的大腿。

「班和阿唐，班和阿唐。」他說。

「好啦，阿唐，我懂了。」我掙脫他的手臂後，我們一起出發去找餐館。

9 世間萬物

天色漸漸暗了，我們前往選定的汽車旅館——U型單層旅舍，位於十號公路上，接近史托克頓堡（一面路標上寫的）。選這家全然是因為它看起來很乾淨，基本上有在維護。重點是，應該不是殺人魔在經營。最後那項完全是根據前兩項來推斷，但從另一個角度想，如果變態殺人狂要引誘駕駛人入住，旅館一定會整理得乾淨又漂亮。不過我在挑選的當下沒考慮到那點。

我們開離公路，駛進停車場，車輪轆轆碾過沙地上的細碎礫石。阿唐整顆頭像貓頭鷹一樣看著旅館，我們緩慢經過霓虹燈招牌，他雙眼死盯著閃爍的那幾個字——「歡迎入住！」。他似乎很喜歡黃色和藍色的光，每閃爍一次，他就驚叫一次，好像那是什麼世界奇觀。

阿唐的金屬叫聲昭告天下我們來了。一名高壯的男人走出組合屋辦公室，踏著沉重的步伐到旅館區域的另一側。他有典型德州人的造型，戴著鄉村搖滾風的牛仔帽，下巴鬍鬚加八字鬍，身穿格子襯衫，還扛了一把獵槍，猶如肩上有隻鸚鵡。但是當我們的視線移到膝蓋，褪色的丹寧褲管蓋住真正的腳，另一腳則像凱迪拉克般在夕陽下閃閃發亮。

阿唐看得目瞪口呆。對阿唐來說，這個人不是悲慘意外的受害者（他比較可能是老兵），而是半人半機械的生化人，只有在機器人的童話故事裡才會出現。

「朋友，需要房間嗎？」

「對，麻煩你，我們兩個……兩張單人床。」

男人抬起單邊眉毛，仍然點點頭。他朝辦公室的方向撇頭示意，往那邊走去。我們跟在後面。

「你有個可愛的小傢伙，經典型號，很棒。」

我看一眼阿唐，如果真的有心形泡泡從他腦袋裡飄出來，我也不會驚訝。這個男人眼中的阿唐不是生鏽的機器人，也不是遠古活化石，他是經典之作！不僅如此，這位德州人沒有對我和舊型機器人投以異樣眼光，一路上他是第一個這樣的人（臘腸狗凱爾除外）。連我也愛上他了。

「是啊，謝謝。大多數人都覺得他過時了。」

「怎麼會？那是紮紮實實的匠人工藝啊。」

我瞄向阿唐身上的大力膠帶。

「是啊，可惜他們不再製造這種了。」

「那倒是真的。」

我們走到辦公室時，德州人已經摸著掛在牆上的房間鑰匙。

「拿去吧，八號房。有兩張單人床，其中一張有問題，所以比另一張低……小傢伙可能會比較容易爬上去。」

我謝過他。

「別客氣。房間裡有電視、冷熱水和淋浴間，洗衣機器人每天晚上會過去收髒衣服。如果還需要什麼，直接來跟我講。先跟你們說聲晚安囉。」

我不知道是因為床有問題，還是他看阿唐順眼才決定算我們便宜，不管怎樣，他給我們的價格非常合理。

我回車上拿東西，在車窗上看到了自己的倒影。我需要洗個澡。給洗衣機器人處理一些衣物好像也不錯。他們主要是旅館業者在用，那是提供洗衣服務給客人最有效率的方式。一般情況下，我不懂為什麼要用仿生人，可是洗衣機器人不太一樣。他們很有用，通常十分有禮貌。跟他們應對也相較容易，只要把待洗的衣物扔進機器人身體裡，給幾枚硬幣，他就會離開，跑去角落裡自己小聲運轉，清洗髒內褲……他不會帶著客人的衣服跑掉，除非發生故障，不過那非常罕見。新型號幾乎不會有那種狀況。

我對洗衣機器人只有一次特別糟糕的回憶。

愛咪幾年前去日內瓦出差，那時我們還很恩愛，喜歡膩在一起。我跟著去，我們住一間漂亮的旅館，可以眺望湖泊。愛咪的公司買單，他們一點也不吝嗇——我甚至可以完全待在旅館裡不踏出半步，光享受裡頭的設施就夠了。我和愛咪共度第一晚，因為研討會隔天才開始，而且她的同事還沒到。

我們去旅館裡其中一家附設餐廳吃晚餐，進行到主菜時，我不小心打翻一整杯酒，灑到桌面和愛咪的大腿，酒液幾毫秒內浸溼她輕盈飄逸的奶油白洋裝——還用講嗎？那當然是她最喜歡的衣服。我們當晚心情盪到谷底，沒有吃甜點就離開了。

「我真的很抱歉，愛咪，我明天拿去給洗衣機器人。」

「那有什麼用？到時候就全毀了，必須馬上處理，要整晚浸泡。」

「這樣好了，我拿去前面櫃檯，看現在還有沒有洗衣機器人在值勤。」

我們回到房間，她換上睡衣，把寶貝洋裝交到我手裡，給我彌補的機會。

到了櫃檯，工作人員說所有洗衣機器人不是使用中，就是已經回底座充電。

「拜託，請幫幫我，這是我老婆心愛的洋裝，她真的很生氣。在日內瓦剩下沒幾天，我不希望她跟我打冷戰。」

「對不起，先生，我們目前沒有可用的洗衣機器人。我可以幫您預約明天一早過去，好嗎？」

我對櫃檯人員擺出水汪汪的小狗眼神，沒錯，我是頭髮軟塌的可憐英國小狗。

「拜託……妳真的沒辦法嗎？」

她翹起嘴巴想了想。「這個嘛，我們剛剛升級完所有洗衣機器人，有幾臺舊的存放在地下室，已經有一段時間沒用過，只會說法語，但是我可以去看看有沒有哪一臺電量還夠，再派過來。」

「謝謝妳，真的很感謝。」我鬆了一口氣。

過沒多久，維修員來找我，洗衣機器人在後頭跟著。機器人外表沾了些灰塵，看起來好像有點在狀況外。

「先生。」維修人員粗聲粗氣地說。他指向在對我眨眼睛的機器人，之後就先行離去，留下我單獨與機器人面對面。

「Parlez-vous Français？」洗衣機器人問我會不會說法語。

「不會。」我回答。我是可以叫兩杯啤酒來喝，可是那樣幫助不大。我和這臺仿生人大眼瞪小眼。雖然時間已經不早了，還是有人在櫃檯，所以我決定把洗衣機器人帶到其他地方，以免尷尬。水療中心附近有一條走廊，我坐到椅子上，太棒了，這裡很好。洗衣機器人蹲在我面前，等我放衣服。我嘆口氣，指著洋裝。

「這件，精緻衣物，弱速柔洗，好嗎？」

機器人對我眨眨眼，開始滴答響。我坐著俯身閱讀在正面的牌子，發現也是法文，不過下方有簡短的英語翻譯：

1——標準
2——快速
3——全
4——天然纖維
5——亞麻

我不確定「全」是什麼意思，但應該不是我要的。我不知道洋裝是什麼材質，於是看一下標籤，上面寫一半蠶絲，一半我從來沒聽過的布料。選「快速」是個好主意，因為愛咪說過要趕快處理。我向洗衣機器人舉起兩根手指。

「Deux？」

「對。」

機器人用法文說了其他句子。應該是要我放入衣物和正確的金額吧？好了，完成。接下來就只要坐著等，祈禱一切順利。

洗程進行了大約二十分鐘，洗衣機器人忽地起身離開。

「喂……不好意思……你要去哪？喔，見鬼了。」

我追過去，試圖阻擋，他卻推開我，勢不可擋地繼續前進，我這個呆瓜英國佬無助地追在後面。好險，洗衣機器人是回到櫃檯，在那裡可以跟旅館員工求助。機器人的移動速度出奇地快，直接衝過櫃檯，奔向電梯。我追著他跑，一邊叫前檯接待員。

「他帶著我老婆的洋裝跑了！幫幫我，快阻止他！」

接待員倒抽一口氣，對機器人用法文大喊一些話，他立刻停下，轉頭面向她。接著，那位女員工跟洗衣機器人爭論起來，他一開始好像占了上風。到最後，接待員用拳頭敲他的頭，喀噠一聲，洗衣槽的門打開了，愛咪的洋裝隨著肥皂水流到地上，已經變成一坨恐怖的墨綠色抹布。

「Ｍｅｒｄｅ（註2）！」接待員咒罵。

汽車旅館的那位先生說過洗衣機器人會來，果然晚上就出現了。我在沖澡時隱約聽到敲門聲，阿唐則四肢攤平在有問題的矮床上。

註2　法文的「狗屎」，通常用於罵人。

「阿唐，可以請你去看一下嗎？」

沒有回應。

「有人在敲門，阿唐，去應門。」

「應……門？」

「意思是叫你去開門看是誰。麻煩你了。」暫時沒有聲音，接著一股微弱的風颳進浴室，浴簾咻咻擺盪。「誰在門外？」

「仿生人。」阿唐不屑地說。

「喔，是洗衣機器人嗎？」

「是。」

「你能叫他等一下嗎？」

「等一下？」

「對，我有東西要洗。」

「仿生人要準備離開。」阿唐告訴我。

「阿唐！我不是跟你說叫他等一下？」

我急忙把水關掉，在腰間圍上浴巾。我走出來到房內，正好看到洗衣機器人在門外，而阿唐把門關上。

「阿唐，你跟他說什麼？」

「立刻走開。」

「和我叫你說的完全相反。」

「對。」

「為什麼？」

「班不需要仿生人，班有阿唐。」

「喔，阿唐，對，我有你，可是我也需要乾淨的衣服，懂嗎？」

阿唐視線往下移動，摳起大力膠帶。

「我們有時候需要仿生人幫忙。而且他沒對你做什麼吧？」

「沒有。」

「是啊，那還有什麼問題？」

我腰上只圍了浴巾就衝出去，在德州溫暖的夜裡追著洗衣機器人，我找到他，領他回房。我注意到他是新型號的仿生人，因此感覺比較放心。這間汽車旅館有壞掉的床，但是老闆在人工智慧這方面就不馬虎。我拿來一些衣服、短褲、內褲，全部放進仿生人的胸口洗衣槽，再投入幾枚硬幣。他就地啟動洗程，凝視前方不遠處，內部的洗衣設備清洗著衣物。

阿唐坐在床上，死盯著洗衣機器人。兩者之間的差異很顯著。阿唐是疊放在一起的兩個方形盒子，刮痕累累，到處凹陷，還有一點生鏽。洗衣機器人則是平滑、曲線造型、閃亮的工具，安靜地執行任務，不會抱怨。

每當洗程轉換至下一個階段，洗衣機器人偶爾會有動作，他會回瞪阿唐，他們就像兩個牛仔在狂野西部的大街上遇到，互看不順眼。

清洗完成後，洗衣機器人感謝我使用這項服務，起身離開。阿唐瞇著眼，悶悶不樂地看著我，但立刻感到自在多了。

「好了，再說一次你為什麼不喜歡仿生人？」

「不要。」

「是因為你嫉妒嗎？」

阿唐慢了半拍才回答：「不是。」

「所以是怎樣？」

阿唐保持沉默。

「阿唐，不要固執，快跟我說。」

「現在要睡覺。」

我在角落裡搖搖晃晃的木椅上坐下，嘆口氣，閉上眼睛。「好，就睡覺吧。」

我很難入睡，衣服沒脫就躺在床上，我透過窗簾的小縫隙看著外頭忽明忽暗的霓虹燈招牌。一些光點照射到牆壁上，像是由北極光組成的電子錶。

我一直在想愛咪。她在做什麼？她住在哪裡？她有和誰在一起嗎？她開心嗎？我先前認為她保守不理性，可是我腦中倏地有種念頭浮現：有一部分是我的錯。也許她能愛我，只要我不那麼……廢。

約莫午夜，我決定去深夜酒吧。阿唐呼呼大睡，雙臂擺在頭上，發出微弱的滴答聲，很可愛，但也是我睡不著的原因之一。他晚上這樣是待機模式，留他自己在房裡應該很安全。

我開車行駛在溫暖漆黑的夜裡，到達距離最近的小鎮。它的規模跟一狗鎮相似，不過熱鬧多了，我在那裡找到一家還開著的酒吧。

上方角落的電視播著拳擊比賽，酒吧客人偶爾會提供意見給螢幕裡的拳擊手。我推開木門，正在清理玻璃杯的酒保向我點點頭，又轉頭看比賽。我坐到吧檯的高腳椅上。

「要喝什麼？」他眼睛盯著螢幕問。

我掃視陳列架，點了啤酒。他打開百威啤酒的瓶蓋，放到我面前，又回去看比賽。這樣很好，沒有人打擾我。

我喝著清涼的啤酒，靜靜坐在那裡很長一段時間。我離開汽車旅館在戶外沒多久，皮膚上就覆蓋了薄薄一層汗水與沙子，然而第一瓶順暢地下肚後，微醺的愉悅抵消了骯髒油膩的感覺。

我又叫另一瓶，喝了幾口，要是我再不注意點，這瓶很快也會見底。我希望盡快開道奇戰馬回旅館，最好不要被牛仔帽警察路邊攔檢。再說，我還有個機器人要照顧，要是我被抓去關，他該怎麼辦？

過了一會，我覺得有人在看我。我匆匆瞥向左右兩側，發現吧檯末端有個灰白八字鬍的老人在打量我，就我們兩個顧客沒在看比賽。我不該亂瞥，就這樣被誤以為那是在示意他過來。他一和我對上視線，立刻沿著吧檯靠近，像丟保齡球般把凳子挪開。從他的行動判斷，他以前就做過這種事，而且已經喝醉了。

他到了旁邊，我看得比較清楚。他左手有兩隻發黃的指頭，代表他是老菸槍。他身上穿的襯衫被染成金賓威士忌的顏色。

「我是桑迪。」他向我伸出手。他的手感覺溼黏，都是骨頭。

「班。」

「你知道大家認為撕標籤的人怎樣嗎？」他對著我的酒瓶點頭。的確，我從剛才就一直在撕酒標。

我說不知道。

「大家會認為你想找女人。」

「我有女人啊。以前有。」

「啊哈！」

「我現在有機器人。」

我們尷尬地沉默幾秒。桑迪揚起一邊濃密的白眉毛。

「我是說，我在照顧機器人……沒時間找女人。我想修好他……那個機器人。」

桑迪把眉毛擠在一起，扭動幾下長鼻子，思索著要說什麼。

「這個，我……你的工作挺好的。」

「沒比當獸醫好。」我回答。

他本來茫然的眼神閃過一絲希望。「啊，那樣的確能享受很多福利，但是不要忘了，還會承受很多痛苦。」他調整坐姿，放鬆下來，定睛凝視著前方，彷彿在閱讀牆上的小字。「是啊，戰場上很多事看過就忘不了。」他誤以為我在講退伍軍人。

「喔……不是啦，我是說獸醫師。」

「啥？你說什麼？」

「我意思是……啊，算了，沒關係。」

桑迪不放棄，硬要聊。

「那麼你的小……駒七郎在哪裡？」他張大嘴巴用德州口音說出「機器人」那幾個字時，我看得到他塗了黏合劑的大小牙齒。他濃厚的口音聽了很令人愉快。

「他在汽車旅館睡覺，我是指，在待機。」

「他安全嗎？」

「你說『安全』是什麼意思？」

「你不在旁邊……他不會出事吧？」

「怎麼會出事？」

「你說你在照顧他，可是你在這裡跟我一起喝酒。所以我才問，他安全嗎？」

我很想說我們沒有「一起」喝酒，不過我沒講。我只說：「他是機器人，他會怎麼樣？」

「假如他醒來，發現你不在，他不會害怕嗎？我告訴你一個故事。我當時在自己的牧場工作，手還很靈活，我親愛的金妮也活著。我有一臺小駒七郎，是人型的，大約一百五十公分。」他用一隻手比劃到胸前。「我會帶著他去淘金。」

當他繼續說下去，我開始懷疑這些都是他編的——他是老兵、牧場主人，還是礦工？他的人物設定好像還沒決定好。

「……有一天出大太陽，我在樹下小睡，醒來後，我的小夥伴不見了。我到處找，白天找到晚上，隔天也是。我認為他不可能走遠。幾天過後，我找到他了。我順流而下，他就在溪流轉彎處。」

「他還好嗎？」

「一點也不好。他臉朝下泡在溪水裡，他走了。」他舉起一隻手比動作來表示機器人掉到溪裡，還吹了聲口哨，最後一巴掌打在桌面上。「我努力弄乾他，但是你也知道，一旦泡水，用再多吹風機、烤箱或米粒都沒用。」

「真的好悲傷。」我告訴他。

「是啊，很難過。所以我再問你一次，你的機器人不會出事吧？」

我沒說話，胸口忽然恐懼地發顫。我不確定他的故事是不是真的，可是他問得幾分有理，我不禁心裡著急起來。假設阿唐醒來，沒看到我，他會怎麼想？他會不會跑出來到處找我？那他破損的玻璃管呢？我想起有段時間沒檢查管內液體剩多少。

「我要回去了。」我突然說道，一邊急忙從凳子上起身。

「是啊，你該走了。」桑迪同意。

我再次跟他握手。「很高興認識你，桑迪。」我從皮夾抽出幾張鈔票，攤開來放在吧檯上，同時呼喚酒保。「幫我結帳，多出來的就請這位先生，看他想喝什麼都可以。」桑迪脫帽致謝，而我拔腿奔出酒吧，想讓腳步跟上心跳的速率。

我衝上道奇戰馬，盡快飆回旅館，不過我還是有小心駕駛，畢竟我有喝酒。我把車駛進停車場時，很明顯，已經出事了。藍色的燈光照亮汽車旅館的房舍，一小群人聚集在我房間門口——大概是所有員工和房客。我的胃部隱隱作痛，手心開始冒汗。我笨拙地停車，下車，跑了剩下的幾公尺。金屬腿老闆看到我出現，怒眼瞪著我。他雙手扠腰。

「你終於來了！你憑什麼？怎麼會有你這種混蛋？」

「有人能告訴我怎麼回事嗎？我可以進房間嗎？阿唐！小老弟，你還好嗎？」

我看不到他。我想擠過去，可是推不動這一小群人。

「你真是不要臉！」金屬腿繼續罵。

我看到阿唐裹著毯子坐在矮床上，一名警察蹲在旁邊，輕拍他的金屬小肩膀。我衝進房門，他們都轉頭看我。

「這是你的機器人？」

「對。阿唐，你還好嗎？」

「還好。」他悶聲回答。

我蹲下去，用力抱住他。毯子掉到地上，他伸手想撿。

「毯子、毯子、毯子、毯子。」

「好，沒關係，毯子來了。」我把毯子蓋在他肩膀上。他用夾子手抓住，好像擔心會再掉下去。

「阿唐，發生什麼事？告訴我。」

他還沒開口，警察先說話。

「我在十二點半左右接獲旅館老闆通報，說他聽到這間房傳出尖叫聲……」金屬腿接下去講。「我帶了獵槍，把門踹開……看到你的小傢伙在尖叫，大吵大鬧，好像世界末日要來了。他在房間裡走來走去，不斷叫著『班！班！班！班！班！』我只好打電話報警。」

我現在呼吸比較順暢了。

「所以他沒事？我看到毯子，以為他掉進河裡。」

「沒有，他只是孤單害怕。做出這種事，你有沒有羞恥心啊？留他自己在房裡，萬一他跑出去受傷怎麼辦？」

我想告訴他，除非門被踹開，否則他不會離開上鎖的房間，但我明白他的意思。

「害怕。」阿唐說。

「我知道，小老弟，我很對不起。」出乎眾人的意料，包括我自己在內，我親了阿唐冰涼的腦袋。

「先生貴姓？」

「錢伯斯。」

「……錢伯斯先生。」蹲在地上的警察站起來，膝蓋咯咯作響。「我們相當重視虐待機器人的案件，會從嚴辦理。我不知道你是做什麼的，或是哪裡人，可是在這裡，他們是勞工，你必須顧好他們。」

圍觀者擠滿我的旅館房間，一個站在人群後排的老先生大聲喊道：「沒錯！不照顧好就會壞掉，作物沒辦法收成。」

「他可能不是那種花俏的仿生人。」警察拍一拍制服，接著說：「但他也是天地萬物的一分子，造物主的作品。不要忘了。」

「就是說啊！」老先生附和。應該是他妻子的人和幾個晚到的圍觀者都在點頭。

「講歸講，可是我沒理由逮捕你，所以我要回去了。不過我鄭重警告你……」

我滿懷羞愧，好討厭自己。這些情緒湧來，我幾乎要跪倒在地。我跟警察說不會再犯了。

「說得很對，不會再發生了。」金屬腿說。他彎腰到阿唐水平視線的位置。「小兄弟，你留下來和我待在這裡吧？」

我突然打了個冷顫，略微瑟瑟發抖。阿唐轉頭看著他，左右扭動頭部，那明顯是拒絕的意思。

「班。」他輕聲叫我的名字，握住我的手。

「你決定了就好。」金屬腿轉回來面向我。「可是我要你離開我的旅館，聽到沒？別人會認為有尖叫是因為這裡發生什麼恐怖的事，對生意不好。」

警察先生消失在門外，圍觀群眾隨他離開我的房間。我對他們的態度感到驚訝，也覺得委屈，他們不知道我已經越來越在乎阿唐。我沒有表現出來，可能是因為連我自己都還在調適這種突如其來的感覺。當最後一名圍觀者離開，我去檢查阿唐的圓柱管。柯里太過樂觀了——雖然管內液體還有一定的量，但跟在加州時比起來是真的少很多。

一大清早，我們告別汽車旅館。忠心耿耿的阿唐不離不棄，而道德敗壞的我無地自容，接受了合理的教訓。

10 拜訪博物館

我們離開汽車旅館，一路開到休士頓，花了「僅僅」七小時。我們在路途上沒有交談，卻不會尷尬。雖然阿唐好像原諒我了，我還是十分慚愧。我轉到他最喜歡聽的電臺，他望著窗外無數的仙人掌，一隻腳隨音樂節拍擺動。

午餐時間過後，烈日當空，我們到了休士頓郊區。我下車去便利商店買點吃的，之後直接前往博物館。

「休士頓太空中心」，美國太空總署所屬機構，已經有一段歷史。館內濃厚的復古工業風，倉庫式的展覽廳以磚瓦和金屬搭建。學校會來這裡校外教學，帶學生瞭解二十世紀「人類的終極邊疆」。雖然這年頭好像沒那麼多人在關注太空旅行了。

入口大廳比一般博物館更雄偉，小火箭和太陽系模型懸掛在天花板上。大廳裡有數個通往不同展區的出入口，一座金屬樓梯連接到中間平臺，那裡也有類似的格局。箭頭指示牌在每個出入口外為遊客標明方向，不過我從大門口看不到那些牌子上寫什麼。反正我們不是觀光客，我們是來找他們的員工。於是我自信滿滿地走到服務臺，說要找莉琪·凱茲博士。

「她在等我……我們。」從加州到這裡的路上，我和她已經透過電子郵件簡單溝通過，我每次寫信都是在停車吃飯的時候。

「請稍候。」她聯絡凱茲博士，我們等了一下。「她馬上過來。找地方坐吧，有水可以喝。」

我看看周圍，完全沒有座位，只好把手插在口袋裡等。我察覺到凱茲博士沒有「馬上」過來，便走到旁邊的飲水機倒水喝，我這時才發現阿唐已經亂晃到別的地方。我的雙眼到處搜尋，就是不見他的蹤影。服務臺小姐這段時間都在磨指甲和翻雜誌，她跟我說沒看到。

「如果凱茲博士來了，麻煩妳告訴她……我馬上回來。請她不要取消今天的會面。」

沒時間等她回應了，我直接走進另一個展覽廳。考慮到阿唐的行動能力，大樓梯就免了，不用爬上去找。當我踏進另一個展覽廳，隔壁傳來一聲巨響。我往聲音的源頭跑去——阿唐站在那裡，伸在前面的一隻手已經越過了伸縮圍欄，地上一團是四分五裂的仿生人模型。

阿唐一看到我就愣住了。

「阿唐，你到底在幹什麼？這是你弄的嗎？」

「不是……」

「阿唐，你在說謊吧？」

「說謊？」

「對，意思是說不真實的話，說假話。你是不是碰了模型，它才倒下去？」

阿唐在思考。他小心翼翼地緩慢收回夾子手，我注意到他握著一根塑膠手指。阿唐發現我看到了，立刻把它扔到地上。它滾動幾圈，碰到我露在外面的腳趾才停下。

「阿唐，是不是你？」

「是。」他眼睛往下看。

「好吧，我很高興你說實話……至少最後有說。你為什麼要碰模型？」

阿唐還沒回答，我身後就傳來腳步聲，有人走進展覽廳——我們終於等到了莉琪．凱茲博士。

這位機器人史學家特別友善。我們才來這裡十分鐘，已經砸爛了她的展覽品，她態度還是很好。我們到凱茲博士的辦公室裡，阿唐坐在布滿裂紋的綠色舊皮椅上，她端詳起機體內的玻璃管。我看到管子內的液體跟上次比沒有減少太多，稍稍比較安心。

她關上阿唐的外蓋，用細長柔嫩的手指撫平大力膠帶，開始從頭到腳仔細檢查阿唐。她抬起他一隻手臂，接著另一隻，再轉動他的腳，直到他搖頭發出聲響才停。我認為他在咯咯笑。博士蓬亂的金髮精巧地綁成一條馬尾，她穿著紫色棉襯衫和相搭的寬管長褲。我沒想到策展人會是這個樣子，她有點像……愛咪。

我低頭看看自己，駱駝色的防撕裂尼龍短褲、勃肯鞋和白上衣，根本就是標準觀光客造型。雖然現在是秋天（今天正好是萬聖夜），這裡仍然很暖和。德州當地人可能已經習慣炎熱的氣候，但我是從英國來的。

我彆扭地摸著頭頂。我的波浪捲短髮又蓬又厚，像我媽一樣整頭黑髮，然而最近卻漸漸變得像我爸，開始長出白頭髮。

就算凱茲博士有注意到我的穿著，她也沒有表現出任何反應。她完全沉浸在對復古機械的研究。我跟她說明，我主要在找人修復阿唐的圓柱管，但如果她有其他相關資訊，我也很樂意聽。我跟她說，我在花園裡發現他。不知道為什麼，我沒有提到愛咪。

「他太神奇了。」她說。

我表示贊同。

「你說他突然冒出來？天啊，你怎麼知道要帶他去哪？」

「刪除法，加上很多運氣，還有柯里。」

她點頭。「我在人工智慧愛好者的聊天室認識柯里。在你說我怎麼樣之前，我要自己先承認，我是書呆子宅女沒錯。柯里在製造仿生人的公司工作，為青少年設計逼真的遊戲，而我的責任是確保那些小孩不會忘記人類科技的發展史……我的工作大概就是那樣。」我從她的語氣裡察覺到一絲嫉妒。她在辦公桌前坐下來，目光在阿唐身上停留良久。

我和阿唐斜眼對視。

「我在想……」她終於開口。

阿唐坐在椅子上若有所思地擺動雙腳，但沒有插話。她忽地露出笑臉，站了起來。

「不好意思，我沒辦法告訴你什麼……也不會修。機體裡的零件我都不認得，他真的很獨特。」她看見我擔憂的表情，趕緊接著說：「可是我知道哪個人也許能幫你。他叫加藤茄子。我們在大學認識，他幾年前回東京老家了。」

「茄子？」

「很怪吧？他的名字在日語裡是茄子的意思。他當時來這裡讀書，沒有人會念他的名字，所以他把它翻譯成我們懂的詞。他查到也可以叫『矮瓜』或『紅皮菜』，他應該是覺得那樣叫自己太蠢了，就還是用『茄子』。我很久沒見到他，可是他非常優秀。他能幫你。」

「妳為什麼覺得他幫得了我？」我不免心情沮喪，又要去另一個地方，同時更加擔心時間所剩不多，還不知道阿唐的圓柱管能不能撐到最後。但起碼知道了下一步要怎麼做。

「因為他大學畢業後，成為人工智慧領域數一數二的佼佼者，還跟頂尖人士一起做研究。他的工作是每個機器人迷嚮往的夢幻職業。而且只要是跟機器人有關的他都懂。他參與了某個研發仿生人的機密計畫，取得重大突破，然而好景不常，他後來丟了工作。那大概是在……八多年前吧？我只知道這些。」

我心中燃起希望。「妳有他的聯絡方式嗎？」

「我們沒有聯絡了。」她低下頭，扭動手指，聲音中帶著懊悔，不過她瞬間又振奮起來。「可是我有他的電子郵件地址，應該會有幫助吧？」她在便條紙上草草寫一些字，再遞給我。上面是街道地址。

「這是什麼？」

「我家地址，你晚上過來吃飯。資料不在這裡，我必須回家找。」

我應該是恍惚了幾秒鐘，她見狀，揚起一邊嘴角。我不由得臉紅，她則露出挑逗的笑容。

「其實呢，我想約你出去吃晚餐，可是你帶機器人去餐廳不方便，所以乾脆就請你們到家裡來。」

「妳跟我還不熟，我可能是壞人。」

「我不介意有點壞壞的。」她臉上綻放出燦爛的神祕微笑。

我和阿唐回到車上，我花了幾分鐘鎮定情緒才準備好開車。

「我剛剛是怎麼了？」我喃喃詢問自己。

「我們見到博物館女士。」

「謝謝你，阿唐。我是在說……啊，算了。」

我發動引擎，從博物館停車場開出去，我還是百思不解。「一定是口音。」我又自言自語。我有新聞播報員用的標準英國腔，那是我的少數優點之一。愛咪向來很喜歡我的腔調。

下一班到東京的飛機是明天早上，所以我找了汽車旅館過夜。我們從櫃檯領取鑰匙，開門進房。我打開電視，把遙控器交給阿唐，我洗澡的時候他就不會無聊，我要打理好準備稍後再出去。我剛從浴室出來，聽到有人在敲門。

「阿唐，可以麻煩你去看是誰嗎？」

在洗衣機器人事件過後，我覺得有必要跟阿唐解釋「應門」是什麼意思，但他好像還是不完全理解，於是我決定改變說法。他從床上起身，哐噹走向門口。

門開了，他頓時發出極度刺耳的尖叫，一溜煙躲進衣櫃，慌張地想關緊櫃子。

「你搞什麼？阿唐，怎麼回事？」我衝到半開的房間門扉前。

大約一百二十公分高的女巫站在門口，拿著掃帚，身上有隻絨毛貓咪娃娃。她把銀色小桶子遞到我面前，頭歪向旁邊。

「不給糖就搗蛋！」

煩人的萬聖節！「妳嚇到我的機器人了，快走開！」我厲聲驅趕。

「不給糖就搗蛋！」女巫又說一次。

「妳講兩遍，可以了。走啊，快滾！」我比出命令人的手勢，指向門外，這樣應該有趕人的氣勢吧？似乎有效。她轉身跑了。我把門關上，外頭傳來竊笑和一陣「啪」的碎裂聲響。我再度開門，看見女巫和她幾個同夥在朝道奇戰馬丟雞蛋。

「喂！小屁孩，給我滾，那是我的車！真慶幸我沒生小孩！」我對著那群死小鬼大罵。

十五分鐘後，我用沾了肥皂水的海綿大力擦拭車子，一邊回想剛剛在吼什麼——我吼的是實話。我和愛咪在交往初期就討論過小孩和萬聖節：要幫忙挑選服裝，跟同年齡層的小鬼頭比誰的裝扮好，再陪著去騷擾鄰居要糖果。我們一致同意，那些是不生小孩的好理由。然而，愛咪後來就改變主意。去年萬聖夜，她說我拒絕幫要糖果的小孩開門很惡毒。

「他們只是小孩，班。」

「妳以前不是這樣說的。我以為妳也討厭萬聖節？」

「對……我只是……那樣太……」

「好啦，妳有妳的想法。」我不明白她為什麼變了，當時也沒去追問原因。

即使我趁雞蛋還沒乾掉就動手處理，還是花了很久的時間才把被蛋洗的道奇戰馬清理乾淨。等我回到房間，約會已經快遲到了！更大的問題是，阿唐仍然躲在衣櫃裡不出來。他把自己塞進間隔和衣架間，可是櫃子不夠大，無法完全容納他身體的機盒，所以櫃門關不緊。光看到阿唐從衣櫃露出的一部分機身，已經知道那裡藏著受到驚嚇的可憐機器人。我嘗試把衣櫃門打開，阿唐卻從裡面抓住門。

「好了，阿唐，沒事了。只是小孩在胡鬧，她不是真的女巫。出來吧。」

「不要。」

「阿唐，拜託你。我們現在就要出發，不然和莉琪見面會遲到。還記得莉琪嗎？剛剛那位女士。」

「記得。」

「阿唐，出來吧，好不好？這裡沒有女巫，那些人早就離開了，可能吃太多糖果肚子痛，跑回家了。」

「班確定？」

不能保證。

「是啊，絕對沒問題，我保證。而且我們晚上不會在這裡，討厭的小孩不太可能再回來，因為是睡覺時間。」

阿唐推開門，走了出來，旋轉著頭部，東瞧西望，好像擔心我在浴室藏了殭屍或斧頭殺人魔。他覺得房間安全後，爬到床上，背倚靠枕頭。

「現在看電影？」

「不行，阿唐。我剛剛說過，我們和莉琪約好，已經遲到了。我們現在就要出發。」

「我留在這裡看電影？」

「你別想，我絕對不會再放你獨自在房間裡。再說，凱茲博士——博物館女士——也有邀請你，不是嗎？你不去的話很沒禮貌。」我這樣跟他說，暗地裡卻希望可以不用帶他去。那當然是不切實際的幻想，我隨即打消念頭。

「走吧，阿唐。」我又說：「你可以坐道奇戰馬……那會很好玩，不是嗎？」

阿唐考慮我的提議，半起身便翻下床，發出怪異的呻吟聲。

「好的，班，我們去。走，班已經遲到。」

11 神祕飲料

「嗨……嗨……喔……妳好……不行，不要講『妳好』，我在想什麼？哈囉？嘿，最近怎麼樣？嗨，對，說『嗨』就可以了，沒錯。」

莉琪．凱茲博士家位於鬧市裡，這條繁忙街道上的人們正享受著德州夜生活。我們站在她家大樓外面。

「班為什麼跟門說話？」

「我在思考要跟她說什麼，好嗎？」

他來不及問下一個問題，我已經伸手按下電鈴。手指才按下去，小螢幕上立即出現一張臉，傳出響亮清脆的聲音。

「我還在想你們兩個要在那裡站多久。進來，為什麼要罰站!?二樓。」

我們走出電梯，莉琪已經在門口迎接我們。她穿著棉襯衫和寬管長褲，就像她白天穿的，不過這套是淡綠色配藍色。她現在沒有綁頭髮，她只要挪動頭部，一層層波浪髮就自由舞動。那很像愛咪的頭髮。莉琪的穿搭有種復古風，展現出濃濃的女人味。愛咪以前也會表現出女性陰柔的一面，但隨著她工作發展，她越來越常打扮成要到法院出庭的樣子。

我和愛咪在一起時，我沒有注意到她的轉變，現在才驚覺自己這麼遲鈍。看到眼前的莉琪，愛咪的轉變不言而喻。

我希望自己穿得有比早上像樣——我在背包裡找到還夠體面的褲子，並用汽車旅館的小熨斗把襯衫燙過。我的頭髮依然有點凌亂且略顯灰白，可是我也無能為力。

「嗨！」我打招呼。說是大喊比較貼切。

阿唐被稍微嚇到。莉琪．凱茲揚起輪廓清晰的深色雙眉。

「嗨！」她和我對喊，接著笑起來。我去親她的臉頰，不過她撇過頭給我另一邊親。

她彎下腰，伸出白皙的小手要跟阿唐握手問好。阿唐看向我，我點頭，於是他伸出一隻手，她順勢湊上去親他。他摸摸她親的位置。如果他能臉紅，一定已經滿臉通紅。她牽著阿唐的手，轉身帶我們走進她家。她示意我關上身後的門。

凱茲博士的公寓小巧別致，格外溫馨，看起來頗為舒適。客廳座位區鋪了棕色地毯，旁邊的廚房則是塑膠地板。這是一間在大樓角落的公寓，兩面朝外的牆壁都有窗戶。外頭酒吧和餐廳閃爍著霓虹燈，光線傾瀉進來，打在牆壁和地板上。窗邊放了一顆小南瓜，兩面都刻出三角形眼睛和長方形的微笑。外面的光穿透南瓜，投射出被拉長的影子到地毯上。

「你想喝什麼？」她問道，對我伸出雙手。我這才意識到自己還拿著在路上買的酒。我愣住了，沒有動作。她輕柔地把酒瓶從我手中拿走。「這是給我的嗎？」

「嗯，對，給妳的。」我說。

「謝謝。」她回答。我看到她臉上的表情，她好像認為我這個人很難搞。

「抱歉，我不常……我通常很有禮貌。」我相當緊張。

「我想也是。你們坐吧，我去倒酒。」

客廳的沙發和扶手椅都蓋著雪尼爾薄毯，毯子圖案類似阿茲特克花紋。那裡有一張咖啡桌，幾本有杯子印痕的雜誌散放在桌上，包括《今日博物館》和《策展人》。她也有《不失良機》。我選擇沙發，本來是要給阿唐坐我旁邊，他卻逕自爬上扶手椅，往後躺，手臂放在扶手上。

「軟。」他說。

博士同意。「那是我最喜歡的椅子，我看電視都坐那裡。」

我感到尷尬，叫阿唐從凱茲博士最喜歡的椅子上下來。

「不用，沒關係，我坐這裡就好。」她遞給我一杯酒，把瓶子放在咖啡桌上，坐到我身旁。「還有啊，請你叫我莉琪，不要太見外。」

她彎起雙腿側坐，一邊手肘倚在沙發靠背，拿起酒杯啜飲。我不得不往後坐，這樣才能同時看到她和阿唐，但我擔心如果不管阿唐，他無聊又到處亂跑搞破壞。他很快就發現一盆茂盛的吊蘭掛在書櫃邊緣，立刻好奇地觸摸下垂的條狀葉子，猶如貓咪在玩毛線球。

我緊張起來，而凱茲博士不覺得怎麼樣。

「我常常在對付學校整批人，我習慣要有耐心。你的機器人和學生沒有差很多。」

一陣沉默，莉琪離開沙發，說要先去廚房。

「燉牛肉已經在烤箱裡，可是馬鈴薯要削皮。」她解釋。

我主動說要幫忙，但她拒絕。

我看著她準備馬鈴薯，想起第一次跟愛咪提到我和阿唐可以去加州的時候，愛咪在切菜，刀工如此精準紮實，甚至狂暴；莉琪的刀工則像一場溫和的舞蹈，這般行雲流水。

沉默片刻，好像該輪到我說點有趣的話，可是我的交際能力早就遠走高飛，留下我一個人尷尬無言。阿唐坐在椅子上擺動雙腿，看看我在哪邊，好像無聊準備鬧事。不出所料，他起身走動，拿起莉琪窗邊的南瓜。

「班，這什麼？」

「那是南瓜，阿唐。」

這樣講沒用，他還是不清楚。

「南瓜是什麼？」

「一種蔬菜，阿唐。可以吃。」

阿唐疑惑地瞪著我，似乎不相信。

廚房裡的莉琪接下去說明：「阿唐，可以吃的部分在裡面，外面只是裝飾，用來慶祝萬聖節。」

一提到萬聖節，阿唐的眼睛瞪大，丟下南瓜，尖叫著：「女巫！」

他直接衝撞牆壁，想要逃出去。

「這是什麼狀況？」莉琪說著，從廚房跑過來幫我扶起阿唐。當我們把他帶回椅子上，我解釋在汽車旅館有小孩穿著萬聖節的服裝。

「害怕。」阿唐告訴她。

「喔，沒事的。」她抱他一下。「這裡沒有女巫。看，連可怕的南瓜頭都不見了。」她指向地上一團橘色糊狀物。

「我很抱歉。」我道歉……第二次。

「不會啦，真的沒關係。」

莉琪忙著清理被砸爛的南瓜，我們之間又尷尬無語。我說要幫忙，她又拒絕了。為了打破沉默，我說：「妳有加藤茄子的聯絡資料嗎？」

她好像覺得有點莫名其妙，因為我在這個時間點問。她沒有很想理會那個問題的樣子。

「喔，我等一下會去找。」她補上一句：「我保證。」

莉琪把南瓜扔到水槽下的垃圾桶，接著回去料理馬鈴薯，有效率地把它們放進單柄鍋中。啪地輕響，爐子點燃，火焰嘶聲燃燒。

她用茶巾擦了擦手，回到我身旁坐下。又是一陣沉默，她忽然問道：「那麼，你和老婆分開多久了？」

這麼突然，我被問得好錯愕，一時答不上話。

「你太太……我猜你們不久前才分手吧？」她的語氣更加輕柔。

在我擠出一個答覆之前，她已經伸出手，越過我的大腿，慢慢抬起我的左手。被愛咪以外的女人觸碰我，一股刺激的興奮沿著我的手臂傳上來，我不知道該怎麼面對這種感覺。她聞起來很香——清新的香水味，加上燉肉香和洋蔥。她讓我覺得很餓。

「你手指上有戴戒指的痕跡，沒有完全消失，所以你最近有戴過。我推測如果你是喪偶，可能還會戴著戒指。」她停頓後繼續說：「所以是多久了？」

「喔……大約……幾個星期了。妳觀察力很敏銳。」

「你知道的，我是單身女子……小心為上，必須先確定。」

她比我更精明世故。我和散發自信的美女一起坐在公寓裡喝酒，而且她很像我前妻，除此之外，旁邊還有一隻會胡搞的機器人。面對這一切，我感覺無力招架。我已經慌到考慮要奪門而出，但那樣會很失禮。

她提出另一個問題：「你有小孩嗎？」

「沒有。」我不打算詳細說明，不過在她的凝視下，我覺得好像有必要解釋，所以我說：「我前任……我一直以為她不想生，但是在她離……在我們分手前，我發現她還是想生小孩。」

「啊。」她回應。「你看起來不像當爸爸的人。」

照理說，我聽了那句話應該會不高興，可是我實際上覺得沒什麼影響。「是啊，我理解。我總是認為自己當不了好爸爸，我到目前都沒有機會證明那樣想是錯的。」

「沒有啦，班，你誤會了我的意思。我不是在說你當不成好爸爸——恰好相反。我認為你可能還沒當爸爸，因為你看起來人很好……你有小孩就會在家陪他們，不會在這裡跟我喝酒。」

「喔。」我安靜下來，不知道該怎麼回話。莉琪笑了笑，改變話題，不再多問。

「我在博物館工作，約會次數沒有很多。我的意思是，我不會每次碰到男生就把家裡地址給出去。」她語帶哀愁，還有點脆弱感。

「妳這麼說，我感到很榮幸。」

她微笑，我看得到她潔白的小牙齒。「是啊。」

她的「賞識」使我感到難為情，所以我趕快換成一般的話題。

「那麼，妳在太空博物館工作是什麼樣子？」我詢問時，注意到阿唐晃到走廊上。我想起身把他帶回來，不過莉琪拉住我的手，要我別管他。

莉琪握著我的手好幾秒才放開。她說：「在太空博物館工作有怎樣嗎？」聽她的語氣，我好像惹到她了，不過她氣憤的態度是裝出來的，這表示她認為自己不該做這份工作。

「沒有啊。」我緊張地咳一聲。「我不是那個意思……因為柯里說，妳是機器人歷史學家。」

「他那樣說？」她微笑，雙頰泛起一抹紅暈，瞬間襯托出她那對亮綠色的眼眸。「他人太好了。我只是喜歡在網路上討論而已。」

我問她為什麼不成為真正的機器人史學家，把它當正職。

「那只是興趣，班。加藤是大學裡最聰明的人。我沒辦法仿效他，走他那條路。也許我知識豐富，但我不會應用在其他方面。而且這一區沒有機器人博物館，要去的話，我就得搬家，可是我家人住在這附近。」她驟然起身，走到窗邊，夕陽餘暉灑入，猶如火焰般猛烈，公寓裡整個亮起來，她所有書本剎那間好似在熊熊燃燒。

「我理解。」我想到我姊姊拜恩妮，她最遠只住到我們老家隔壁村莊。「可是我有件事不明白，妳為什麼沒有仿生人？」

她轉身聳聳肩，纖薄的肩膀幾乎快碰到耳朵了。「喔，答案很簡單：我買不起，光靠我現在的薪水不可能。連二手的都很貴。而且我這裡空間不夠。」她比一下四周，每個地方都放了東西，地板上堆滿書籍和雜誌，好像在等莉琪找一個更大的家。

「在這間小公寓裡，仿生人的底座要放哪？等我嫁給有錢人或是彩券中大獎，我要有一群仿生人和機械型機器人，還找得到的話。你不知道自己有多幸運，班，他們現在不製造那種機器人了……你的那款從來沒被製造過。」

她停下來，好像在後悔自己剛剛說的話。「我很抱歉，我不會修理，也提供不了其他資訊。我可以從設計層面講述機器人的歷史，從第一批量產的機械型到現在的仿生人，還有未來的可能走向，但我就是說不出像阿唐這樣美麗的奇葩落在歷史上哪個段落。加藤應該幫得了你，他是……」她沒說下去，因為注意到阿唐走過來。他已經逛了一圈回來，臉上好像還塗了口紅。「真抱歉，小機器人，我們在談論你，應該要直接跟你談才對。」

她蹲下身子，抓住阿唐的一隻夾子手，從口袋拿出衛生紙幫他擦臉。「你跟班一起度假快樂嗎？」

阿唐興奮地搖擺身體，有人直接叫他，要跟他說話，他很驚訝。

「快——樂！」

「到目前為止，你最喜歡哪裡？」

「道奇。」

莉琪看向我，困惑地抬高眉毛。

「他是指道奇戰馬，他最喜歡我們租的車。」

我跟她講起我們一路上的遭遇——我們為什麼會租那輛車，遇到臘腸狗凱爾，誤闖無人輻射鎮，還入住仿生人性癖好俱樂部。她坐到我旁邊，笑聲連連。

「仿生人妓院!?」

「是啊，超扯的！我在加州旅館真的快抓狂了。」

「你一定很傻眼！我從來沒聽說過這種事。他們真的認為你去那裡是要……」

「對呀。」

「你一定要告訴加藤，他會很震驚。他向來對所有事物都非常尊重，機器人也不例外。」

莉琪臉上浮現悲傷的神情，下一秒又立刻擺脫負面情緒，再度彎起她甜美的小嘴對我微笑。

「抱歉這麼說，班，可是你不像對人工智慧領域有興趣的人。」

「對，我沒什麼興趣，我從來就不想要仿生人。是我老婆……前妻想買一臺。」和莉琪討論阿唐真好，她不會被阿唐的行為激怒，反倒覺得很有趣。這跟上個月與愛咪的相處情形大不相同——她把阿唐當作會走路的移動垃圾，我想留他下來，也被她用同樣的惡劣方式對待。愛咪離開了，也許對大家都好。

莉琪一派輕鬆地開始調侃我。

「我敢打包票，你的手機是笨蛋型，對不對？」她雙臂交叉胸前。

我否認，掏出手機給她看。「有相機、閃光燈，應有盡有。」

她整個人向後仰，捧腹大笑。我把手機收起來，避免更尷尬。

「不過妳說得沒錯，關於我對機器人和仿生人的態度。一般來說，我比較喜歡活的生物。我受過專業訓練一段時間，本來要當獸醫。」

她從狂笑中稍微冷靜下來，聽我說話。

「本來？」

「對。可是我不夠優秀。現在來看，我爸媽相當支持，對我很有耐心。他們在一場意外中走了，而我……在原地踏步，有點迷失方向。」

「我很遺憾。聽起來你想當獸醫，你會繼續朝那個方向努力嗎？」

「也許吧。等我回國，我應該要振作起來，找工作做。」我深吸一口氣。「我這麼沒用，什麼事都做不好，到最後就不想嘗試了。」

過了幾秒，她開口：「我不覺得你是沒用的人。」

「真的？」

「完全不覺得。父母過世是件大事，班。不要對自己要求太嚴格。你和阿唐都走到這裡了，那已經下了不少工夫。」

我不記得上次有人稱讚我是什麼時候。此刻，我內心湧出一股暖意。

「謝謝妳。」我說。

還好莉琪之後就改變話題。我們聊開了，時間匆匆流逝，我們不知不覺聊了一個多小時。我們還沒吃晚餐，但莉琪早有安排。她在小廚房裡喊：「我們吃飯吧，阿唐要做什麼？」

「做什麼事？」

「對。我是說，他要吃東西嗎？不用的話，他看我們吃會不會無聊？」

「其實……我不知道。」我回應。我沒想過那個問題。阿唐只是始終興致勃勃地盯著我吃東西，起碼我是這樣認為。他不看我吃，就是在看窗外或是電視螢幕。我從來沒問過他「想」做什麼。

「阿唐，你需要吃東西嗎？」莉琪直接問他。

「不用。」阿唐回答。

「好吧，那你需要喝什麼嗎？你靠什麼維生？」

「維生？」阿唐往我這邊看，可是我沒辦法幫他回答。我跟她都很想知道答案。

「你靠什麼能量運轉？」她改變問法，但幫助不大。據我的經驗，她不會得到答案。

他說：「不知道。」片刻過後，他又說：「柴油。」

「什麼？」我和莉琪異口同聲地叫出來。

「偶爾柴油，很特別，一年一次或兩次，不要太多。不好……變好。」他環顧公寓，眼珠往上飄移，看著我們。他似乎很不好意思，好像我們從他身上挖出什麼不可告人的祕密。那可能真的是祕密。

我在地毯上坐下來，旁邊是阿唐，我一隻手放到他的箱型肩膀上。「阿唐，你之前為什麼不說？我可以找一些給你。」阿唐揮揮夾子手，否決我的提議。

「不行。絕對不可以……經常。」

「那你今年喝過了嗎？」莉琪問。

「沒有。」

「你現在想喝一點嗎？」

接著她對我說：「我可以到樓下車庫裡拿，我後車箱裡放了一桶……不麻煩。」

「也許……」阿唐轉過頭看著我，徵求意見。

「想喝就喝一點，阿唐。別擔心，我們會確保你不會喝太多。」

莉琪幫阿唐裝滿一個隨行杯。阿唐先猶豫地啜飲一口，接下去越喝越快。喝了幾口後，他咯咯笑起來。我們還沒吃完莉琪完美的燉牛肉料理，他已經從扶手椅上滑下去，望著天花板，一隻手仍然擱在椅子上。

「阿唐，你還好嗎？」我問他。

「還好。」

「你確定？」

「對。」他說。

「你覺得柴油喝夠了就跟我說，好嗎？」

沒有回覆，我擔心起來。但隨後傳來他睡著時會有的滴答聲。

「妳認為他為什麼會睡覺？」我問莉琪。

她聳肩。「不斷學習會累啊，人不也是這樣？他像小孩子，需要睡眠來消化所有新知識。也許他的電路板偶爾必須冷卻。」

阿唐挪動一下身體，好像是聽到我們在談他。他的手從椅子上滑下來，砰一聲落在地板上。

「我的機器人被我們灌醉了。」

「不是只有他喝醉了。」

她說得對。我現在才想起來我是開車到這間公寓，可是我早就把酒後駕車的問題拋到九霄雲外，她整晚倒酒，我杯杯盡醉。我和阿唐稍後必須叫計程車回旅館，早上再搭一趟回來她的公寓把車開走。

「我問你一件事。」莉琪突然打斷我的沉思，坐到我旁邊。我興奮起來，腹部感到顫動。「你對人工智慧不感興趣，那你為什麼決定跟機器人去旅行？這臺哪裡特別？」她看著昏迷不醒的阿唐。

我思考一下才回答。

「我看到他出現在我家後院，我很同情他，也很好奇他怎麼會跑過來。不過當我跟他混得越熟……就發現他不僅僅是臺復古機器人，他一點也不像仿生人。他會學習，我很肯定。他不只是執行命令，事實上，他很少聽從命令。他很固執，總會質疑我。可是他……會關心人。就像妳說的，他很特別。」

我停下來喘口氣，準備讚頌阿唐更多優點。我還來不及接著講，莉琪吻了上來。

到了早上，我在莉琪的床上醒來，身旁有一張紙條，上面寫著：

班，超高興認識你，當然還有阿唐。感謝你和我共度美妙的一晚。抱歉，我突然襲擊你——怪到酒精頭上吧。如果你再到休士頓，隨時來找我喝咖啡喔！早餐不要客氣，想吃什麼自己拿。我就不送了，祝你們旅途順利，希望你們能獲得一些解答。莉凱。

ＰＳ・幫我跟加藤打聲招呼。請告訴我他過得好不好，麻煩囉！

旁邊還放著另一張紙，上面是加藤茄子的電子郵件地址。我鬆了一口氣。莉琪沒有吵醒我就溜去上班，這樣我們都免除了「一夜春宵酒醒後」的尷尬。

我在床上又躺了一下，思考事情。我記得做那檔事的過程，至少我可以確定自己表現不錯。但我有點愧疚，要是愛咪知道了會說什麼？我摸著之前戴婚戒的那根手指。

莉琪說得沒錯：戒指的勒痕還在。

我感到莫名憂傷，於是坐起來。我拖著身體離開親密陌生人的床，手抹過頭髮，一邊在附近摸索，要找到我的褲子。我忽然想起阿唐倚靠著扶手椅睡著了，我一時心中恐慌。當我走進客廳去找他，他還在原處睡覺，只是身上多了張毯子。

「她真可愛。」我說給自己聽。「愛咪絕對不會這樣做。」

愛咪並不完美，我這樣想竟然感到特別欣慰。

阿唐好像沒有要馬上起床的跡象。

我敲敲他，想叫他醒來，他呻吟著把我推開。

就先給他睡吧，我走去把昨晚的餐具洗乾淨。

12 漫長的等待

我喚醒阿唐，留下一張紙條給莉琪，大意是「是啊，謝謝妳，我也玩得很開心」（我當然沒有那樣寫，是用別的措詞）。我們回到汽車旅館拿行李，再去櫃檯退房。宿醉的阿唐待在車裡，頭靠著門哀哀叫。我們開著沒有雞蛋的乾淨戰馬，正前往租車公司在機場的據點。另一種說法是：我準備要把道奇戰馬還回去，而壞脾氣的阿唐變本加厲，因為他意識到等一下會發生什麼事。

「我跟你說過了，我們要去東京找莉琪博士的朋友。我當然想開車到日本，不坐飛機，可是不行。我們不能開到東京。」

「為什麼？」

「什麼意思？我剛剛才說過，我們要搭飛機啊。」

「為什麼？」

「你是問為什麼要搭飛機？還是為什麼不能把車帶上飛機？」

這難倒他了，他自己也不確定是什麼意思，他不完全瞭解「為什麼」的涵義。他的邏輯要打通還有一段路要走，我很容易說贏他……暫時是這樣，雖然我知道他遲早會比我厲害。

我們正開往還車處，剩下的這段路他靜靜坐著生悶氣，兩眼圓睜，不停撫摸副駕駛座的車門飾板。阿唐不想拋下道奇戰馬，他不願意放手。所謂的「放手」也包括字面上的意思。沒想到取物器夾住車門把手的力道這麼強，更沒想到會有這麼多人圍觀夾子手硬殼雪人叫破金屬喉嚨。

或許這些事都沒什麼好驚訝的，「驚悚」才是正確的形容詞，既驚悚又糗到家。

我這次根本不敢考慮要把阿唐當成託運行李。我們在報到櫃檯排隊時，我思考有哪些選項，不確定有沒有必要又買兩張豪華經濟艙的票，因為旅途可能還很長，必須保留一些可動用的旅費。否則在世界的另一端打電話給銀行，請他們幫我把定存的錢轉到活期帳戶裡，應該不太容易。

阿唐快要跟愛咪一樣了，跟他們出去旅行開銷都很大。她曾經多次逼我額外花錢升級各種服務：有一次是把旅館房間換成高級套房，另一次是在馬爾地夫，乘船遊覽的行程變成是搭直升機（那次我一點也不開心）。老實說，和阿唐旅行還是便宜很多。如果一定要豪華經濟艙，那就坐吧。

「先生要幾個位子？」

我穿著勃肯鞋，腳趾露在外面。阿唐緩緩靠近，金屬小腳踩在我腳趾上。

「兩個。」

地勤對我展現出完美的笑容。

「沒問題，您要什麼艙等？我們有經濟艙、商務經濟艙、頭等經濟艙、尊榮經濟艙、商務尊榮艙、尊榮頭等艙和商務頭等艙。除此之外，我們也有頭等艙。」

我請他解釋差別在哪。

「都不太一樣，先生。您可以到旁邊閱讀艙等介紹手冊，決定好了再過來排隊……」

我謝絕，問他有沒有適合機器人的座位。

他隔著櫃檯望向阿唐。「先生，機器人託運比較恰當。」

我感覺到阿唐在抓我的褲管。

「我不想託運，我想知道你們哪一艙等的座位夠寬，他坐得下。」

地勤把滑膩鼻子上的眼鏡推高，傷腦筋地嘆口氣。「最高級的三種艙等都可以。」

我狠狠瞪著他。「別的艙都不行嗎？」

「先生，我們的座椅經過特別設計，各種仿生人都能坐下來。我們非常自豪能服務所有人，但我們不常服務機械型機器人，很少碰到類似先生這臺的款式。只有在最高級的三種艙等裡，機位間距夠大，它才坐得下。」

「他，是人的『他』。」我糾正。

「先生，那不會改變任何事。他只能坐最高級的三種艙等。」

「那就挑你講的艙等裡，兩個最便宜的位子。」

「沒問題。再問先生一件事，他有植入晶片嗎？」

「晶片？」

「是的，先生。」

我滿臉疑惑地看著他。

「這是新規定，所有從美國出境坐客艙的機器人都必須裝配微型晶片，有點像是人類使用的晶片護照。要是他沒有晶片，就必須註記在你的護照上，他有嗎？」

「我不懂，我們從英國希斯洛飛到舊金山就沒有這些問題。他們只要我們額外付費。」我試著回想：我當時在希斯洛機場引起了一陣騷動，因為我說要把阿唐送到貨艙。反觀在這裡，他們把阿唐當垃圾看待，在我們買到貴死人的機票前還要層層刁難。

「先生，正如我剛才說的，這是新規定。希斯洛機場現在也會做同樣的要求。」

「如果他沒有晶片，也沒註記在我的護照上呢？」

「那你們就不能登機。也許先生可以考慮託運。」

「你真的幫了大忙，謝謝喔。」

「不客氣。先生想幫他辦理託運嗎？」

「我不要把他當行李託運，我要他和我一起登機。」

「他有植入晶片嗎？」

「應該沒……」

我忽然感覺到褲子口袋被拉扯，看過去是阿唐在對我微笑。「阿唐，怎麼了？」

他一隻手在我腿上，另一隻盡力往機體背面彎。他拍拍自己的肩膀。

「你有晶片嗎？」我問他。

他點頭。

「你為什麼不早點告訴我？」

「班不需要知道。」

我嘆口氣。「是啦。」我回頭看地勤。「他有晶片。」

「太好了。」他拿出手持式無線設備。阿唐不太高興地轉身讓他掃描。我能理解，因為他不喜歡被當成寵物對待。

地勤再三查看電腦螢幕，眉頭皺在一起。

「有問題嗎？」我詢問。

地勤看看我，再看阿唐，又看我一眼，最後再次核對螢幕上的資料。他一手抹過掛著汗珠的前額，抓了抓鼻梁。他發出嘆息，搖搖頭，把機票和登機證遞過來。

我們走離櫃檯時，我說道：「他那是怎樣啊？」我比較像是在自言自語，沒有在問阿唐，不過他聳起方塊型肩膀。我們正往出境方向走，我中途跪下來面對阿唐。

「很抱歉他那樣對待你。」

「沒關係，班沒有。」

「我知道，但是……」

阿唐的夾子手握住我一隻手。「班？」

「怎麼樣？」

「謝謝。」

「你是在謝什麼？」

他握起我另一隻手。

「座位。」

我們默默朝安檢區走。我心想我們會不會等一下又觸犯其他怪規定，進而害我們被困在偉大的美利堅合眾國。

當我們接近安檢區，我心裡一沉。我們面前排了不同的隊伍，指標導引我去「人類」標示牌下的金屬偵測門。附近有另一排，人型機器人等著通過有「仿生人」標示牌的偵測器。在更遠處的角落，有臺沾滿灰塵的偵測儀，機器後方的安檢人員也同樣灰灰髒髒的，那裡的牌子寫著「機械型機器人」。那排是空的。

我和阿唐同時看到這種情況。我擔心他會有激烈反應，於是我把手放在他冰涼的腦袋上，不過他只哐啷向前邁進，頭也不回地往那臺探測器走。我看著他經過仿生人的隊伍，合成的人聲在他身後一波波響起。仿生人對他百般嘲弄，當面譏笑他。我瞬間爆發，當場怒罵他們。

「喂！閉上你們的大嘴巴！自大的複製品。要是他有你們的鈦金屬外殼，你們就不會知道自己原來是什麼樣子。專心排你們的隊，不要煩我的朋友。他是有感情的，好嗎？」

阿唐繼續走。

「不要擔心，小老弟。」我喊道：「我馬上過去，你在那裡等我……不會太久！」

結果我等到天荒地老。人類那排根本沒有盡頭，而阿唐那排就他一個機器人。我只能看著他照規矩走過探測器。上了年紀的安檢人員在他身上到處又戳又拍，再打開外蓋，檢查內部。她對他說了一些話，他指向我。我只能枯等，一邊耐住性子，告訴自己不要為了馬上回到他身邊就不守規矩，直接衝過人群和儀器。

我通過安檢後，在光滑的地板上大步狂奔，要以最快的速度找到阿唐。他坐在「機器人」和「人類」兩臺偵測器中間的長椅上，視線落在地上，但每次有人經過他會往上瞧，看是不是我來了。我終於走到他面前，他立刻展露開心的表情，跳起來，雙臂緊緊抱住我的腿。

「我很抱歉，讓你等了這麼久。」

「不是班的錯。」

「她有沒有跟你說什麼？那個安檢人員。」

「有。」

「她說了什麼？」

「阿唐為什麼在機場，跟誰一起。」

我想到一件事：阿唐晶片上的資料可能會有地址。

「她有沒有說你的晶片怎麼樣？」

「有。」

「她說怎麼樣？」

「她說晶片壞掉，修理需要。」

「你應該說『需要修理』。我不覺得意外。但她還是讓你通過？」

「對。」

她一定是覺得阿唐很可憐，認定他不是炸彈，也沒有在身上藏匿古柯鹼。我現在想到在櫃檯的那位地勤，他可能在掃描阿唐後發現同樣的事，乾脆放水。阿唐需要說服人的時候好像自有一套辦法。他好像小狗！

「真是太好了。」我說。

「對。」他牽我的手。「現在飛？」

「是啊，阿唐，我們很快就要離開了。一起去搭飛機吧。」

13 高潮與低谷

我們搭這趟飛機到東京實在舒適得不得了，尤其剛剛在喬治布希洲際機場才遭受過那種羞辱人的無禮對待，我們一登機，立刻把悲慘的回憶拋在腦後。那座機場是我們旅程中的低點，連舊金山的恐怖轉運站都沒那麼糟。特別是對阿唐而言，他在機場被公然侮辱，想必非常不好受。而我驚訝地發現，只要他高興，我自己也開心。

阿唐繫好安全帶，坐在我們商務高級艙的機位裡，還是尊榮高級艙？啊，管它叫什麼。他立即跟之前一樣要我幫他滑椅背上的螢幕，挑選機上娛樂內容。這一次，他整整十三個小時的航程都在玩同一款電玩——那是闖關類的動作遊戲，他操控一名身材苗條的中國女子，她有不成比例的大腿肌肉，腳可以踢到的地方比其他角色的頭還高。

我重施故技，灌下幾杯琴通寧，進入夢鄉。

搭飛機時會作奇怪的夢。琴通寧的酒意氤氳而上，我矇矓中看到少了一條腿的機器狗，它穿著罩杯式上衣和迷你裙。那隻狗開始變形，幻化成穿大衣和迷你裙的流浪漢，接著又扭曲起來，變成了愛咪……可惜迷你裙不見了，大衣卻還在。阿唐戳醒我好幾次，因為我在打呼，但我沒多理會，只管回去繼續睡覺。

當空服員念起降落前的廣播，他們關掉阿唐的遊戲，他很不爽，用拳頭憤怒地敲打座椅扶手，大聲尖叫。我已經不是第一次希望他身上有電源鈕，這種時候我就想把他關機。

飛行員開始廣播，通知東京有「下一點雨」。可是我從橢圓形的飛機小窗戶望出去，雨勢連綿如流水，根本不是普通的小雨。阿唐的眼睛憂慮地瞪大，眼皮斜斜半掩。

「阿唐，沒關係，會給你雨傘。」

我們出來到了入境大廳沒多久，馬上看到擺滿透明塑膠傘的自動販賣機，那種傘頗有一九六〇年代的風格。阿唐很喜歡他的雨傘，到手就把它打開，搖身變成金屬體操選手，拿著傘揮舞轉圈。他不明白我為什麼不讓他把傘開著。

「我們出去再打開，阿唐，那樣用才對。」

「阿唐……傘……現在！」

「不可以，阿唐。先不管其他原因，雨傘在脖子的高度，你可能會戳到別人或打到他們的臉。」阿唐皺著眉頭，不理我。「阿唐，把傘收下去，不然我會把它拿走。你自己決定。」

阿唐想了一兩秒，把傘合上，夾在手臂下，空出來的雙手摳著大力膠帶。

「看呀，阿唐，過來，指標說子彈列車走這邊。」我朝指示的方向走。

「子——彈？」

「是啊，阿唐。超級快的列車，一下就會到東京市中心。而且好像不用走到外面。」

「喔。」阿唐垂頭喪氣，失望地把手甩到身旁。他的雨傘掉到地上，落在我穿著涼鞋的腳附近。我把傘撿起來。

「你下車就可以用了。」

我們一上車，阿唐隨即忘了雨傘的事。天空下著滂沱大雨，列車疾駛在東京外圍的美麗田野間。我們一起欣賞雨景，我指著沿路的景物叫他看：海邊的房屋、山岳上秋色斑斕的森林、整齊方正的稻田，這般景致到後來才被都市的郊區吞沒。我已經寄電子郵件給加藤茄子了，但沒收到回信，所以我不免緊張，還不確定要去東京哪個地方見他。我現在可以做的就是找一間友善的旅館等他聯絡。

我充分運用車上剩下的時間，到站前已在手機上挑好旅館，也很確定要怎麼去。阿唐則是一直站在自己的座位上，臉和手貼著窗戶，對飛馳而過的模糊景色吶喊：「嗚咿——」

我說阿唐下車就能用雨傘，沒想到我錯了。我們下了子彈列車，明顯看得出來這裡也不需要出站，可以直接走入東京地鐵縱橫交錯的迷宮。我不得不跟他保證我們走出去就能把雨傘打開，他聽了有點在鬧脾氣，又出手虐待他的大力膠帶。那段膠帶該換了。我在腦子裡記下這件事，決定到旅館再幫他更換。

我們進到地鐵站，阿唐很容易分神。這次跟速度或風景無關，而是完全因為日本的奇妙之處：會唱歌的列車。廣播器每站都會傳出一段叮噹響的音樂，那表示列車進站。每一站的曲調都不同，阿唐覺得好玩，他開心地在座位上踢著腳尖叫。

我不斷「噓」他，他跟往常一樣當作沒聽到。我本來擔心他會打擾到其他乘客，不過他們似乎覺得他也很好玩。不到十分鐘，阿唐已經被一群穿制服的女學生和西裝筆挺的上班族包圍，他們都想跟他合照。最後連我也加入了阿唐拍照團，拍了十幾張阿唐和日本人的照片——看得到阿唐想模仿日本人拍照時比的和平手勢，可是他沒有手指，所以比不出來。

我認為他搞不清楚到底是怎麼回事，他不懂拍照是做什麼的，不過他當然很享受這樣被關注。我們兩個一路上受盡鄙視和嘲笑，我很高興來到一個欣賞阿唐的國家。我已經成為日本的頭號粉絲了。

我們朝旅館的方向前進，冰冷的雨滴開始打在我們身上，我對這個國家的熱烈好感因此稍微降溫。阿唐反倒不介意，他終於可以開傘了。他邊走邊凝視啪噠啪噠落到透明傘面上的雨水，他看得相當入迷。半途中，一位開朗瘦小的老先生問我們要不要搭便車，但阿唐絕對塞不進他的方形迷你車，所以我回絕了。

我承認，拒絕也是因為我個人的執著。既然是我決定來東京的，就應該由我本人獨自帶我們到旅館，不能接受其他人的幫助。

「日出旅館」是一家商務旅館。櫃檯人員被我們這個組合嚇了一跳，溼漉漉的背包客和亂揮雨傘的小機器人突然冒出來。儘管如此，他們仍然秉持優質的服務。十五分鐘內，我已經進到乾淨漂亮的別致房間裡洗澡，那是我一生中洗過最久的一次。

傍晚時分，我從這間在五十三樓的角落房往外望，俯瞰下方的城市。車潮川流不息，蜿蜒於寬敞的高速公路上，行經辦公大廈、廣闊的公園、古樸的廟宇及高聳的摩登旅館。

我輕搖盛著古典雞尾酒的蛋型酒杯，聽著精心雕刻過的冰塊在杯裡碰撞。阿唐站在兩扇窗戶中間，兩手各扶在一邊窗戶上，臉貼向左邊玻璃，接著再換到右邊。他這樣左右轉頭好像在看網球比賽，只不過他的頭每次換邊就會敲出聲音。

我在想，阿唐可能跟我一樣，沒到過像東京這樣的地方。我內心在掙扎，想出去探索，卻又太害怕了。我是來自小鎮的小人物，而阿唐就是小小一隻。我們不屬於這座驚人的大城市。

「哇。」我對自己低呼。

「對。」阿唐回答。

我們接下來一個小時又恢復沉默，任由思緒隨心飄盪。

我以前只住過一次這樣的旅館——和愛咪的蜜月。我小時候從沒住過旅館，我爸大多選擇坐郵輪或去滑雪，或是任何有附設兒童中心的地方，爸媽白天會把我們留在那裡。所以我才跟愛咪提議去紐約，我們住在能力許可範圍內最好的旅館。

「這好棒，對吧？」她當時說。

「旅館嗎？是啊，很舒服。」

「我是指待在這裡，不用擔心錢的問題。」

「是啊，應該吧。」

我從來沒擔心過錢，所以不是完全理解她的意思。但對愛咪來說，這很重要。她小時候家裡很窮，她覺得缺錢是她的錯。她在四個小孩裡排行老么，他們嫌她專門來分飯吃，是「多出來的一張嘴」，她就聽著那種話長大。

她全家人對她上大學成為律師的動力驚訝不已，她的成功卻令他們害怕。愛咪說，自從她到倫敦市工作後，她家人覺得她高高在上，太盛氣凌人，除了傳送簡略的聖誕節和生日訊息外，他們不相往來。我認為她如此心智健全還真不簡單。那是她的優點之一。

我當時站在窗前，眺望曼哈頓，就像我此刻在東京這樣。愛咪走過來，從背後抱住我。她的手臂有點晒黑了，因為白天逛街時進出商店。

「你還好嗎？還在想你爸媽？」她問。

「對……沒有……沒那麼想了。我是在想房子。」

「房子？」

「我們回去要裝潢一下，那裡看起來跟爸媽還在的時候差不多。」

「班，才沒過多久，不用著急。而且你不需要動手，我們會請人處理。」

我微笑不語，甩開一絲莫名的憂鬱感。我人在不夜城，身旁有個漂亮大方又精明能幹的年輕女人，她很愛我，也知道我可以帶給她不愁吃穿的生活。就整體情況來看，我獲得的，比失去的多。

回憶接續湧現。我重返哈雷溫南，在我長大的老家裡。愛咪已經離開了。我在腦海中巡視屋子，端詳各個房間，打開櫥櫃，檢查後門有沒有鎖，輕敲走廊上的氣壓計，轉動長方形手提復古鐘的發條。那個鐘是我爸送給我媽結婚二十五週年的禮物……我們都覺得很醜，沒有人喜歡，然而那個討人厭的東西仍放在客廳的壁爐上，像某種煩人的玩具，永遠需要有人去上發條。

我意識到一件事。我跟愛咪說過要重新裝潢家裡，但我沒有去實踐。也許我本來就不想做吧。儘管愛咪已經翻修過房子某些區域，比如廚房，可是這棟屋子的其他地方還是跟爸媽去世時差不多，跟愛咪搬進來時一樣……她搬出去時也沒變。

我不自覺把她帶入我的童年，而不是陪她走進婚姻。我甚至沒想到自己有那麼愛爸媽。他們過世時，我沒什麼感覺——只有怨懟，因為他們拋下我和拜恩妮，永別人世；因為我的人生才走到一半，他們卻不能再繼續指引我成為心智成熟的人。即使我在他們發生意外那年已滿二十八歲，我依然需要他們的教誨。

我在空無一人的房子裡徘徊，爸爸書房的電話響了，那個尖銳刺耳的鈴聲我記得相當清楚。

爸媽客廳沒有電話，他們說沒必要，因為我們都有手機。話雖如此，很多人的手機訊號還是很爛，所以有線電話又再次興起。裝一臺室內電話，至少可以確保對話夠完整。

「我想找班．錢伯斯先生，或拜恩妮．錢伯斯小姐，麻煩請他們聽電話。」拜恩妮結婚後保留了娘家姓氏。

「我是班，哪裡找？」

「我是牛津郡警局家屬聯絡員，我很遺憾，發生了一場意外。」電話那頭的女子說。

我一時之間不明白那些字句，我努力想有哪些朋友住在牛津郡。我想起來了，爸媽到郡裡參加「輕航機節」，他們駕駛自己的飛機赴會。我不知道該說什麼。

「喔，我要去醫院嗎？」

另一頭出現短暫的沉默。

「是……對……對的，要去。」

「他們怎麼了？」

「我們在醫院當面講會比較好。」

「不。麻煩妳，我想現在知道。」我聽到她講話躲躲閃閃，語調委婉，我心頭瞬間燒起一把火。我知道這個女人要說什麼，因為如果是別種情況，她老早就講了。

「好吧，我不想這樣用電話告知家屬，但是……飛機的螺旋槳壞了，我們還不清楚詳細情形，但是……令尊令堂沒有活下來。請節哀。」

「謝謝，我知道了。」我脫口而出。

「錢伯斯先生，收到這種消息當下的情緒和之後的感覺可能會不同，這很正常。要請先生或令姊來認屍，我會全力提供協助。有任何問題或需要幫忙的地方，請告訴我。」

她給我辦公室的電話和分機，以及可以聯絡到她的手機號碼。我的直覺反應是我用不著，我會有什麼問題？爸媽去了「人生苦短，何不瀟灑走一回」的大冒險，只是這次他們不會回來了。就是這樣，沒什麼好說的。

如果他們沒去開飛機，那就可能在泰國被會畫畫的大象攻擊，因為大象不喜歡他們；或是在南極之類的地方被企鵝咬到破傷風。聯絡員說隨著時間流逝，感覺會不同，我明白那點，但是我哀悼的方式可能不是她想像中的那樣。

拜恩妮跟我不同，她哭了。她全心投入喪禮的安排，又多哭幾回，抹完淚就放下，繼續過日子。

我現在才發現，我和愛咪幾乎沒談過爸媽的死。我站在東京的一扇窗前，家在遠方，我好想念他們。可是我不想被困在過去那段難過的回憶裡，我要振作起來。

「好了，阿唐。走吧，我們要出去走走。」

「出去？」

「對，出去。我們到了世界上最有趣的城市，不能只隔著玻璃觀看。」

阿唐的眼珠子往上滾，他擔心時眼睛會那樣。他又開始扯大力膠帶，那已經被摳到殘破不堪，於是我趁這個機會更換。

「不會有事啦。」我把新的一截膠帶貼到外蓋上，抹平。「我會照顧你，不要擔心。最糟還能怎樣？」

原來最糟的情況是去卡拉ＯＫ酒吧，我自認為那是個好主意，還拖著我可憐的小機器人朋友一起去。阿唐表現良好，不吵不鬧，比我好太多了。

我沒有故意要喝醉。我本來只打算喝古典雞尾酒，延續剛才在旅館喝到的口感，所以我不確定為什麼後來會變成在喝札幌啤酒——它現在成了我最喜歡的日本啤酒！

我先把阿唐留在隔間裡，他很高興，因為那裡沒有椅子，桌子兩側有軟墊區可以坐，他能輕鬆地直接坐下。接著，我去吧檯點酒。我印象中自己叫了古典雞尾酒，不過酒保實際聽到的可能是：「大哥，你們最好的啤酒是什麼？」因為他就給我最好的。

我喝下幾杯啤酒，不知不覺拿起了卡拉ＯＫ舞臺上擺的麥克風，深吸一口氣，準備放聲開唱。我迷迷糊糊，不清楚自己選了什麼歌，音樂奏下才知道。我整個人好像元神出竅，聽到某個醉漢用我的聲音吼出〈心之全蝕〉（Total Eclipse of the Heart）的歌詞。

不到三十秒，一群日本人圍到舞臺邊，高舉裝清酒的小酒杯為我喝采。他們每個人都是西裝領帶，配上合身的褲子，跟我形成強烈的對比——我是穿花襯衫、牛仔褲、帆船鞋的外國人。看來我唱得不錯，歌曲一結束，大家歡聲雷動。我問他們想不想再聽一遍。日文的回答我聽不懂，不過歌曲又重新播放，才開頭幾句，底下抱怨聲連連，所有人都回到自己的桌子。

我才不會這樣被打敗！我照唱不誤，直到酒吧員工來攙扶我下臺，回去我的座位。他們人真好。我發現阿唐整張臉貼在桌上，手臂無力地垂在兩旁。不知道他是什麼意思。

都怪我不小心貪杯，喝那麼多啤酒，我才會上臺瘋唱。就在我醉醺醺之際，加藤竟然悄悄出現了！他看到我趴在桌上，半邊臉朝外，而阿唐靠著牆壁癱坐，心不在焉地摳膠帶，一副不耐煩的樣子。儘管我今晚做出誇張的行徑，他的態度還是很好。我是在說加藤……雖然阿唐也真的很乖啦。

「我一直在看你唱，我很喜歡你的歌聲。」

「謝啦，粉好玩。」我還抬不起頭就回答。

「不好意思，問你一件事，你怎麼拿到這臺機器人？」

如果我神智夠清楚，我會揚起一邊眉毛，用正確的姿勢拿起清酒小杯子，啜飲一口，之後才說：「先生，你為什麼想知道？你對機器人特別感興趣嗎？」

我會邀他一起喝，他會不得不接下酒杯，並回答（我自己腦中在上演小劇場）：「沒錯，我長久以來對機器人很有興趣，其實我是……人工智慧領域的專家。我特別擅長在卡拉OK酒吧揪出奇特的機器人。」但是今晚我不夠清醒，真實狀況完全不是那樣。

當一位日本先生問起我的機器人，我在桌子上仰起頭，瞇起眼睛看他，他則客氣地低頭看著我。

「這故嘛，說來挖長。豪啦，廢挖死了，一句就狗，他來花園。」

「他是……你的園丁？」

「不嗚嗚嗚……他來到偶家花園，坐在柳樹下。憋介意，偶……偶……偶有時差。」

我的大腦終於跟上對話。「等……等一下……為啥？」

他抬起阿唐的軟管手臂。「因為我以前認識有人會做這樣的四肢，是很久以前。我可以說，這不是他最好的作品。」他面向阿唐。「對不起。」他不小心罵到阿唐，跟他道歉。「但是有一點可以確定，他是在匆忙中製造出這臺機器人。」

「喔，這麼巧？我正在找像你這樣的人。紅色的……紫色的……番茄……茄紅素，什麼茄的。」

「茄子？」

「啊，答對了！」

「加藤茄子？」

「沒錯！」我稍待片刻，等我慢半拍的大腦分析現況。分析完畢。「等……等一下……你怎麼會知道？」

「因為我就是加藤茄子。」

「這下糗了。」

14 機密大事

歡唱夜隔天，我和阿唐搭電梯直上雲霄，加藤的辦公室感覺在超過一百層樓高的地方——而且在玻璃帷幕大樓裡，跟柯里任職的微米系統有異曲同工之妙，也許那是人工智慧產業不可或缺的標準行頭？

我們會巧遇可說是奇蹟。東京有那麼多地方可以逛，我們卻在同一時段去了同一間酒吧。真相是：他的辦公室離那間酒吧不遠，那是他的活動範圍。

我還是要再說一次，這簡直是奇蹟！

我們昨天晚上談了什麼，我大部分都不記得，但加藤有說我罵他髒話，問他為什麼沒有回我的電子郵件。他說已經回了，只是我沒看到。他說信裡寫了請我隔天十一點帶阿唐去找他，他要近距離觀察。

他給了我他的名片，說我們還是照原定計畫見面，因為我目前「可能不記得想問的問題」，而且酒吧裡「太暗了，看不清楚阿唐」。

加藤一直都相當親切有禮。

電梯「咻咻」地快速上升，這種聲音正好戳中我脆弱的神經，加上我本來就宿醉，我的胃腸來回翻攪，頭部傳來陣陣疼痛。電梯一面是玻璃，阿唐開心地把臉貼上去。當擠滿行人的街景逐漸下墜。

他大叫：「嗚咿──」而我完全不敢往外看。

「阿唐小老弟，請你安靜點，我頭在痛。」

阿唐看我一眼，再把頭轉回去看風景……並繼續鬼吼狂叫。我揉著額頭，短促吸吐幾口氣。

叮一聲，五十三樓到了，我們走出電梯，前方走廊通往左右兩側。我們還來不及思考要往哪個方向走，左邊一扇門打開了，加藤探出頭來。

「錢伯斯先生，這邊請。」他以熱情的笑容迎接我們，這使我對自己昨晚的大暴走感到更過意不去。

「茄子先生……桑。」我嘗試使用日文敬語。「我真的非常抱歉，我昨天晚上失態了。我不常……我平時不會那樣。」我合掌鞠躬，我在日本電影裡看過有人這樣道歉。希望沒有在禮數上無意中冒犯他。

加藤微笑，要和我握手。

「不用這樣，我在美國待了很久，我看過很多英國人到東京，我以前就見識過……時差。還有，請叫我加藤。」

「你人真好。」他這樣對我，我真的好感動。「請叫我班。」

「班和阿唐醬，來吧。我們來看看你。」我後來才知道加在阿唐名字後面的「醬」是一種親暱稱呼。我不懂，不過阿唐好像理解，他擺出一張大笑臉，經過加藤面前，走進辦公室。

這裡美輪美奐，布置簡約，所有物品井然有序，牆壁邊放了一個壓克力透明箱子，裡頭好像是一隻金屬手臂，箱子上有兩個洞口，洞上是橡膠手套。加藤注意到我在看，他比了比箱子。

「我現在主要的工作是講課和當顧問，但我就是放不下機器人學的實務層面。我發現很多人離開了這個產業，心還是留在那裡。他們手邊會研究一些東西，不會完全放掉。」

「為什麼要用手套？」我彎腰，伸出溼黏的手摸摸看。

「以免實驗品沾到灰塵。」

「喔，對。」那是個蠢問題。我要辯解一下，我那樣問是因為腦袋還沒完全開機。

「班，要喝點茶嗎？想喝咖啡也可以喔。」

咖啡好誘人，我好想喝，可是我看到漆器托盤上有個做工精緻的茶壺冒著白煙，旁邊還有兩個杯子。「我有準備日本綠茶……非常適合時差。」他在逗我。他是溫文儒雅的日本先生，卻也很有幽默感。他好討人喜歡。

加藤把盛滿清澈黃綠色液體的小杯子拿給我，接著在阿唐的面前蹲下。他進行的流程和凱茲博士的類似：檢查圓柱管（現在只剩不到一半），闔上外蓋，抬起阿唐的手臂，要阿唐甩腳等等。

加藤花比較多時間檢查四肢，還邊看邊點頭。

「他底下有金屬牌，上面寫了一些字，部分已經自然磨損，但是你也許可以理解。阿唐，你能不能躺下來讓茄子先生看？」

阿唐聳肩後躺下，他不覺得這個張開雙腿的姿勢有什麼不好意思。加藤端詳他，摸著他小巧的金屬關節。加藤有許多典型日本男人的特色，黑色短髮和黑眼睛，身穿帥氣西裝，雖然他在辦公室裡沒穿西裝外套，只是把它掛在門後。然而，他有個特徵使他「脫穎而出」，我在東京遇到的人都比不上——他長得特別高。

他起身，扶阿唐站起來。小機器人立刻跑掉，試著把夾子手塞到壓克力箱的橡膠手套裡。他下個動作是打開加藤辦公室的門，逕自溜出去。我叫他回來，不過加藤跟我保證，他跑不了多遠。

「你能修好他嗎？」我樂觀地問。

「不能。我恐怕沒有正確的零件。」

我的肩膀下垂。「你知道圓柱管的用途嗎？」

加藤搖頭，他說的跟柯里差不多。「可能是燃料電池，但如果是那樣的話，他的系統應該要更複雜。好消息是，我可以告訴你誰會知道，至少他有可能會知道。」

「真的？」

「對。他叫波林哲（Bollinger）。」他說。

「波林哲？」

「『B……之財產』。我的老同事，波林哲，古怪的英國人，我的導師，他是我見過最懂機器人學的人。」

啊！所以B就是指他。

「那其他幾個字呢？我認為其中一個應該是製造商的名稱，可是我往那個方向找，到目前為止都查不出東西。」

「那不是公司名稱，而是地址的一部分。我只知道波林哲退休後搬到一座偏遠島嶼上，據說是位在密克羅尼西亞（Micronesia），太平洋三大島群之一。我不清楚他後來怎麼樣……可是你的『MICRON』不就出現了嗎？至於『PAL』，我猜是帛琉（Palau）。他在那裡一定有郵政信箱。」

「那種退休生活應該不錯。」

「是啊。但說退休不太正確，那比較像……逃避。」

我問他什麼意思。

他示意我坐到典雅的橡木椅子上，而他走到整齊乾淨的橡木辦公桌後面，拉開和訪客椅成套的旋轉椅，坐下來。

「我在『東亞人工智慧集團』工作時認識波林哲。那段期間算是我職業生涯的高峰。我一直有關注他的研究，加上公司對我提出的計畫給予大量資金。我們團隊有十幾個人，薪水相當高，都住在園區中的高檔公寓裡。那在大阪附近。我們過得很舒適，但是整天在工作。」

「你們那時候在研究什麼？是什麼樣的計畫？」

加藤用手比向茶壺，我把杯子遞給他，他幫我倒茶。

他說得對：茶非常適合解宿……時差。

「我們在研發機器人的情感，打造一臺『有生命』的原型機。我們的目標是要開發出足夠的感知能力，要能接受命令並評估最佳執行方式，但也會判斷對錯。照理說，這項研究最後會被運用到戰爭科技的領域上，通常都是那樣。」他平靜地談到可能發生的未來，聽起來卻仍然很悲傷。

「你們成功了嗎？我是指有沒有製造出原型機？」

「沒有，可是說有也沒錯。本來計畫只要做出一臺像人的機械，我們可以教導它，呵護它。我們最後卻製造出二十幾臺成人大小的機器，他們駕馭不了自己擁有的能力，無法分辨是非。那是研究的重點，但做不到，整項計畫直接泡湯。波林哲就在那個時候大展身手。我到現在還是認為，要是沒有波林哲的野心，我們不可能成功。可是他做得太過頭，注入太多『生命』到那臺機器……那批機器。他不僅製造出好幾臺，他們還沒有電源開關。波林哲說，要他們像人類，就不可以有關機的方法，除非整個關掉。我們應該要教他們怎麼感到快樂，但我們沒有。他們表現出來的情緒是憤怒。」

「等一下，你說『整個關掉』？意思是殺死他們？」

「對，你那樣講也行。」他嘆口氣。「那真的是嚴重的錯誤，結果……發生了意外。我們都被開除，計畫被迫終止。公司『強烈建議』波林哲退休，要他學鴕鳥把頭埋到沙裡去躲起來。他八成是照字面理解，真的去了有沙子的地方。」他懊悔地苦笑。

「加藤，是什麼樣的意外？」

「抱歉，班，我不能說。波林哲非常重視自己的設計受到妥善保護，他不喜歡有資料外流到計畫外。我們都簽了保密條款。其實法律上禁止我說這些，我已經說很多了。再說下去，我會害到自己和老同事。在我看來，他是可恥的膽小鬼。」

他湊過來，壓低音量說話。「你沒問我的意見，但抱歉了，我現在要主動跟你講：帶機器人回家，不要去找波林哲，找別的方法。」

我明白他的意思。他崇拜波林哲這號人物，波林哲卻毀了他的人生。

他擔心同樣的事會發生在我身上。可是這個人會有多糟糕？過了這麼久，可以原諒他了吧？假如有別的方法，我早就會去試。我現在別無選擇，如果這個人可以修好阿唐，我們就非去見他不可。

15 未竟之路

我們起身正要離去，我靈光一閃。我並沒有忘記阿唐圓柱管的問題，只是這禮拜到帛琉的下一班飛機要隔幾天才出發，所以我們還會在東京待一段時間。

我面向加藤，「加藤，你幫了很大的忙，也對我很有耐心，我想謝謝你。今天晚上請你吃飯好嗎？」

「謝謝，我很樂意……只要不談波林哲就好。」

「沒問題，就這麼說定了。」

加藤推薦附近一家他常去的餐廳，我們約好八點在他辦公室見面。

「晚點見囉。」我跟他道別。我們離開大樓，回去旅館。想到我們在這裡交了一個朋友，這座陌生城市似乎變得沒那麼可怕。

我們回到旅館房間，我躺平在超級特大號的床鋪上，好舒服，我閉上眼睛思考。我忽然感覺到有動靜，發現阿唐已經爬到我旁邊。他也躺下，把我平放的手臂當枕頭。

我不忍心告訴他，他的頭重死啦！我的手要斷了。苦撐了幾分鐘之後，我注意到阿唐雙眼緊閉，他的頭部隱約傳出滴答聲。於是我用另一隻沒被壓住的手拿枕頭，小心地把枕頭放到他頭下，並抽出我的手臂。還不到午餐時間，我提早請客房服務送餐，他們端來一份精緻的日本麵食便當。我打開電視，轉到無數個日本綜藝節目。我看著別人玩遊戲，邊等阿唐睡醒。

阿唐醒來心情很好。我想在晚上見加藤前出去探索這座城市。我跟阿唐保證我們不會去酒吧，他才同意。

「搭車？」他問我。

「對呀，阿唐，我們要去搭電車，你是不是想搭？」

「對，列車，唱——歌列車。」

我到旅館櫃檯問能不能推薦一些景點，他們給我們一本旅遊小手冊，說我可能會喜歡逛秋葉原，東京的科技商圈，因為我帶著機器人旅行。

我們坐環狀繞行東京市中心的山手線。本來幾站後就要在旅館接待員推薦的秋葉原下車，可是阿唐在車上好開心，他拒絕移動半步，所以我們坐過站了。

這條線是環狀運行，最合乎邏輯的做法是繼續坐下去，等繞完一整圈，到秋葉原站再下車。我確信阿唐知道自己在做什麼。還沒跑完一圈，他已經記住每一站的曲調，在列車行進間當起鐵道歌王。我聽得好煩，我擔心其他乘客也有同感。但即使他們真的覺得吵，也沒有人吭氣。

第二次到達秋葉原站，我抓起阿唐的手臂，在他反抗前把他拖下車。有些乘客用眼神關切，但他們不明白被阿唐的脾氣牽著鼻子走是什麼樣的心情。

出了秋葉原站，傍晚溫暖的陽光籠罩，和之前的大雨天截然不同。路面閃著光芒，建築物感覺像剛剛被沖洗過，空氣中瀰漫清新的氣味。儘管這裡是東京最熱鬧的電器街，整片霓虹燈海卻有種寧靜之美。

「喔……閃——亮。」阿唐跟我說。

「很美，對吧？」

愛咪就是喜歡這種景色，於是我拿出手機，為她拍一張照片，再把手機放回口袋。「阿唐，我們要往哪邊走？」

阿唐選擇往右走。我們漫步在街道上，天漸漸暗下來，五光十色的看板越發鮮豔。有一面廣告介紹日本國產威士忌，圖片裡還看得到壁爐，旁邊配上勃艮第酒紅色的古典單人沙發——這在高科技商圈顯得格格不入。另一面是廣告深色的能量飲料，打扮成西部牛仔的日本模特兒被盛開的櫻花包圍。第三面看板則是繽紛亮麗的楓樹林，應該是在講冬天歡迎到富士山周邊旅遊，可能有提供折扣，但我看不懂日文，無法確定。

假如阿唐不是鐵道迷，我們就會提早到這邊，也會錯過暮色中的霓虹燈光秀。要不是因為阿唐，我們可能會在別的城市。事實上，我們也不可能去其他地方。

我們在電子商圈裡逛，經過一排較為低調樸素的商店。我們挑了一間走進去，裡頭販售各式各樣給外國觀光客的紀念品，例如和風扇、和服、陶瓷招財貓、富士山的圖畫、綠茶、奇妙的二趾襪等。我瞄一眼四周，打定主意。

「阿唐，我要幫家人買紀念品。如果我們年底前來得及回去，這些可以當聖誕節禮物。拜恩妮小孩的禮物我會上網訂，但我想從這邊帶東西回去給拜恩妮和戴夫……還有愛咪。幫我挑吧。」

我們選了一套筷子給拜恩妮和戴夫，然後花了很多時間挑要送給愛咪的扇子。阿唐好像覺得襪子很好玩，所以我買了一雙給他，可是他好像不明白那是要穿在腳上的，他只是想抓在手裡。女店員說有提供寄送服務，能直接幫我寄回家。我想到爆滿的背包，也不知道這趟旅程還有多長，於是我同意郵寄。然而，當她想把阿唐的襪子從他手中拿走時，我阻止她。

「那個不用寄回去，謝謝。給機器人拿著就好。」

我們在紀念品店買完東西，阿唐很興奮，想改去逛秋葉原著名的電子產品專賣店。我們從離開車站走到這裡路過很多家，都沒進去看，選了一間走道夠寬的店，阿唐才能好好逛。選這間的另一個原因是他被店裡五顏六色的閃爍燈光吸引，甚至連商店最裡面也看得到光芒。

我和阿唐大開眼界，可是很難講是誰比較驚訝。店內陳列的電子產品五花八門，不一而足。有些我甚至不知道有什麼用途，但如果是這座世界科技首都的居民，應該會很清楚那些是做什麼的。

至於我呢，當然不是住在這裡，我拖著阿唐到處趴趴走；口袋裡放著很舊的手機，隨時會收不到訊號；家裡車庫停了輛本田喜美，發動時引擎會轟隆隆亂叫。

我們逛過六層樓裡的一部分，來到展示一排排仿生人的區域，他們像洗衣機一樣整齊地並排疊放，全部連接著自己的底座，等待有人帶他們回家。阿唐不想靠近，我卻相當好奇。

「來吧，阿唐，他們沒有開機，不能傷害你。」

他的眼睛憂慮地瞇起來，我牽起他的手，他沒有拒絕，讓我帶著他走過這些通道。展示區內充斥著日圓的標誌和項目符號，雖然我完全看不懂條列出來的文字，但我猜應該是每款型號的特色。他們在我看來都長得一樣，而阿唐也在研究每臺仿生人的主要功能是什麼。他盯著其中一臺，那個仿生人有髮絲紋鋼面和暗色玻璃眼珠，身高約一百八十公分，拿著手持式電動割草機（也可能不是割草機）。

「不懂他們做什麼。」

「我也不確定，阿唐。可是你看，我覺得這個是煮飯的。看到了嗎？他手臂上裝了用具——攪拌器和刀子，像一把瑞士刀。」

「瑞士……」

「那不重要。我只是要說他配備很多不同煮飯工具。愛咪想要的就是這種比她老公有用的東西吧。」

逛仿生人區勾起我不好的回憶，阿唐也有點悶悶不樂，我決定該離開了。我們往外頭走，阿唐的心情跟著好起來。當我們走近寬闊的十字路口，我注意到他盯著前方某處。他發現了一家門面豔麗的大型店鋪，就位在路口的地方，招牌上用英文寫著：「保險套斯勾意！」

好險，看樣子沒有開，可是這阻止不了阿唐堅持到底的決心。他挺起胸膛，準備過馬路，要直搗目標。

「阿唐，我們走這邊。」我懇求他。「你看，這條路上的燈光很漂亮吧？」我抓住他的手，輕輕把他拉往反方向。

「不要！保險套斯勾意！保險套斯勾意！保險套斯勾意！保……」

「噓！阿唐，你夠了喔。」

他轉過頭看著我。「什麼？」

「你不用說那麼多遍，我知道你在看哪家店。可是它沒開，看到了嗎？」

阿唐看向商店，眨眨眼，又呼喊起他的新口號。他好像很喜歡那個店名。

「保險套斯勾意！保險套斯勾意！保險套斯勾意！」

在這種情況下，最好的辦法應該就是遠離現場。我往旁邊走開，暗中希望阿唐會跟上來。我在人車來往的吵雜街道上費力地想聽到他的腳步聲。沒走多遠，熟悉的哐噹聲從我身後傳來，伴隨著復古機器人高頻率的尖聲怪叫——「保險套斯勾意！保險套斯勾意！」

真有你的，阿唐。我們還是回旅館好了。

我決定把阿唐留在旅館房間裡，自己出去和加藤吃晚餐。阿唐坐在地上看電視。

「你不會自己跑出去吧？」

「不會。」阿唐盯著電視看呆了——瘋癲的遊戲節目主持人穿著恐怖的鮮豔服裝，誇張地大笑。

阿唐說不會，我也只好相信，因為這間旅館是用房卡系統，可以隨時從房內打開。為了預防出狀況，我跟櫃檯人員說我要出去，如果看到（或聽到）方塊型機器人要離開旅館，麻煩請他回房間。

我準時八點整到達加藤工作的辦公大樓，他已經在一樓等我了。

「我直接下來，你就不用多搭一次電梯。」他解釋。「這邊走。」他示意我們出發。

「我要再次謝謝你提供資訊，真的很有幫助。」

「不客氣。抱歉，我不能再透露更多。」

我揮手表示他不需要道歉。「我知道你已經說很多了，我才要說對不起，讓你為難。」

「沒關係。不過我想問你一件事。能不能請你告訴我——莉琪過得好嗎？」

我瞥他一眼，連忙閃身，因為我差點撞上電線杆。電纜如黑色的蜘蛛網般脈脈相連，那些電線杆跟地鐵列車一樣也會唱歌。我沒想過要問它們為什麼這麼愛唱歌。

「你在信裡說她建議你聯絡我。」

「是啊。」我略微停頓，思考怎麼回答最不會令人起疑。「她請我跟你問好。她在太空博物館工作，我認為她想朝人工智慧領域發展，但太空也算是她的第二志願。」

加藤點點頭，顯然不覺得奇怪。我們默默走了一兩分鐘，加藤的眼神望著遠方，我不想打擾他。我思考著能不能找機會再提到「那起意外」，也開始懷疑加藤和莉琪還有什麼沒跟我講，他們是不是在隱藏什麼？

「她說了你不少好話，稱讚你很聰明。」

「真的過獎了。我很開心她過了這麼多年還記得我。我們好久沒聯絡了。」他說。

「她也說一樣的話。我能問你們為什麼不聯絡嗎？」

「我們在大學交往過。」

啊哈！我就知道。

加藤開始解釋。「當時我們想要的東西不同。」他簡單總結：「就分了。」

「她沒跟我說你們交往過。抱歉，我不該問。」我很想問下去。他說想要的東西不同是什麼意思？但念頭一轉，我想到愛咪便不想追問了。

對我來說，愛咪的律師工作只會製造麻煩——上班時間長，而且似乎只會帶給她壓力。可是我和加藤談過後，意識到我以前只從自己的角度看她的工作。愛咪和加藤的職業都同樣有趣又激勵人心，我只是沒有注意到。也許莉琪對職涯的不滿是自己的心境問題……我最大的敵人可能也是自己。

加藤的聲音打斷我的思緒。

「那是陳年往事了，我們也不是刻意不跟對方聯絡。我很高興聽到她過得很不錯。」

我們再度不作聲，沉默地經過一群打扮成動漫角色的聒譟女孩子旁邊——她們其中四個穿著短裙，綁了雙馬尾（我看到覺得非常不自在），另一個打扮成大眼睛的綠色飛龍（我覺得可以）。我們越走越遠，終於聽不到她們喋喋不休的聲音，加藤這時才又開口。

「我問你，莉琪結婚了嗎？」

我咳一聲。「沒有……沒有吧，我不認為她結婚了。」

「啊，很好。」

「很好？」

「我是要說……」

「沒關係，加藤，我知道你的意思。」談到這類型的話題，我通常會相信當事人自己說的，不過我靈機一動，想到有更好的方式可以感謝加藤，不是只有請吃晚餐。

「太可惜了，我覺得她不想孤單一個人。她說到和你失去聯絡，好像很傷心。」

加藤一副心事重重的樣子，所以我接續講下去。「加藤，你結婚了嗎？」

「沒有。我一直在工作，而且……都沒遇到合適的。」

「真的嗎？」

他停下腳步。「也許可以算有遇過吧。」

「德州很不錯啊。」

「是嗎？」

「是啊，從這裡還可以直飛。」我看著他的眼睛。「加藤，你有空可以去看看莉琪。」

他微笑。「我會考慮。餐廳到了，班桑。」

加藤帶我到一間旅遊指南不會介紹的神祕餐廳。這棟木屋坐落在不起眼的小巷子裡，門口掛著中間可以撥開的布簾。左右兩旁是較為現代的大樓，餐廳感覺像是被硬塞進這個縫隙，儘管擁擠，這幾棟建築並沒有連在一起。我從旁邊看到木屋後方的占地竟然還不小。

加藤掀開門簾，讓我先進去，他跟在後面。他滑開木門，我們進到餐廳的入口接待處。一名西裝筆挺的服務生前來迎接，帶我們通過另一扇木門，進入主大廳，請我們在包廂裡的矮桌子前坐下。餐廳內部十分漂亮，天然木香和海洋的氣味早已飄揚出來，先製造了一波入座前的驚奇。

內部裝潢使用大量木板，跟餐廳外觀的風格一致。我從氣味判斷，應該是雪松或檀香。海的味道則是因為大廳盡頭設置了兩座大型魚缸，一道舞臺被夾在中間，像是時裝伸展臺那樣整個延伸出來。我們坐的包廂是三面封閉，看得到多張圓形桌子在舞臺旁圍成U字型，類似歌舞秀餐廳會有的那種圓桌。舞臺上是空的，可是餐廳已經坐滿顧客，應該是等一下會有表演。

我們用餐時講到更多莉琪的事，我假裝沒跟她上過床，跟加藤自然地聊天。聊沒多久，事實立刻擺在眼前，跟我想的一樣，即使他們大約在十年前分手，加藤到現在還愛著她。

「我一向都比她更勇於表達我的感情。」加藤說明。「這樣的日本男生並不常見，美國女生也通常不會像她那樣——好像反了。」

「那是你們分手的原因嗎？她認為你太熱情？」

他搖頭。「我們共度大學生活，在同一個地方，但後來我們因為各自的理想必須分開，在不同的國家。我為了工作去東京發展，莉琪為了不要離她家人太遠，選擇留在美國。到最後，我們的關係陷入無盡的爭執。」

「加藤，我很清楚這種狀況，雙方不斷爭論，吵完了問題還是沒有解決。可是我也知道，人生不應該只有一連串的後悔。直接去找她可能不是個好主意——也許先確認你們對彼此還有沒有同樣的感覺，然後再考慮共同生活的可行性。」

我在努力給加藤建議，卻馬上想起來就是這種態度把愛咪逼走了。或許對她來說，感情和現實是密不可分。對我來說，愛情代表一切，這樣就夠了，但我現在清楚理解到光有愛情還是不夠。

對愛咪來說是不夠的。我回家後要跟她講明白，雖然不曉得什麼時候才會回去。我想說服她我改變了，我現在對事物有不同的見解，我可以成為帶給她快樂的人。然而，我內心有一部分仍然認為她離開是正確的選擇。

正當我思考著自己失敗的婚姻，臺下傳出悠遠的長笛聲，吉他般的錚錚弦音跟著奏起（加藤說那是三味線）。坐在圓桌的客人開始鼓掌。

我抬頭，看到一名藝伎站在舞臺中央。但那不是真人，是仿生人。她穿著繡有櫻花和蒼鷺的紅色和服，腰間繫著淡粉紅色的寬大腰帶，帶子綁到身後，折疊成四方形的結。她頭上戴黑色假髮，頂著一張白色的臉，小巧的嘴唇抹成玫瑰紅。

機器藝伎拿起兩把扇子，婆娑起舞，扇子在手裡翻轉。她跟真人沒有兩樣。這真的極為弔詭，尤其是當她的和服下襬稍微飄起來時，露出的不是腳，是輪子。

加藤說明：「那樣可以安靜平穩地移動，就像真正的藝伎。」他補充：「別誤會我，班，這不是我來這裡的原因。我喜歡這裡的食物，但我認為你會想看看不一樣的智慧機器人。」

「那是你們公司製造的嗎？」

「不是的，班。我其實覺得那是對日本文化的侮辱，可是我說不出原因。」

「我們之前在加州，不小心住到一個叫加州旅館的地方。後來才發現別人都是去那裡跟仿生人……怎麼說……發生親密接觸。他們以為我跟阿唐是去『那個』。這個藝伎，她……是不是類似的情形，你覺得呢？」

加藤抬高眉毛，大為震驚——他的反應正如莉琪推測的那樣。「我覺得不同。那樣對待智慧機器人是卑鄙可憎的行為，他們沒辦法拒絕。」

「但他們沒辦法拒絕任何命令，不是嗎？為什麼一種命令很殘忍，另一種卻可以被接受？」

「你永遠不會那樣對待阿唐吧？」

「當然不會。但我不會給他任何命令，希望不用。我不期待他會照我的話去做。」

「可是你還是希望他聽話，跟著你到處跑，不是嗎？」

「我從來沒那樣想。我認為自己是『要求』，不是命令，可是我同意你的觀點。而且啊，他非常固執，事情很常照他的意思去做，我沒騙你。」

加藤笑了。「我相信你說的。」

機器藝伎跳完舞，下段節目是歌唱。她在地上坐下來，演奏著一種弦樂器，自彈自唱。我從沒聽過仿生人唱歌，她唱得相當好聽。

「他們怎麼設計出會唱歌的仿生人？」

「他們投注大量精力去開發單項技術。我們公司的娛樂仿生人就是那樣。機器藝伎實際上會的不多——她會唱歌跳舞，可能也會端茶給客戶，沒別的了。還沒有人能設計出多功能的仿生人。我看過最類似的只有跨兩個領域，例如家務加上園藝。仿生人能做的有限，波林哲一定有發現到這點。也許人類根本不希望機器人太多才多藝。不然我們要怎麼控制他們？」

我想到愛亂跑的阿唐。

「控制不了。頂多只能求他們聽話或是關機。」

「沒錯。」

我坐著唱歌地鐵要返回旅館，不禁擔心阿唐。晚餐和加藤聊天，我內心產生了幾分焦慮。我在德州跟阿唐保證過，我不會再拋下他自己跑出去，然而我今天就破功。不過這一次我有先通知他。儘管如此，我坐旅館電梯上樓時，心臟還是撲通狂跳。

我打開門，鬆了一口氣，因為他還在房間裡看電視，甚至沒有移動過位置，我出門前他就是在那裡。

「阿唐，我回來了。」

「班吃得好？」

「謝謝你關心，我享用了一頓美味的晚餐。」我決定不提到看了機器藝伎表演。「你這段時間都在忙什麼？」

「忙？」

「你做了什麼？你一直在看電視嗎？」

「對，除了電話。」

我有沒有聽錯？

「我打電話。」

「為什麼？」

「打給電視。電視上的男人說要打。我記號碼，打電話。」

「你打給現場直播的遊戲節目？」

「對。」

「有接通嗎？」

「有。」

「然後呢？」

「男人說日語，不懂。」

16 萬不得已

載我們到帛琉的是架小飛機，像是空難電影裡會出現的那種——在災難片中，小飛機會被閃電擊中，墜落在沙灘上，乘客會被野豬生吞活剝。除此之外，我害怕搭飛機有很正當的理由：我爸媽死在飛機上。

不管怎麼說，我還是在阿唐面前故作鎮定，因為他顯得坐立難安，跟我緊張的程度不相上下。

「阿唐，不會有事啦，我保證。我爸以前會開這種飛機——有點像，差不多……再小臺一點。他退休後有一陣子迷上開輕航機。他和我媽常在天氣好的時候去飛。他們也會載拜恩妮和她的小孩，載過一兩次。不過，他們從來沒有帶我上去。我可能不會喜歡，也許那就是為什麼，哈哈。」

我選擇性地只告訴阿唐小飛機的優點，但他只是用力瞪著我，瞪到我有點不知所措。

「阿唐，我跟你說，他們很常在飛。對啦，是每週一趟。可是一年算下來也有一百多次，我認為他們很清楚自己在做什麼。」

阿唐依然不買單，我並不怪他。連我自己都不相信了，要怎麼說服他呢？我們已經被之前的豪華經濟艙和尊榮高級艙寵壞了，不管那叫什麼艙。這架飛機不是用來載仿生人的，機器人就更不用說了。我還得為阿唐的重量付額外的費用，即使他跟他們說自己是「魯……驢……鋁製的」，因此很輕。

他們不相信他，但起碼他試過了。

這段旅程平淡無奇：嘈雜，沒有琴通寧，長達五個小時。阿唐擠不進靠窗的座位，所以他這幾個小時一直壓在我身上往窗外看出去，我其中一隻腳已經失去知覺，空服員還好幾次斥責我們沒有在位子上坐好。

我們最後熬過去了，終於平安降落在帛琉第一大城柯羅的小跑道上。雖然落地滑行時，我眼睛緊閉，阿唐用手遮住臉，因為飛機看起來好像要衝出跑道盡頭，掉進海裡。其他乘客笑我們像兩個膽小的大女孩。

儘管我們自己上演了飛機驚魂記，或許正因為如此，從機場入境到帛琉的過程，我們感覺世界真美好。在大太陽下，我們要進到入境大廳，當地的傳統迎賓儀式進行著，舞者跳著舞，把花環掛在經過的旅客脖子上。阿唐受到熱烈歡迎，拿到至少五個花環，頭頂被親了好多下。他好開心，我從來沒看過他這麼歡欣雀躍。

空服員推薦了一家旅館給我們——距離柯羅市區一小段路的度假村。我們從小機場搭公車到市中心的大街，景色好漂亮，我覺得我們可以從這裡散步到旅館。我捲起衣袖，把巴拿馬草帽戴在汗水涔涔的頭上。我們走在前往度假村的路上時，我注意到阿唐越走越慢。

「阿唐，你還好嗎？」

「熱。」

「我知道天氣很熱，小老弟。」

「不對，熱，非常熱。」機場的花環還掛在他身上，他一把扯下來，扔到地上。

「我知道啊。對不起，阿唐，你這麼難受。你希望我怎麼做？我不能叫太陽走開。」

阿唐不敢置信地看著我，好像是第一次得知這個消息。他再度叫喊著，這次感覺更緊急。

「熱！」他指著頭。「好熱……熱……熱……熱……好熱！」

我摸他的頭，確實很燙。我覺得不太對勁。

「會痛嗎？」

「這裡。」

他伸長夾子手，比著頭頂。「不能想，困惑。」

我恍然大悟，我知道怎麼回事。我咒罵自己太粗心，忘記在戶外這種高溫裡晒個五分鐘，他的電路便有可能燒毀。

「阿唐，對不起。我是笨蛋。」我把他帶到棕櫚樹下，一邊思考該怎麼辦。我拿帽子幫他搧風，要讓他涼快些。我等著他降溫，拿出從飛機上帶下來的水，自己大口灌下。過了幾分鐘左右，他看起來有舒服一點。

「你現在感覺怎麼樣？」

「多好……嗯，比較多好……」

「可以說『好多了』。」我糾正。

「對，現在不困惑，不嚴重。」

「很好。」我鬆了口氣，可是問題還在。我們不能永遠坐在棕櫚樹下。「你需要一頂帽子。」我對他說。

「對，帽子。」

我思考片刻。他戴不了我的巴拿馬草帽——形狀不對，戴上去會立刻滑下來，蓋住他的眼睛。有了！我從口袋裡掏出洗過的白手帕，我在哈雷溫南曾拿來擦拭阿唐。那彷彿是遙遠的回憶，但實際上是最近發生的事，甚至還不滿一個月。我把手帕的每個角落打結，再放到阿唐頭上。稍微調整一下，大功告成。「阿唐，你覺得可以嗎？」

「可以……什麼？」

「可以幫你擋太陽嗎？」

他聳肩。「也許可以？」

「試了才會知道。」我把背包背回肩上，伸出手給阿唐牽。我們再次進入熱帶地區的午後豔陽下。

阿唐蓋了遮陽手帕有比較好，可是當我們到了旅館，他看起來還是很糟糕。我們一走到櫃檯，他立刻跌坐在地上，外蓋隨即彈開。他把蓋子闔上，壓平大力膠帶，順便摳抓它。我沒講什麼。

我指定一樓的房間。這間房非常寬敞，有一面大百葉窗，走到窗外就是門廊，經過門廊可以到花園裡，再過去有座無邊際泳池和整片私人海灘。房裡有些悶熱，所以我打開百葉窗，讓熱帶微風吹拂阿唐滾燙的腦袋。他拖著沉重的身體走向其中一張加大型單人床，直接倒在床上，外蓋又彈開來，但他沒力氣管那麼多了。我的手掌貼在他平時冰涼的胸口，感覺是燙的。

一整天下來，阿唐的「病情」越來越嚴重，我知道窮緊張沒有用，卻免不了內心惶恐。他躺在床上，頭側向一邊，透過百葉窗盯著海灘，搖曳的陽光灑在他身上。

「生病。」他說道。

「我知道。我真的很想幫忙。我該做什麼？」我盡量把擔憂藏在心裡，不表現出來。

「不知道。」

他的頭依然很燙。我赤腳在房間裡踱步，想著要怎麼幫他降溫。我先打開冷氣，再把地上的電風扇移過來，對著他吹。電扇吹得他眼睛顫動，他閉上眼睛。

「眼睛冷。」

我把電扇稍微轉開一些，但他持續閉著眼睛。

十五分鐘後，我再次查看阿唐。他仍然在發燙，有種細微的嘶嘶聲不知道從哪裡發出來，我分辨不出是什麼聲音。我檢查他的圓柱管，裡頭的液體在東京大約還有一半，現在只剩四分之一。

「喔，天啊。阿唐，我去找人幫忙。待在這裡，請不要亂跑……你狀況很糟。」

我沒聽到任何回應。

「阿唐？」

依然沒回答。我彎腰摸他的頭，輕輕搖晃他的身體。他一動也不動。

「阿唐，說話啊。你為什麼不動了？」

沒有動靜。

「說話好嗎？拜託你。」我已經心急如焚。我更用力搖晃他。「阿唐！你會好起來，你絕對不會有事。我不能失去你。阿唐，請你說話啊！」

阿唐睜開一隻眼睛。

「班不要搖，痛。」

我盡速跑到前面櫃檯，果斷地按響服務鈴。幫我們辦理住房手續的接待員走出來。

「先生，需要什麼嗎？」

「對，請幫……幫我。很緊急。」我大口喘著氣。「你記得我帶了一個小機器人嗎？」

「復古款的那個？記得啊，先生。他很可愛。」

「他病得很重，我不知道該怎麼辦。我很怕會失去他。」我的聲音略顯沙啞。

「他病了？是發生什麼事？」

「我們走過來太熱了……大太陽……他不習慣高溫。他現在只想躺在床上，摸起來還是很燙。你知道旅館裡有誰懂機器人能過來看他嗎？請你幫幫我，我好擔心。」

「先生，不要緊張，我有更好的方法。我們度假村裡有些工作是交給仿生人，所以我們請了一名工程師來負責管理。雖然他不常處理機械型機器人的問題，但是我肯定他能提供協助。我現在就聯絡他，請他過去找你。」他拿起櫃檯上的電話。

我感覺淚水湧上來，難以控制。「謝謝，很感謝你。」

一滴淚沿著我的鼻子滑落。我特別記在心裡：我們退房時要給他小費。

我回房還不到五分鐘，敲門聲響了起來。門口站著一個身穿藍色吊帶褲的矮小男人，白髮白鬍子，和藹可親，戴了圓框眼鏡，手裡拎著黑色的皮製大工具包。

「你的機器人生病了？」

「對，請進。他在這裡。」我走到阿唐躺著的地方。他仍然閉著眼睛，面對門廊和電扇。

工程師迅速走到阿唐旁邊，工具包放到地上，提起褲子坐下。他摸阿唐的頭。「你是經典款吧？喔，我知道了，你真的很燙。」

阿唐試著張開眼睛，卻好像使不上力，撐不了多久馬上又閉起來。

「生病。」

「喔，沒關係，可憐的小傢伙，我知道你很難過。你躺著休息。」機器人的醫生拿起阿唐的手，敲敲他的機身，接著檢查他耳朵位置的收音孔。

我用顫抖的聲音解釋圓柱管。醫生撕開大力膠帶往裡頭瞧。他拿出一罐東西，噴在阿唐頭上，然後在外蓋下某些特定地方再短促地噴一下。他起身，對我撇頭示意。我們走到房間另一側，他小聲跟我說話。

「他不太妙。我跟你直說了，我很擔心。恐怕我幫不了什麼。我可以打開他的頭，看有沒有出問題的電路，可是他這麼燙，不能隨便打開。況且我從來沒看過這款機器人，所以我有可能會害他狀況更嚴重。你知道是誰製造他的嗎？」

我講述修復阿唐圓柱管至今的旅程，說到我正在找波林哲，不過還沒有機會開始找。

醫生搖搖頭。

「他的名字很耳熟，但我也不知道他住在哪。我會到處問問，看有沒有人聽過他。先這樣吧，其他能做的就是祈禱他的溫度降下來。如果他醒來，盡量不要給他壓力，不要讓他想太多，他最好避免用到電路。我有空就過來看一下。」

「是因為太陽嗎？」我問。

「對。你可以說他中暑了。」

醫生看向阿唐。機器人沒有半點聲音，只閉著眼靜止不動，雙臂癱軟地平放在床上，落在越過頭部的位置。醫生繼續說：「我沒辦法預測他會有什麼反應。我之前說了，我沒見過他這種型號。我猜玻璃管是他冷卻系統的一部分。他每次走路、講話、做任何事，甚至思考，就會使用到冷卻劑。玻璃管假如沒受損，他應該會沒事。上面的裂縫很小，所以冷卻劑外洩的量也少。可是熱帶環境實在太勉強他了。你聽到的嘶嘶聲是他的身體努力在降溫的聲音。」

我沒吭聲，正在消化這些資訊。

「我把手帕蓋在他頭上……」我的嗓音聽起來楚楚可憐。醫生伸出一隻手來安慰我。

「你可能因此救了他。」他拍拍我的手臂。「你不該內疚，你要自豪才對。」

我並不感到自豪。我還帶他去了好幾個炎熱的地方——加州和德州。我到處找人要修好他，我一直以為自己是對的，可是事實證明，我從頭到尾只是在火上加油。我完全沒仔細想過就拖著阿唐到處跑。

「你之前不知道。」醫生慈祥地說：「你很幸運，他現在才中暑，但事情發生時，你反應很快，馬上做處理。」他中間停頓一下。「我幾個小時後再回來看他。」

我道謝，送他離開。我重重在床上坐下，雙手捂住臉龐。

醫生信守諾言，兩個小時後回來了，之後則是一天來看兩次。這段時間感覺像過了漫長的一輩子。他每次來都會使用他的魔法噴罐，他解釋說那能幫助降溫，但不能代替機器人本身的冷卻系統。他每次離開都會拍拍我的手臂，投以淡淡的微笑，跟我說：「不要著急，給他一點時間。」

我沒日沒夜坐在房裡陪阿唐，幾乎睡不著覺。每天叫一兩次客房服務送餐，卻吃得很少。阿唐不時會驚醒，腦袋左右晃，雙臂胡亂揮打。每當他這樣子，嘶嘶聲會變得響亮，而我必須過去安撫他，以免他剩餘的黃色冷卻劑全部用盡。

大約四天後，他的眼睛偶爾會張開。我注意到他有時候會凝視窗外的景色。他看一陣子後會緩慢地眨幾下眼，再閉上眼睛，之後又恢復成完全不動的休眠狀態。

到了第六天，我被醫生的敲門聲吵醒。我走去開門，一邊揉著脖子。我昨晚坐在床邊的高級扶手椅上，不小心上半身趴在阿唐一旁就睡著了。

醫生進行例行檢查，我已經習慣他每天來看診。他檢查時，我發現嘶嘶聲停了。阿唐的眼睛已經睜開，但沒有任何動作。我的胃部緊縮。

「嘶嘶聲怎麼沒了？阿唐為什麼不會動？」我緊張地問。

醫生站起來，用雙手安撫我。

「嘶嘶聲停止是因為沒必要了。他的冷卻系統正在恢復正常。」他微笑。「他不久就會好起來。」

我意識到自己在做什麼的時候，醫生已經被我抱住。他尷尬地拍著我的背，出聲安慰。我的視線越過醫生的肩膀，我看到阿唐的眼睛朝我這邊挪動，他那張光碟插槽的嘴巴打開來，形成一個小微笑。我放開醫生，回到阿唐身旁，一手握住他的夾子手，另一手摸著他的頭。

醫生離開後，我在房間裡到處走動，不知道該坐該站，要看電視，或是欣賞窗外的大海和熱帶植物景觀。醫生有叮嚀，雖然他確定不用打開阿唐的頭了，可是到完全恢復還要一陣子，他會需要很多時間休息。果然醫生才剛離開，阿唐又睡著了。

大約過了二十分鐘，阿唐醒過來，叫著我的名字。我聽到他的聲音，頓時如釋重負。將近一整個星期沒聽見他講話了。我衝過去親吻他的額頭，是熟悉的冰涼感覺。

「可不可以潛水？」阿唐問。我正摸著他，感覺他頭部的溫度，注視他的眼睛。

潛水？我不解地看著他。

「如果沒有生病，可不可以潛水？看魚。」他一隻手比著門廊的方向。從他躺著的位置，他看得到一群穿戴浮潛裝備的人，在水中上下浮沉，偶爾會有人突然跳起來大聲驚呼，描述在水底下的奇景。

「我以為你不喜歡水？」

「這水不一樣，這水漂亮。」

「小兄弟，對不起，我們不能去潛水。」

「為什麼？」

「不管漂不漂亮，水會害你生鏽。」

他一隻夾子手朝機身隨意比劃。「魯……驢……鋁製，不生鏽。」

「可是你會沉下去吧？」

「不會。阿唐浮。」

我不想知道他為什麼會曉得，但是不管他再拋出什麼祕密震撼彈，我老早就見怪不怪了。我有種預感：就算我們以後相處了許多年，我可能還是無法完全瞭解他腦袋裡裝了什麼，或是他有什麼感受。

但無論如何，他就是不能去潛水。

「不管怎樣，泡在海水裡不是個好主意。阿唐，抱歉了，不行就是不行。」

「男人說放輕鬆，男人說不要壓力。潛水？」

愛偷聽的小小廢金屬。

「阿唐，你是在情緒勒索。」

他分析著我的話。

「如果讓你去做我覺得危險的事，那我算什麼東西？我差點失去你，我心情都還沒平定下來。你不能出事，我有責任要保護你。更何況你還是一臺故障的機器人，記得嗎？」

阿唐摳著大力膠帶。

「我會補償你，我保證。我會找更好玩的活動，好嗎？」

阿唐嘆口氣，不情願地點頭接受。

「好了，你多休息，我要去吃東西。我出去一下，你待在這裡可以嗎？」

阿唐點頭。

「你不會跟過來吧？」

「不會。」

「好乖的男……好乖的機器人。我盡快回來。」我相信他，但保險起見，我還是把百葉窗關上，假裝要擋住傍晚的陽光——半個房間原本都沐浴在橘色的光線中。我最後決定連門也鎖起來。我再次摸摸他的頭，走出房門。

接下來幾天，我獨自出門找波林哲，放阿唐自己在房裡靜養。機器人醫生去打聽消息，結果一無所獲。雖然阿唐目前沒有立即的危險，但他的時間依然在倒數。

日子一天天過去，他漸漸適應被關在房裡休養的生活，甚至會在我出門前要求帶各種東西回來給他，例如雜誌、貝殼、海藻、死翹翹的螃蟹、活跳跳的鰻魚等。他有次還硬要我從海灘上撿漂流木回來，純粹只是因為他從窗戶看到就想擁有。（那塊木頭和他一樣高，上面布滿藤壺。）

我常去市區，看到有趣的東西就拍照，回到旅館再拿給阿唐看，像是賣烤魚串的街頭小販，或是宏偉的圓頂建築（有人告訴我那是水族館，可是外觀像大教堂）。我一想到要把這些照片拿給家裡其他人看，便不由自主笑出來——我不否認這套攝影集內容繁雜，甚至古怪。我能想像愛咪挑起一邊眉毛看照片的樣子，尤其是針對三腳臘腸狗的照片——阿唐看到應該會想起凱爾，對愛咪來說則毫無意義。

但話說回來，我也不知道有沒有機會展示照片給她看。

阿唐開始對拍照這個概念感興趣，不斷在我手機底下找其他的船、海島景色和市場攤位在哪裡。

「阿唐，照片是平面的。」

「在手機裡面？」

「不在裡面，不完全是。」我不知道該怎麼跟機器人解釋照片是什麼，跟機器人阿唐說明更是難上加難，所以我只能反覆跟他說：「照片是平面的，你看到的就是拍照時的畫面，在手機上顯示出來是平面的。」他最終勉強接受了這種解釋。過了一段時間，每當我出門回來，他都迫不及待伸出手要拿我的手機來看。不過那是觸控螢幕，我還是得幫他操作。

雖然阿唐一天比一天進步，卻依舊很虛弱，時而神智不清。下午兩點，我們在房間裡，他睡一睡猛然間驚醒，尖聲狂叫。我持續搓揉他的肩膀和頭部，他好不容易才冷靜下來。我陪他坐著，一種不安的感覺竄上我的脊椎，蔓延至全身。

我在想：假如波林哲真的是設計出阿唐的人，知道怎麼修好他，他之後跟我回家不就是在冒生命危險？我們能走到這一步是因為阿唐圓柱管上的裂縫很小，如果換了一個，以後又有更嚴重的損壞，天曉得我們能不能及時趕來這裡？趕不到，阿唐不就完了？

我整理思緒，再三忖度現況。怎樣對阿唐才是最好的？把他留給創造他的人，如果發生危及性命的故障情形，他身邊就有人能修好他。

想到這裡，我胸口好悶。沒關係，我要講道理。阿唐到那裡會比在我家安全，也可能會更快樂。

我的心中好似壓了一顆大石頭，氧氣從肺裡被擠出去，脖子被勒得好緊，我只覺得呼吸困難。

在市區繞了三個禮拜，我今天早上決定改變路線，走去港口。我需要換個地方，看看不同風景。儘管這座島嶼美不勝收，沒有阿唐的陪伴，我感到好孤獨。我每次出門，更是備感孤寂，因為我有可能找到波林哲，機率也越來越高。我們道別的日子正逐步逼近。

還有另一種可能：找不到波林哲怎麼辦？阿唐會有什麼下場？我的擔心與日俱增。我曾想像過有人會跟我們說他住在哪裡，他會修好阿唐，我們幾天內即可踏上返家之路，回到哈雷溫南。可是我的白日夢終究跟不上現實的變化，加藤只給得出大方向，我們到這裡後就沒有進一步的線索了。我在商店和酒吧四處打聽，目前都問不到有人認識波林哲。

我抵達海灘，走上沙丘，眼前的景色使我微笑。下方岸邊碼頭停靠著一艘觀光船，成群遊客鬧哄哄地在旁邊拍照，而一名船長模樣的男子站在那裡收錢和分發票券。

我往碼頭走，現在才看到眾多遊客擋住的一面看板：「搭乘觀光玻璃底船，與魚共游，不必下水！」再靠近些，我可以讀到下面小一點的字：「害怕潛水？忘記帶泳衣？或只是不想碰水？快來體驗『與魚共游之旅』——不溼身即可享受潛水的樂趣！」

真不敢相信！我驚訝地把雙手放在頭上。我沒有找到波林哲，反而找到了帶給阿唐好心情的方法。

我們在離別前可以一起從事好玩的活動，共創美好時光——給他一段難忘的回憶，希望他不要忘記我。

完美的計畫，太棒了。

17 如魚得水

我沒有告訴阿唐我們要去坐玻璃船，我想給他一個驚喜。隔天，我只說到外面走走對他有益，並承諾會保護他不被太陽傷害。我們離開旅館前，我跟櫃檯借了陽傘。

阿唐當然很緊張，他摳抓著大力膠帶，向天空瞥一眼，好像深怕太陽會放出雷射光切開他的腦袋。我帶他走昨天那條會經過沙丘的路。起初他走得很順，腳下的沙地被行人踩過，雜草茂盛。但是當我們接近海灘，阿唐的腳步蹣跚起來——他的腳掌不夠寬大，踩到沙裡會陷下去。

儘管不好走，阿唐還是昂首前行。真不愧是阿唐！

我們終於走到碼頭，阿唐立刻知道我們要做什麼。他的眼睛睜大，兩手環抱我一條腿，因為要去看魚而發出喜悅的電子尖叫聲。

「不潛水的潛水！」

「是啊，我的點子不賴吧？」

「班……班……班！魚！班！謝謝班！謝謝你你你……」他說完，迫不及待地哐啷衝上碼頭。

阿唐看到側面有許多彩繪海星的玻璃船，興高采烈地蹦跳起來，夾子手互相敲擊，他開心大喊：「嗚咿——」他用最快的速度走上陡峭的踏板，一個腳步沒踏穩，中途往前撲倒，他急到不管那麼多了，剩下這段路直接匍匐前進。他連滾帶爬地跌下去，整隻小機器人趴在船裡，臉恰好撞到底部的透明觀景窗。

阿唐（不）華麗登場！

船上還有其他乘客，但為數不多。現在算淡季，感恩節假期來玩的一個星期前離開了，而聖誕節派對不會這麼早辦。

我坐在沿船側平行設置的長凳上，手擱在邊緣，指尖拂過海面，彷彿有股暖流襲捲全身。玻璃船出航了！船長加速離開岸邊，我此時更能體會到大海的溫暖。

這艘船的滄桑中帶有現代感，斑駁脫落的油漆木板和高科技航海儀器成功融為一體。即使我坐在靠近船尾的位置，也看得到先進的掌舵區……中控室？艦橋？怎麼都怪怪的？隨便啦，就是船長的房間。儘管船的外表長期受烈日摧殘，船上每樣設備都經過妥善保養。

幸好船上有遮蔭，周邊的金屬柱支撐著一整面防水帆布。自從我差點失去阿唐，我就擔心個沒完沒了。雖然他戴著我做給他的手帕帽（他好像很喜歡），棚子也擋掉大部分的陽光，我照樣不停摸他的背和頭，檢查體溫。他則揮開我好幾次。

「班，阿唐沒事，阿唐不熱，最阿唐開心。」我不清楚他在哪裡學到形容詞最高級，也許是從他養病時看的電視節目，或是我帶給他的雜誌。不管怎麼學來的，他最近變得很愛講，但不是每次都用對。

「看！班！藍色的魚！」過沒幾秒。「綠色的魚！班……班！看！班！看！班！橘色的魚！」

我們離岸邊已經有段距離，船長把駕駛的工作交給他一位副手，自己提著裝了飲料的冰桶過來。他給我一罐啤酒，在我旁邊坐下。

「你的小機器人很可愛。」他有美國口音，外表也像美國人——皮膚晒得黝黑，鬍碴臉，戴著墨鏡和棒球帽，穿了白色背心和牛仔短褲——可是他說話夾雜別種腔調，他應該住在島上很久了。

「對啊，謝謝。他很喜歡看魚。」

「我沒看過機器人上船，他們通常不感興趣，在島上也不常看到。這裡太熱了。」

我嚴肅地點點頭。

他也點頭。「我不是說島上沒有，島上有仿生人……只是他們不怎麼跟人打交道。你知道的，他們只管好分內工作，不惹麻煩……通常待在室內。真高興在外面看到機器人，不過他不太一樣，對吧？」

「是啊。他外表像烘衣機，本身卻非常有個性。」

「老兄，你不用解釋。我們這裡尊重所有生命，不要擔心。」

我跟他說很高興聽到他這樣講，我接下去稱讚他高科技的玻璃底船和這趟美好的觀光體驗。他表示感謝，往下指著玻璃外的水中景色，介紹亮黃色珊瑚和集體行動的赤鰭笛鯛。船持續行進。

「希望你不介意我這麼講：跟機器人一起度假，選這個地方挺怪的。」

我微笑。「我一點也不介意。說來話長，但簡單說，他故障了，我在找他原來的主人。」我扼要訴說我和阿唐的尋人之旅，一直講到加藤指點我們到這裡找波林哲，可是我在島上到處問，完全沒有人聽說過他。

船長聽到波林哲的名字就立刻說：「我知道他！瘋瘋癲癲的老人，他總是穿短褲，戴著草帽，打赤腳，有時候會過來補充物資。我只有在船上才會看到他，他每次都停在同一個碼頭。」他比向海灘遠處一排不顯眼的木棧板。「他很孤僻，住在那座島上。」他指著遠方一個小點。「我看到貨船來來去去。對，船會直接把他要的東西送到他手裡，再把垃圾和廢棄物運走。」

我沒聽清楚船長後面說什麼，因為我的胃好像猛然翻了一個筋斗。我起身凝視遠方的島嶼，接著看向阿唐，我一手放在他頭上，邊搓揉他的肩膀。離別的時刻近了。

我和阿唐傍晚待在房間裡，我叫了客房服務送餐，這樣我就不必出門，可以陪著他。我們聊今天的玻璃船之旅、出航的所見所聞，不過有件事我沒講出來：我已經和船長談好，明天載我們去波林哲住的島嶼。

我感到納悶，阿唐到現在還沒問說我打算怎麼做。我跟他提起幾遍，但就是不忍把明天的計畫說出口。也許他一直都知情，卻在我面前裝傻，希望我改變主意。

我朗讀住房手冊裡的度假村導覽給阿唐聽。我對其中一項特別感興趣。

「這裡說我們在這些區域可以看到『柯羅著名的日落』。阿唐，怎麼樣？想一起看夕陽嗎？」

阿唐瞇起眼睛，對我眨幾下眼，神色緊張。

「阿唐和太陽不是朋友。」

「喔，阿唐，我知道。可是看日落不會怎樣，太陽沒那麼壞。你能原諒太陽嗎？」

「原諒？」

「對，原諒。有人惹你不高興或傷害你，那個人說對不起，你們又是朋友了，這就是『原諒』。你可以理解嗎？」

「阿唐……永遠不原諒。不懂。」

我回應：「我覺得你懂。你已經原諒我幾百次了，只是你自己不知道。還記得第一次搭飛機的時候，我想把你當行李託運嗎？你很氣我吧？」

「對。」

「你之後就不再生我的氣了，不是嗎？」

「對。」

「你一定已經原諒我了，不然我們怎麼還會是朋友呢？我們是朋友，對吧？」

「對，班是阿唐的朋友，阿唐愛班。」

我的聲音哽住喉嚨，頃刻間言語盡失。

他一隻小機器人，不懂「為什麼」這個概念，無法完全明瞭自己的動機。沒有人教過他什麼是寬恕，所以他不知道自己無形中懂得原諒。但人類有這麼多種複雜的情緒，他似乎理解什麼是愛。

我彎下腰，給他一個擁抱。

「來吧，阿唐，我們去看日落。」

18 詹姆斯

我們乘著午後的風浪在海上航行。阿唐很興奮我們又回到同一艘船上。

「潛水船！潛水船！潛水船！」

「阿唐，這叫玻璃底船，只有底部觀景窗是玻璃，其餘大部分是木頭。」

「底部？屁股？」

他聯想到底部就是屁股（註3），覺得好笑。

「玻璃屁股！玻璃屁股！玻璃屁股船！」他大叫著，跟之前一樣趴在船底。

我轉頭對船長說：「真不好意思。」

「沒關係，朋友。他就像小孩子，我覺得你根本是超級奶爸。」

我的心跳變快了一些，作夢也想不到那個稱呼會用在我身上。

註3 底部和屁股的英文都可以用 bottom 形容。

搭船出海很好玩，島上風光秀麗，天氣晴朗，而且我已經成功達成使命……我正要把阿唐送回原來的家，他在那裡會被修好，他會從此幸福快樂。但想到他不會跟我回家，我隨即有種痛徹心扉的惆悵。我第一次問自己這個問題：沒有阿唐，我會快樂嗎？

答案埋藏在腦海深處摸不著的渾沌迷霧中，要等到我離開他之後才會揭曉。

船長不時跟阿唐講話，介紹珊瑚礁或是游過來的黑壓壓魚群。阿唐很認真在聽船長說的每句話，一看到船長說的景物出現在玻璃窗中，他馬上高興地踢著腳尖叫。船長說得對：阿唐就是個小孩子。我一直都知道，只是不想面對，畢竟我長久以來盡力避開姊姊的小孩，因此跟兒童相處的經驗不多。

我從來沒有仔細思考過這件事。然而，這些念頭沒有讓我比較好過，也許再過幾個小時，我就要和親愛的金屬小盒子永別，孤零零一個人搭船返回帛琉。想到這邊，我心中的痛只是變得更難以言喻。

我整個人趴下來，汗溼的身體貼到涼快的船板上。阿唐就在身旁，我們一起看魚。

船長載我們到小海灘的碼頭。阿唐不太想下船，他看一看四周，眉頭皺了起來。我以為當他發現我們要去哪裡，他會有高興的反應。他應該知道這裡可以更換玻璃管，他終於不用再擔心管內的液體會耗盡，我也不用再煩惱。但我還是老樣子，做事沒想清楚。

當遮住真相的布幕升起，難道我要從暗處跳出來歡呼——「驚喜！」？

我看到遠處出現一道模糊的黑影。阿唐頭上戴著手帕帽，我則戴巴拿馬草帽，兩頂帽子在明亮的白沙灘上快速移動五十公尺。我在太陽下瞇著眼睛，影子越來越靠近，看得出是人影，「他」像是在奔跑。我看一眼阿唐，他直直盯著前方，已經停下腳步，在原地扭動著雙腳，我不知道為什麼。也許是因為沙地，他可能在往下沉。

「阿唐，你認識那個人嗎？」

「認識。」

「他是誰？」

阿唐沒有回答。只見他眼皮低垂，雙手握成小拳頭，瞪著迅速接近的男人。

「阿唐，那個人是誰？」

他安靜了半晌，終於開口說話。「八月。」

「阿唐，我們以前說過了……」

阿唐用愛咪那種無奈的眼神看我。我卻跟往常一樣覺得很無辜，不明白怎麼回事。

「阿唐，那個人是誰？」

「八月！八月……八月……八月！」

「好啦！八月就八月！我等一下自己問他。」

那個人距離很近了，我目測他大概一百八十公分高，年約六十歲。他戴著線材亂翹的不平整草帽，除此之外，他的穿著就是熱帶海灘裝，帆布短褲和寬鬆的白色薄紗襯衫，他打著赤腳，皮膚晒得很黑。他揮著手朝我們跑過來，口中不知道在叫嚷什麼。

我起初聽不清楚，後來才聽懂，他是在喊：「詹姆斯，喔，我的天啊，太不可思議了……詹姆斯，我沒想到能再看到你！」

詹姆斯？

男子到了我們面前，跪到地上，馬上抱住阿唐，而阿唐呆站著，手臂拘謹地垂在身旁。男子不管機器人態度冷淡，便開始檢視機殼上的所有刮痕和凹洞。他當然不會漏掉貼在阿唐外蓋上的破爛大力膠帶。

「老天爺啊，詹姆斯，你對自己做了什麼？」他想撕下膠帶，但阿唐一隻手臂擋住外蓋，低聲咆哮。我從沒聽過他發出那種聲音。

「詹姆斯，讓我看看，我可以修理。」

「不要。」

「詹姆斯，好了……」

「不要！」阿唐眉宇凝重，堅決不讓步。

場面尷尬至極。我不懂阿唐為什麼要反抗，這個人明顯在關心他。

「阿唐，你的圓柱管……你應該讓他檢查。」我勸阿唐，但夾子手堅守崗位。

我的話轉移了男子的注意力，他站起來熱烈跟我握手。

「你送他回來，謝謝你，我真的很感動。你是誰？」

「班。」我簡潔回答，還判斷不了這個剛認識的人是好是壞。他仍然在跟我握手。

「太失禮了，我應該先自我介紹。在下奧格思特・波林哲，大家通常只叫我波林哲。」

八月（August）是波林哲的名字！

阿唐一直在告訴我他主人是誰……我只是沒有聽進去。「阿唐，你為什麼不跟我講清楚？」

阿唐聳聳肩，搖著頭。

「這段時間你覺得我們是要去哪？你知道我們在找可以修好你的人吧？」

阿唐摳著大力膠帶，視線飄向地上。他沉默幾秒鐘才回答：「度假。」

我實在是萬分慚愧。我沒想說要告訴阿唐我們要去哪，我以為他知道，我甚至沒問他當初為什麼會離開。一個疑問倏地掠過心頭：我以前是不是用同樣這種方式對待愛咪？

我們在進行這段對話的同時，波林哲跪在溫熱的沙子裡繞著阿唐移動，做進一步的檢查。有件事我是對的：阿唐的主人看起來很想念他。

「八月」之謎的真相才剛剛揭露，我一時忘記機器人故障的問題比較要緊，但看到波林哲在檢查阿唐的金屬機身，我想起我們來這裡的目的。

我焦急地對波林哲說：「拜託你，我們不要待在大太陽底下，這樣對阿唐不好……他的冷卻圓柱管有問題，裡頭的液體幾乎要沒了。他已經病倒過一次……」我的說話聲越來越小。我不希望惡夢重演，跟上個月一樣整天焦慮。

「這邊走。」波林哲對我點頭，接著跟阿唐說：「來吧。」

機器人絲毫沒有動靜。等沒多久，他忽然用銳利的眼神瞪我，再動身前行，經過波林哲旁邊，大步朝他主人跑來的方向走去。

我想跟在阿唐後頭，可是波林哲一隻手擋在我胸前。

「他現在這種情緒，讓他自己走比較好。他會冷靜下來。」

我大為惱怒。波林哲憑什麼教我怎麼跟阿唐應對？而阿唐看樣子是沒心情跟我說話，自顧自地在海灘上邁進，像是在領導一場大革命。

波林哲說：「走吧，我們跟他保持安全距離，還可以一起聊聊。」

我點頭。我們一起向前走。

「第一個問題，你為什麼要叫他阿唐？」

「那是他的名字。你為什麼要叫他詹姆斯？」

「那是他的名字。」

「為什麼是詹姆斯？」

「總得給他一個稱呼，我認為那樣有助於個性發展。我選詹姆斯，因為我喜歡那個名字。」

「他有天出現在我家院子，他當時只會說『艾克烈．唐』和『奧格思特』。叫他唐，他會有回應。他沒說過他的名字是詹姆斯。」

「看來他有很多事沒告訴你。」

這倒是事實：阿唐隱瞞不少。我心知肚明，可是說真的，我也沒想到要問。

「我認為『艾克烈．唐』和『奧格思特』是線索，可以用來查出他的身分和來歷，但是沒想到我一開始就忽略了最重要的資訊。」

「你沒有說錯……這很複雜，我可以解釋。你願意一起吃晚餐嗎？我有客房，你能留下來過夜。」他伸出手臂表示邀請，眼睛笑咪咪的。

我們大老遠來，這也應該吧？我心裡這樣想，不過我沒說出口。

波林哲家是幢漂亮的房子，裡外都以黑白兩色為主。屋子蓋得相當巧妙，從海灘上看不到。波林哲關上我們身後的大門，走向靠近入口處的壁櫥。

「他會在這裡。」波林哲說。

「你怎麼知道？」

「他每次生我的氣就會藏到裡面。」他敲櫃子的門。「詹姆斯，詹姆斯，快打開！」

一陣靜默。

「阿唐。」裡頭傳來細小的金屬聲音。

「詹姆斯，你的名字是詹姆斯，你不記得了嗎？」

「不記得。」

「那我要叫你詹姆斯。」

「不要。」

「要。」

「不要！阿唐！阿唐……阿唐……阿唐……阿唐……阿唐！」

我應該要成熟點，而不是在旁邊竊笑。

「波林哲，他固執的時候就會那樣，你也拿他沒辦法。我建議順著他的意思。」

波林哲上下打量我，嘆口氣。

「好吧，『阿唐』，就叫你現在的名字。」他特別強調這個名字。原來在場不是只有我心智年齡不夠成熟。他繼續說：「你可以出來和我們講話嗎？」

「不可以。」

「快出來！」

「不要！」

「要！」

「不要！不要……不要……不要……不要……不要……不要！」

「隨便你啦，回頭見。來吧，班，我帶你去客房。」

我們離開，放他自己待在裡面。喀噠一聲輕響，阿唐把門打開了，卻仍舊不走出來。

波林哲帶我更深入他寬敞的平房。房屋到處好閃亮，與窗外的自然美景格格不入。這些一定不是當地建材，這位屋主顯然是在焊料和鋼鐵業工作。我不知道一個隱士為什麼要蓋這麼昂貴的房子。我還沒開口，問題立刻獲得解答。

「你可能在想我自己住這麼大的地方做什麼？我這種處境的人是不需要沒錯，可是我長期在狹小的辦公室和實驗室工作，所以當我搬到這裡，我決定要打造理想中的住宅，誰都阻止不了我。我的確照計畫實現了。當時感覺是個好主意，但現在……最近，阿唐不在的時候，我覺得房子太大了。不過他回來了，多虧你的幫忙。」

他帶我穿過走廊，在轉角處突然停下。

「這間。」他接下去說：「這是最好的客房。你可以休息一下。你本來待在島上哪裡？你有要洗的衣服嗎？我沒有洗衣機器人——還沒有機會自己做一臺——可是我有洗衣機……衣服要等一下才會乾，你不介意的話，我可以幫你拿去洗。」

我告訴他我們住在哪間旅館，並解釋我已經退房了，因為我計畫要趕快回家。我感謝他要幫我把衣服拿去洗，接著從背包裡拿出一包髒衣服給他。

這間客房根本是豪華套房！房裡有間大型更衣室和一面我見過最大的穿衣鏡，門口右側擺放了黑色皮沙發和相搭的踏腳凳。只要坐到沙發上，整面落地窗外的翠綠景致即可盡覽眼底。這絕對可以說是我住過最好的旅館房間！

床是另一個搶眼的地方：四柱鋼架床蓋著雪白的被單，我往後倒，床鋪溫柔地接納我的身體。我躺在床上，心中充滿疑惑。

加藤和阿唐都很氣波林哲；在加州時，柯里說過，波林哲可能是故意給阿唐比較差的配備。可是我目前看來，波林哲有他古怪的魅力，而且好像真的很關心阿唐。

這不合理，我要知道真相，但不是現在——現在我要先小睡一下。

19 香檳晚宴

我醒來，天已經黑了。能睡一覺真好。雖然我心裡更難過，因為旅程即將畫下句點；卻也覺得更欣喜，我終於繳出人生中第一張成績單，完成一件大事，拯救了阿唐……說太快了，也要他讓波林哲更換完圓柱管才算數。

悲喜交加之餘，我還感到有點空虛。阿唐應該還在櫃子裡，我不知道要等他自己出來，或是過去勸他。我甚至不確定這是不是該由我去做。波林哲再度成為阿唐的主人，而我只是過客。

我想了這麼多，我的胃好像已經扭成一團。

我該做點有建設性的事，所以決定來重新整理背包裡剩下的衣物。我收拾著行李，發現到我整趟旅程中只拿最上面幾層的衣服穿。我突然間很好奇，想看看幾個星期前我到底放了什麼寶物進去。

背包裡的東西被我倒到床上——我居然帶了一堆完全派不上用場的衣物！當

我的視線落到一雙油亮的黑色皮鞋上，我頭搖得特別大力。那雙鞋子我從來沒在英國穿過，當個背包客去雲遊四海時更不可能穿。

我看到另一件比較實用的物品：一條我幾百年沒穿的短褲。應該要現在穿才對啊。我把褲子翻過來，檢查夠不夠乾淨，結果有樣東西從口袋裡掉出來：一枚香檳軟木塞。我放下褲子，撿起軟木塞，眉頭深鎖地看著。我把它拿到鼻子前面，吸一口氣，年輕的愛咪浮現在腦海中。

我第一次見到愛咪是在拜恩妮的晚餐聚會上，當時是英國夏季熱浪來襲的期間。儘管熱浪每年都有，來的時候還是令大家難以招架，醫院會湧入大量病患：身體像紅辣椒的打赤膊男子、重度脫水的酒醉女生、中暑的禿頭退休人士等等。

拜恩妮說要辦一場「露天派對」，我以為她是指「戶外烤肉趴」。所以我穿了短褲……和白色的休閒棉上衣（和我在公路之旅時穿的是同一件），但短褲才是重點。在我到達派對現場之前，我完全不曉得這樣穿會有多丟臉。

拜恩妮一杯香檳拿在手中，另一手幫我開門。她身穿素雅的黑色洋裝，戴著媽媽的珍珠項鍊，可是我沒有馬上注意到我們的服裝有多懸殊。

「你遲到了。」

「我知道，小遲到而已。」我回答。

她斜挑一邊眉毛。

「你怎麼穿成這樣？」

「什麼意思？不能穿短褲嗎？」

「你為什麼穿短褲？」

「天氣很熱，不然我為什麼要穿短褲？」

「這是晚宴，正式場合。」

「妳說是烤肉。」

「我哪有？我是說露天派對。」

「那不就是在戶外烤肉嗎？」

「當然不是。喔，真是夠了，班，別人講話你有沒有在聽？多注重一下儀容，你會看起來體面點。」

「謝謝喔。」我酸溜溜地說。那不是她第一次這樣念我，可能也不會是最後一次。她誇張地嘆氣，側身站到旁邊，讓我進門。我覺得有點僥倖，本來以為她要叫我回家換衣服，就好比我是學生，搞錯哪一天是便服日。

「我要怎麼跟其他客人解釋？」

「就說有誤會。」

拜恩妮扭動渾圓的鼻頭，斜挑眉毛。這理由顯然不夠好。她帶我走進寬敞的客廳（所謂「把戶外帶入室內」的區域），深吸一口氣，宣布我的到來。

「各位貴賓，這是我弟弟，班。他誤解露天派對的意思，抱歉啦。」她笑起來，全場也一陣哄堂大笑。我真的很討厭拜恩妮的白痴派對……和她的社交圈。但不是所有人都那麼糟。一個女生站在敞開的落地窗邊，流瀉的陽光使我看不清她的樣貌，不過我仍然看得到她沒有跟其他人一起嘲笑我。

我立刻下定決心，在今天的派對上我只跟她聊天。如果有人逼我跟其他人講話，我會跳進拜恩妮和戴夫的室外溫水游泳池，努力淹死自己。

等到拜恩妮終於放人，我直奔目標。

「我叫班。」我伸出手。

「我知道。」她跟我握手。我心中升起一股興奮之情。

「啊……妳怎麼知道？」我希望自己聽起來夠挑逗。

「拜恩妮剛剛有說。」

喔。

「妳是誰？我是說，妳叫什麼名字？」

就在這時，拜恩妮敲響香檳杯，輕柔的笑聲和愉快的言談隨之停止，所有人安靜下來。

「愛咪，妳來一下。」

我身旁的女生微笑，走過去。

我現在看得比較清楚了。她大約比拜恩妮高三十公分，所以比我矮一些；體型介於苗條和中等身材之間（我後來發現，她一直認為自己太肥，因為她小時候是胖妹）。她長得很漂亮，一頭精緻造型的金髮有著線條感明顯的參差髮尾，看得出來她下了不少工夫在頭髮上。

她幾年後變得很不一樣，成為衣冠楚楚、造型俐落的專業人士，也成為離開我的人。

「各位，她是我最新認識的好朋友！」拜恩妮激動地向大家宣告。我判斷她已經呈微醺狀態，否則她不可能在一大票人面前這麼感性。「她是我們今晚的主角，她剛取得律師資格！」

語畢，一片掌聲雷動，愛咪害羞地臉頰泛紅。「取得律師資格」聽在我耳中像是衝去喝酒的華麗賽跑（註4），但用這個笑話跟愛咪搭訕感覺不太恰當，我決定就不跟她分享了。

「今晚的主角」對歡騰的眾人含糊地說：「謝謝你們。」

註4　英文中律師（the Bar）與酒吧（bar）使用同一個字，故「取得律師資格」（reach the Bar）聽起來像是「抵達酒吧」（reach the bar）。

「戴夫，請你拿一瓶香檳給我。」

拜恩妮的先生把酒瓶遞給她。如果老姊想走高雅路線，她會在開瓶前把餐巾蓋在瓶子上，但這次她沒有那麼做，因為她想炒熱氣氛。她熟練地開瓶，只有經驗老到的香檳愛好者才能這麼順手。

軟木塞彈了出來，香檳從瓶口噴湧而下，眾賓客尖叫歡呼，而戴夫及時把擺滿空玻璃杯的托盤端到噴泉下方……神奇的事發生在眼前，我竟然接住了軟木塞。

雖然我說「接住」，但真正的意思是我張開雙手擋在胸前，防止拜恩妮用軟木塞成功擊中我的乳頭。她的開瓶角度真是爛透了，不過那也可能是極為高超的射擊技術。她向來比我強壯，不明白什麼動作會傷人，我們小時候就是這樣。她簡直是一頭犀牛：不囉哩叭唆、虎背熊腰、肌肉發達。

愛咪從戴夫的托盤裡拿起一杯香檳。沒想到她悄悄走回來，站到我旁邊。

「真是太尷尬了。」她說。

「我姊就是那副樣子，抱歉。」

「沒關係，她是在照顧我。她想幫我大肆慶祝，我真的不介意。我爸媽不瞭解律師在做什麼，所以他們沒有任何表示。我很高興能得到一些人的認可。」

「我給妳看個東西，是那瓶香檳的軟木塞……妳可以拿去留做紀念，這樣妳就會永遠記得今天的派對，特別是妳得到認可的時刻。」我把軟木塞遞給她。

「你接到的？」

「嗯……對呀。」沒必要否認自己很厲害吧？

「你留著吧。我哪天心情低落的時候，你再拿給我看，讓我回想今天。」她微笑。我也微笑。

我和愛咪就是這樣認識的。當時爸媽已經去世六個月，拜恩妮正從傷痛中走出來，我則還在疑惑自己為什麼感覺不到悲傷。而愛咪的職業生涯正在走上坡，且相當有自信；至於我呢？前幾天才墜落谷底。

獸醫師實習計畫的上司叫我「整頓完心情」再回去，我完全沒做到，沒整頓，也沒回去。

我從幾年前的記憶中抽離，回到現在，回到南太平洋的偏僻小島上，在古怪英國人的大房子裡站著收拾行李。我忽然有個沉重的念頭：軟木塞還在我這裡，那就表示愛咪……

多想無益，我直接從口袋裡掏出手機，撥出拜恩妮家的號碼。我的外甥女安娜貝兒接起電話。

「安娜貝兒，嗨，我是班。」

「班？誰啊？」

「班舅舅。」

「喔！嗨，班舅舅。」

電話那端的背景有些吵雜，傳出一陣騷動，接著是笨重的腳步聲，那一定是老姊。我聽到有人在竊竊私語，其中我只聽得清楚「電話給我」幾個字。拜恩妮接起電話。

「你到底跑去什麼鬼地方？你沒有跟任何人說你要去哪就搞失蹤。我們都以為你掛了，想說你會不會自殺……我們還以為你被那臺機器人殺死了。你在哪裡？你有怎麼樣嗎？你回家了嗎？」她繼續連珠炮似地狂轟我的耳朵。我沒有出聲制止，任由她咆哮了幾分鐘。我其實不太介意她把我罵到臭頭，反倒很高興她會擔心我。

「我沒事，拜恩妮，真的……」

「你在加州嗎？」

「沒有……」

「那你在哪？」

「妳讓我講話，我就能告訴妳。」

另一頭暫時沒有聲音。

「我在密克羅尼西亞。」

「那是哪裡？」

「太平洋，我在一座島上。事情很複雜。我跟機器人和一個叫波林哲的人在這裡。」我說出口才意識到這樣講只是引出更多疑問，可是我沒時間解釋了。「拜恩妮，我跟妳說，我現在時間不多，但是我很快就會回家，我會去看妳，我保證。那個……」我說一半停下來，有點害怕，不知道會聽到什麼回答。「……愛咪還在妳那邊嗎？」

「在，但是……」

「拜託，拜恩妮，我可以跟她說話嗎？」

「那樣對你們兩個都沒什麼好處。班，不要挑現在講。」

「拜託妳。」

靜默了幾秒。「你等一下。」

我聽到電話被放在旁邊，姊姊的腳步聲漸行漸遠，不久又傳來另一個人輕盈優雅的腳步聲。愛咪拿起聽筒。

「班？」怯生生的嗓音很不像平常的她。

「愛咪，我很高興聽到妳的聲音。」

「班，隔了這麼久……你為什麼不打電話？所有人都好擔心你。」

「所有人？」

「是啊，每個人都很擔心。你在哪裡？」

「在太平洋一座島上。可是，我打電話不是要跟妳說那個……」

「你會回來過聖誕節嗎？」她越說越有自信。她聽起來又像愛咪了——我的愛咪。

「我不知道，可能會吧。我要說的是……我這段期間一直想到妳。我們那樣分手，我想跟妳說聲對不起。我當時不知道自己做錯什麼，但現在明白了，我能夠站在妳的角度看事情，理解到跟我生活在同一個屋簷下有多難過。妳能原諒我嗎？請妳原諒我。」

我等著她回答，卻遲遲聽不到她開口。「愛咪？妳還在嗎？」

「我在呀，班，我也很抱歉。我當然原諒你……我也不是好相處的人，我沒有考慮到你的感受。」

「那我們之間沒事了吧？愛咪，我們可以復合嗎？」

她再度沉默。我知道她要說什麼了。

「班……我認識了一個人。」

這幾個字入耳，我的胃提出嚴重抗議。那句話不是最精采的，好戲還在後頭。

「喔。是我認識的人嗎？」

「是戴夫的朋友，他們在劍橋認識。誰說劍橋人和牛津人不能成功交往，對吧？」她咯咯笑，像是為了掩飾緊張。「他是外科醫生。而且，他就在旁邊。」

還用說嗎？他當然在旁邊。我心想。

「我很替妳高興，愛咪，真的。」這不完全是亂講，我的確替她開心。她聽起來像是邂逅了理想中的白馬王子，不用再面對有名無實的紙上丈夫。他應該是個積極進取的好男人吧？

她柔聲說：「謝謝你。」然後又說：「班，我希望我們還能當朋友。」

我想起好幾週前才跟阿唐說過，我再也不要見到他們任何人。我當時心裡受傷又喝得爛醉，但主要還是因為心在淌血，那些氣憤咒罵全是真心話。我的思緒開始跳躍，我想到和阿唐共度的點點滴滴以及我們之間的感情，還有我現在對自己的觀感。

「當然好啊，愛咪……就當朋友吧。」我真誠地回答，毫無半點虛假。然而，淚水已經不聽使喚。

20 失控

通話結束，我茫然盯著手機螢幕良久，呆坐在床邊好一陣子。走廊上響起哐噹聲，下一秒，阿唐出現在房間裡。

「現在不氣班。」

我擦拭眼淚。「謝謝你，阿唐，太好了。」

他走過來，仰頭望著我。

「班的臉是溼的。」

「對呀，阿唐，沒錯。」

「班像小狗尿尿。班有毛病？班歪雕？」

「我沒壞掉，阿唐，不用擔心。好吧，我可能壞了，但我會好起來。」

「阿唐可以修理？」

我微笑。「應該不行，我不覺得有人修得好，不過還是謝謝你。」

「班為什麼歪掉？」

「壞掉。我剛剛和愛咪講電話。我以為也許……她會回來跟我住，可是她已經愛上別人。我太遲了。」

「愛咪為什麼不愛班？」

我一隻手放在他頭上。「阿唐，這很複雜。簡單講就是我不適合她，我沒辦法帶給她快樂。」

阿唐好似很擔心，扭動著身體，向上看著我。「不懂。」

「不懂沒關係。我回家後房子會很空，愛咪離開了……你也不在了。」我雙眼濡溼，淚水又要奪眶而出。

「我……不在？」阿唐對我皺眉頭。至少在我看來他是在皺眉頭。我有時候會把人類的表情腦補到阿唐臉上，並揣測他的感受來補足他肢體語言的限制。但那也有可能是我把自己的情緒投射到他身上。

這個時候，外面有聲音傳來，是波林哲在敲門。

「班。抱歉打擾你，小子。我只是想告訴你，十五分鐘後可以吃晚餐。」

我揉著汪汪淚眼，想看清楚一點。「好……謝謝。我馬上過去。」

波林哲赤腳踏在走廊上，照原路離去。

「阿唐可以留在這裡？」機器人問。

「當然可以。我要去吃點東西，和波林哲聊聊。不過我等一下就回來，我們再好好談。」

我想到可以吃現煮的家常料理，憂鬱的情緒隨即被沖淡一些。我打起精神，走入陰涼的長廊，那裡好幾條通道互相連接。我左彎右拐，經過許多空房間，裡頭是真的空無一物。

我不時會把關著的門打開，調查是否暗藏玄機。其中一間，摩托車的引擎放在房間中央，底下鋪了防水帆布。而另一間看起來像圖書館，有最前衛的「書」架，僅由書本組成。

我繼續走，前方一扇房門半掩，我往裡面窺看。想後悔也來不及了，一雙詭異的金屬腿映入眼底，房間裡還積滿灰塵，我只覺得毛骨悚然。那應該是要裝在某種機械上，卻從來沒有用過。

我終於到達目的地。只因為有那張長桌（餐桌兼會議桌），我才看出來是飯廳——完全不明白放這麼長的桌子要做什麼。桌面上的兩座枝狀玻璃燭臺分別立在兩端，與長桌的風格十分不搭調。說實話，這裡還比較像高檔娛樂間。也許波林哲按個按鈕，整張桌子會翻過來，綠色檯面和賭博輪盤跟著出現。也許小島隱士沒在過退休生活，他在這裡找到了職場第二春，目前正職為地下賭場老闆。

那當然是我想太多了。事實是，波林哲只是收集了迥然不同的物品，對各種興趣都三分鐘熱度，很難專注在同一件事情上。他其實跟我很像。儘管如此，他已經惹了我兩個朋友不高興，所以他需要好好解釋才能挽回我對他的印象。

我正在觀察長桌，波林哲走入飯廳，拿著兩個精緻大酒杯，身穿法國廚具品牌 Le Creuset 的藏青色圍裙，肩上披著一條同牌子的茶巾。他靠近桌子時，又仔細多看我一眼。

「親愛的孩子，你還好嗎？你好像很沮喪。」

我跟他說沒事。

「今天吃雞肉。」他改變話題。

「好啊，一定很棒。」

「我會的料理幾乎是一人份的。雞肉搭配醬料勉強可以端上來。」

他請我坐下。他拿起桌上的醒酒器，幫我倒了半杯紅酒。這種紅酒看起來相當昂貴，玻璃上還會流下一道道酒淚（註5）。他離開飯廳，回來時端著兩盤熱氣蒸騰的餐點。就像他剛剛預告的，晚餐是雞肉配上某種醬汁，外加不知名的綠色豆子。他坐下來，示意我開動。

註5 酒淚（wine legs），一種物理現象，亦可稱為「酒腳」、「酒腿」、「掛杯」。

酒液晃動後，玻璃內壁上會形成一圈環狀凝結，液滴滑落時有如在流眼淚。

我們兩個都有話要說，卻不知道如何起頭，也不曉得一旦開始了要怎麼說下去。這不是普通的餐敘閒聊，我想搞清楚紅極一時的工程師到底做了什麼好事，機器人才會落跑，而他會反問我到底在幹麼，擅闖他的小島……

吃飯時的緘默成了一種奇妙的小確幸。波林哲先吃完了，他把沉重的刀叉放在盤子上，大嘆一口氣，打破沉默。

「加藤跟你講過以前那件事吧？你是問加藤沒錯吧？」

「對，他說了一些，但可能不是全部。」

「他不應該洩漏任何消息。」波林哲的這句話猶如來自心底的黑暗深淵。我第一次聽到他的聲音如此陰沉奸邪，只覺得不寒而慄。我想幫加藤說點話，於是趕快改口。

「他其實沒講什麼。他只告訴我，意外發生前，你們在東亞人工智慧集團工作，計畫被迫終止，相關人員遭到解僱，有不錯的資遣費。就這樣。」

波林哲點著頭。「好小子加藤，他真是太明智了。」他諷刺地說。

「我不懂，加藤和阿唐都很氣你。波林哲，這是為什麼？」

「親愛的孩子，你真的想知道嗎？聽我的建議：你不要知道比較好。」

「我要先確定阿唐在這裡會快樂，才會把他留下來。你應該明白吧？」

他瞪了我很久，可是我心意已決。

「波林哲，要我把阿唐留下來，我要知道真相。」

「好吧。」他站起來。「我去拿另一壺醒酒器，今晚會很漫長。」

「我搬到島上時，所有物品都一起帶過來了。」波林哲開始娓娓道來。「碰到我這種情況，一般人應該會選擇『斷捨離』，可是我不願意拋棄任何東西，包括我的舊筆記本。多年來，我參與過許多研究計畫，從中收集了鋼板和鋁板，也有拿到鈦金屬和克維拉纖維。我會看狀況，可以的話就從實驗室偷渡回家。那些都跟著我來這裡。

「我需要時間思考事情。即使是新房子，一個人整理起來還是很辛苦。我需要幫助。因此我把以前收集的所有鋼材拿來加工，迅速打造出一臺機器人。說『打』滿貼切的，可以用字面上的意思，我相信你也同意。」

「嗯哼。」我回想起柯里和加藤都說過，阿唐是在匆忙中被製造出來。波林哲剛剛證實了這點。我問：「壞掉的圓柱管，你修好了嗎？」

他疲軟地揮一下手，懶得理會這個問題。

「班，不用擔心啦，他只需要換新的圓柱管和補充液體。阿唐找到零件後就能自己處理，他應該知道東西放在哪。所以呢，我以前製造的機器人……」

我這趟漫長的國際任務就是要修好圓柱管，他根本不放在眼裡，覺得沒什麼，像更換電池或把熱水壺加滿水一樣簡單。我張開嘴想這樣講，他卻只管不停說下去。

「他不是我最好的作品。你去看看我顛峰時期的成績就知道了，我的設計真的很出色，不光是我自己說……」

我想到一個問題。「等一下，你說阿唐是鋼製的？」

「對，怎麼樣？」

「騙人的小傢伙。他說自己是鋁製的。」

波林哲發出笑聲。

「他學會說謊啦？」他的表情和聲音帶著一絲驕傲。他說得對，阿唐一直在學習，而我是他仿效的對象。他的不當行為都是從我身上學的，好的行為當然也是。

「我注意到他的聲音變了。」波林哲說：「我給他非常基本的發聲功能，但他自己繼續擴充下去。他應該是把周圍聽到的聲音加以融合。」

確實是這樣。我剛認識阿唐時，他說話完全是電子音，感覺像是學生作品。到了現在……我聽得出他的聲音有細膩度，會表現出輕重緩急，比原來冰冷的鏗鏘語調更加溫暖。

我想知道怎麼會有這種進化，照理說是不可能。

「波林哲，阿唐怎麼會有情感？如果他真的只是一些舊東西和鋼材組成的，怎麼會這麼……像人類？」

「他不僅僅是舊東西和鋼材。喔，他外表可能像破銅爛鐵，因為我急著完成，幾個小時內就拼湊出那樣的機殼，但他的內部是集了我研究之大成，之前那批智慧機器人有的能力，他都有……我是指意外發生之前。我帶來的物品裡有一枚僅存的晶片，就是因為那個，我的機器人才這麼與眾不同，技術才串聯在一起。簡單說，那枚晶片是一切的關鍵。那個就裝在阿唐身上。」

我一直以來都是對的：阿唐真的很特別。他是獨一無二的機器人。

「所以給機場人員掃描的晶片是另外一種？」

「對，親愛的班，我保證兩種晶片完全不一樣。他身上也沒有那種普通晶片，我本來就沒打算要幫他裝。」

「等一下，他在美國跟報到櫃檯說他有裝晶片，有掃出東西。那怎麼可能？」

波林哲再次顯得自豪。「我不知道。他學會撒謊，必要時可能也會演戲，或是做出類似偽裝的行為。」

「那聽起來就不太可能。」

「你認為他不夠聰明嗎？」

「不是那樣，波林哲。我只是認為他沒那麼……會算。他必須先瞭解人類的各種情緒才能得出那種結論，也就是事情的因果關係和動機。他還不完全理解『為什麼』的意思。他就像小孩子。」

「你不常跟小孩相處吧？」

他提出的問題激起我的罪惡感，因為我長年來盡可能避開姊姊的小孩。我感到被冒犯。「沒錯，你說得對。那你自己呢？」

「被你逮到了，我的答案跟你一樣，我自己也沒有小孩。但是這個道理不難懂，調皮的小孩打破花瓶，怕父母生氣，會假裝不是他弄破的。」

我想起阿唐在休士頓的博物館弄壞莉琪的模型。我不想承認，可是波林哲是對的：不管阿唐想做什麼，他絕對有能力實現目標。該死，他自己跑了地球半圈，我還不知道他怎麼辦到的。

我離開前會嘗試從阿唐口中問出來，但是現在要先聽到波林哲揭露實情。

「我扯遠了。請繼續說，你講到你們研究的技術。」

「對。我們的技術是使用無機化合物來製造生命體。現在市面上的仿生人根本比不上我的研究成果。我們試著製造出外表堅固的個體，採用鈦金屬外殼之類的，不過，內部會有我們特別研發出來的學習組織：有生命，卻不是活的生物。他們會有類似人類的大腦。他們當然不是人類，但跟人類一樣會學習成長。這些實驗品會有肌肉記憶和疼痛反應，他們會知道怎麼發展……演化。」

「這些『實驗品』有什麼技能？」

「我們的最終目的是要他們成為萬能機器人，例如清除地雷、進行費時的醫療手術，或是上戰場。」

「所以你認為給他們痛覺會有幫助？奧格思特，你太……」

「我知道你要說什麼，你大錯特錯！你會嘰哩呱啦一堆倫理道德，但是你沒抓到重點。」

「等你開導啊。」

「他們去做人類的工作，越像人類，表現會越好。就是因為他們是機器人，我們不必去關心他們痛不痛！」

我目瞪口呆地看著他。

「這些有學習能力的機器人……仿生人，隨便啦，他們的心智年齡跟小孩子差不多，你打算把他們送去做大人的工作，期許他們能夠應付。你覺得他們會學到什麼？你只教他們怎麼當加害者和受害者，你還不知道這一切哪裡出錯了嗎？你們到底有沒有人停下來思考自己在做什麼？」

「團隊中很多人有，我沒騙你。可是他們的勞動契約還沒到期，保密條款也都簽了。他們沒有選擇餘地，只能硬著頭皮繼續工作。直到意外發生。」

「到底是什麼意外？」

「那天晚上，實驗品的活動是學習使用槍枝……」

「我的天啊，波林哲……」

「不要打斷我講話。他們在學習使用槍枝，其中一臺系統發生故障，不小心射到另一臺。挨子彈的那臺一怒之下把故障的給殺了。場面瞬間完全失控，他們殺光所有當天上夜班的工程師。在暴亂中，其中一臺射中瓦斯管線，研究中心爆炸，整個燒毀。」

「我的天啊。」

「你可能想知道加藤在哪裡。他是日班的，我很慶幸他當時不在附近。他相當有潛力……說是『以前有』比較正確。」

「那你是怎麼活下來的？你講得好像就在現場，你找到方法逃出來了吧？」

波林哲一時沒有吭聲。

「規定很清楚，實驗品發生故障時必須加以制止。所以我就那麼做。」

「什麼意思？」

「要制止他們，最快最有效的方式就是封鎖現場。那要怎麼封鎖呢？最好的辦法就是把門鎖上。」

「你把他們關在裡面，他們不就被活活燒死了嗎？」

「那是最恰當的安排。」

21 無路可走？

我整整一分鐘說不出半個字。

我從震驚中稍微平復後才出言批評。「加藤說得對，你是可恥的膽小鬼……不可原諒。」

我撂了重話，波林哲因此板起臭臉。我起身準備離席，他怒眉一皺，銳利的目光橫掃過來。我心裡充滿恐懼。

「就這樣吧，我們要離開了。」我說。

「很遺憾，我不能放你們走。」

「波林哲，我不是在徵求你的同意。你必須讓我們離開。」

「班，抱歉，我做不到。」

他的聲音憤怒地顫抖，我聽得很害怕。但我選擇不理睬他的威嚇。我膽顫心驚地匆匆走出飯廳，剛好在走廊上碰到正要來找我的阿唐。我牽起他的手，觸感冰涼，他的雙眼炯炯有神。我認為他的圓柱管修好了，趕緊拉著他回客房，迅速把東西塞進背包。我想起有一半衣物還在波林哲的洗衣房裡。

「班？我們要離開？」

「對，阿唐，我們要走了，現在就走。你要盡可能走快一點，不要放開我的手。」

阿唐面露燦爛的笑容，開心地蹦跳著。

我們穿過曲折的走廊，一路來到大門口。波林哲站在玄關另一側。我扛起背包，毅然走向大門。就在我握住門把之際，三道堅固的門閂咻地滑動，發出金屬的喀噠聲。我們轉頭看波林哲，他得意地奸笑，手裡拿著一個方形小裝置。

「遙控鎖。」他跟我們說：「懶人的救星。只要按一下，所有出入口的門就會關起來鎖上，窗戶也是。很適合獨居老人的設計，安全第一，對吧？喔，溫馨提醒：不要碰門比較好，你可能會被電到。」

我和阿唐面面相覷，我感到他的夾子手在發顫。他握得好緊，緊到我的手會痛。

「波林哲，不要鬧了，把門打開。」

「你們休想出去。」他回答：「你們可以跟我一起回客廳，讓我繼續款待你們。班，你的衣服都還沒拿。」

我們一同前往客廳。我在途中思考，如果老頭子多說點話，我就能一邊想辦法脫困。我真的想知道他為什麼怕我們離開，於是我問他。

他的回答很簡單。

「因為你知道阿唐的祕密——我的祕密。你知道我的研究，你可能會告訴其他人，我不能冒險。而且阿唐絕對不可以落入別人手中，我不允許。只有我能碰這種先進科技，懂嗎？」

我驚恐地發覺到這個老頭的確沒有全盤托出，他在實驗室大屠殺裡還扮演另一個角色。

「我的天哪，波林哲！仿生人根本沒有射中瓦斯管線，對吧？是你！你不只讓他們被燒死，你是故意害死他們。他們應該把你抓去關！」

波林哲猖狂地大笑。「政府不敢用法律制裁我，他們怕死了！完全不敢動我！他們現在怕我的發明，可是他們遲早會想通，回過頭來求我。」

我的目光游移到老人身上，他的手臂布滿白色的手毛，皺起的眉毛也是白的。我詫異地盯著他看，無法相信剛剛聽到的狂言。

我試著不要得罪他。

「波林哲，我不在乎阿唐是用什麼技術製造出來的，也沒興趣瞭解你深奧的研究。我真的只是想帶我的好友回家，沒有別的目的。」

老人大力搖頭。

「我不能冒這個險，而且我需要那枚晶片，這樣我才能再製造出智慧機器人。我本來是要阿唐待在這裡，發展到有一定的感知能力。可是多虧了你和他相處，我已經可以進入下一個階段。現在我要回收晶片，用它來製造更多像他的機器人，不過這次會是升級版，按照我原來的計畫進行！」

「你取出晶片，他不是會死嗎？」

「班，『它』是一臺機器。你沒必要投入太多感情。」

「你在開玩笑吧？你認真的嗎？」

阿唐拉扯我的手。「不是玩笑。」

我低頭看我的小夥伴，他很恐慌。「班和阿唐被關在房子裡，班不可以碰通電的門，拜託。」

「聽機器人的話，班，他很清楚。阿唐，是不是啊？我的財產企圖逃出去的時候，門會很『來電』。」

機器人回答：「對，阿唐知道。阿唐想離開，因為奧格思特需要阿唐製造仿生人。阿唐不想。仿生人製造危險，奧格思特製造危險。阿唐想要活。阿唐知道奧格思特需要他，所以阿唐離開。」

「你明明活著，破爛的笨盒子！你的生命都是我賜予的！」

「不准那樣跟他說話！」我滿腔怒火地對波林哲大吼。我想上前狠狠揍他，可是我擔心他會拿出什麼自製的高科技武器來對付我。「他的意思是他想活命，擁有自己的生活。」

不知道有沒有窗戶還開著？我悄悄往旁邊走，順便探查四周。波林哲見狀便朝我撲來，他從背後擒抱，想拖住我，但是我奮力掙扎，把他推開。

我竟然也能打架！波林哲不死心，像一頭憤怒的公牛衝過來，揮拳要揍我。這一切發生得好快，我敏捷地側身閃避後，波林哲一個重心不穩，踉蹌幾步，撞上客廳的門（那扇門似乎已經和出入口一起被自動鎖上）。屋內突然一道閃光，宛如晴天落雷，之後更是傳來轟隆巨響。

剎那間，空調停了，電燈全部熄滅。

我覺得很害怕，搞不清楚這是什麼狀況，因此不敢輕舉妄動。過沒多久，我聽到發電機啟動的聲音。屋內的燈光閃爍幾下，又都亮了起來。我們看到波林哲躺在地板上，一動也不動。遙控器在他身旁，碎成了沒有用的小碎片。我謹慎地伸出腳，輕推波林哲的腳。他沒有動靜。於是我蹲下來，用手戳戳他。

「我的天啊，阿唐……他可能死了。」

阿唐哐噹地走向門口。

「阿唐，回來！我們要報警。喔，天哪，我要死在荒島監獄裡了，我就知道會這樣。阿唐，我們要跟外界求救。」

「不要。」

「你說『不要』是什麼意思？」

「不管他。」

「阿唐，我們不能把他扔在這裡。」我從口袋裡拿出手機。

阿唐哐噹走回來，一隻夾子手放在我手腕上。

「不要手機。沒問題，沒有死。」

「什麼？」

他指著波林哲。「睡覺，醒來，困惑，沒問題。電器不製造大危險，只是有點痛。」

「你怎麼知道？」

阿唐聳肩。「以前的事。奧格思特忘記鎖過門，想出去，砰！」

我仔細觀察老人的胸膛，他果然有在呼吸。「他真是太瘋狂了。」

「對。」阿唐舉起一隻手，在自己的腦袋旁邊畫圓圈。「秀——逗。」

「可是我們還有一個問題。阿唐，你知道嗎？」

「什麼？」

「我們出不去。」

「班不擔心。」

「我很擔心，阿唐。」我再次坐下，苦惱地雙手抱頭。我感到非常羞愧，我居然帶阿唐到這個地方。「阿唐，我很抱歉。」

「原諒班，班不知道，班只看到優點。」

「可是我錯了，不是嗎？你本來就不想來。」

「班沒有錯，班是對的。如果班沒有來，冷卻系統還在故障，我會停止。我和班一起來，我不停止，我很開心。」

我蹲下來抱住他，想起他生病時我做的決定。

「天啊，阿唐，假設圓柱管又壞了呢？我該怎麼辦？我不會修理，我要怎麼帶你回去？」

「班，不要離開我，我們一起走！」他的聲音驚慌害怕，兩隻夾子手抓緊我的手臂。我凝視著他的大眼睛。

「但你離開這裡就是在冒生命危險。」

「對，可以自由，和班在一起，不和奧格思特關在房子裡，而且……」

他給我一張大笑臉，撕開大力膠帶，掀起外蓋。裡頭兩根固定在架子上的空圓柱管。

「奧格思特沒有修。」他跟我說：「我修。在櫃子裡的時候。簡單——壞掉的拿出，液……體倒入沒歪掉的，放進去，關蓋子。」

他看我一臉茫然，於是補充說明：「液——體是廚房的油，黃色的油。」

「你一直拿食用油冷卻自己？」我瞪著他。「怎麼可能？」

他又聳起金屬肩膀。

「所以你知道那是冷卻劑？」我問。他搖搖頭。

「知道重要，知道什麼東西，不知道用途。生病的時候，在旅——館聽到先生說。以前不知道。」

我關上外蓋，把他抱在懷裡。我卸下心裡的重擔，眼淚跟著滾落，淚珠滴滴答答掉在阿唐的金屬軀殼上。我感覺到他一隻手摸著我的背。

我抬起手，抹過淚溼的臉龐，擠出苦笑。「阿唐，講這些可能都沒有用，因為我們被困在這裡了。」

「沒有。」

「有，阿唐，我們被困住了。」

「阿唐說班不必擔心。阿唐離開過，阿唐和班再離開一次。」

我低頭看著阿唐，他神態自若。

「阿唐有計畫。」

「但是門窗……」

阿唐搖搖頭。「不是門窗，是蓋子。」

「蓋子？」

「蓋子。」

「阿唐，你之前是這樣逃出去的嗎？」他正拉著我的手到大門旁的壁櫥，我問他。

「對，垃圾船。你會看到。」

「我不懂。」

「奧格思特沒想到垃圾船，奧格思特把垃圾放進垃圾箱，垃圾消失——魔法！怎麼消失？他不知道，但是阿唐知道。」

「你是說，波林哲的垃圾都堆在地下室，一直放到有船過來收？」

「對。不好聞，不過是好出口。」

「所以我們就坐在一個大垃圾箱裡，等船來救我們？」我本來想帶著正向的態度說這句話，可是說出口的時候，我的語氣就是聽起來對計畫沒什麼信心。

「對，太陽升起，船會來。不用等許多小時。班和阿唐幸運。」

他打開壁櫥，指著一面有把手的區塊，咧嘴一笑。

「蓋子。」

「阿唐，這裡的味道真的很恐怖。」我們正在等船，而我屁股底下有一堆香蕉皮、英文舊報紙、雞骨頭和怪異的生鏽金屬螺絲釘。

「難聞的氣味，刺鼻的酸臭味（acrid tang）。」阿唐說。

「艾克烈・唐（Acrid Tang）？」

「對。」他對我微笑。

「你拿悲慘的經歷當自己的名字？」

「不對，艾克烈・唐代表逃跑、自由。」

我不知道要怎麼回應，於是我一手摟住他，大力捏了捏他的金屬小肩膀。

「波林哲醒來發現我們不見了，他會氣炸。」

「對。」他說。

「你認為他會來追我們嗎？」

「不會。」

「你怎麼知道？」

「不知道，但上一次沒有來找阿唐，這次也不會。」

這邏輯說得通，我就姑且相信阿唐，順便把驚悚的念頭壓下去——老當益壯的波林哲橫跨半顆地球追殺到哈雷溫南。

「有道理。但是我再問你一次，你還是不認為我們應該求救嗎？」

「對。」

我們沉默地坐在黑暗中等待，我忽然想起一件事。

「阿唐，你沒有晶片，可是在機場的時候，你為什麼說有？」

「阿唐真的有晶片。」

「波林哲說你沒有。」

「對。」

「對？你是指什麼？」

「他不知道阿唐有晶片。我去找班的時候，船上壞掉的仿生人有晶片，我借。」

「你自己植入的？」

「對，碰得到，放進去。」他比著機場地勤掃描的位置。一顆米粒大小的金屬物體卡在沒鎖緊的鉚釘下面。阿唐有破舊的外表，那枚晶片自然很難被發現。

「你知道它壞掉了嗎？」

「也許，覺得可能有用，也可能沒用，借來。」

「你怎麼知道那是什麼？」

「看到仿——生人有晶片。」他聳肩，好像那是再明顯不過的事。

「做得好。」我想不到更好的回答。「那麼，我問你，你怎麼會跑到我家的花園裡？你上垃圾船之後怎麼了？」

「移動到很多東西壞掉的地方，骯髒，更多刺鼻酸臭味。」
「然後呢？」
「藏在箱子裡，大金屬箱。黑暗好久，箱子被打開。躲在其他箱子後面，一些男人搬箱子離開。上火車。」
「你知道那是哪裡嗎？」
「下車，在有飛機的地方，我們去過。」他看著我。
「希斯洛機場？」
「對。上公車，看到漂亮房子，沒有仿生人。下公車，門開，看到門另一邊，很多馬、一棵樹。坐到樹下面，班害我摔倒。」
我呵呵笑起來，想起我們初次見面的情景，我當時想和他講話，結果嚇到他。
「也就是說，你後來到了一艘貨櫃船上，從柯羅航行到英國，中間不知道經過哪些地方，你待在貨櫃裡那麼久，船靠岸才出來。你不無聊嗎？」
「待機模式，設定成光線啟動。」
「所以你一直睡，等到有人打開貨櫃或感應到光線，你就會自己醒來？阿唐，你太聰明了！」
「對。」
「然後你挑中我的房子，只因為你在公車站看到，它外觀看起來不錯，附近也沒看到任何仿生人。」

「對。」

「太巧了吧！」

阿唐再度聳肩，表現得好像這種事是家常便飯。然而對我來說，這是阿唐另一個不平凡的地方。就算他有感覺，他仍然是機器人，對他來說，那段旅程只是一連串合理的事件。假如我和愛咪在他來的那禮拜不在家，他很可能會繼續流浪天涯。

「還有馬。」阿唐的聲音打斷我想事情。

「馬？」

「對，從班的花園看到馬。」

「我不懂，我家後面的馬有什麼特別的？」

阿唐又聳肩。「阿唐沒看過馬。馬到處跑，自由、快樂。看到覺得開心。」

我們安靜下來，只是坐著。過了一下子，我問他：「阿唐，我一開始去找你講話，再把你帶進我們家，我的決定正確嗎？」

「正確。」

「如果我當時不理你，你會自己離開嗎？」

「可能。但是我遇見班，我愛班。」

22 重返家園

阿唐說得沒錯，垃圾船來了！

他上次逃脫時成功偷渡上船，可是這次有我在，我們當不了偷渡客。我認為把我們的命運全部交給垃圾清潔隊員比較妥當。我跟船上的幾個人說明怎麼回事，他們對波林哲是瘋子這件事都不意外。我給他們幾張大鈔，而他們護送我們安全到機場。他們說下次經過時會去看一下波林哲，確認他還有沒有活著。

載我們來的同一架飛機也載我們離去。漫長的旅程接近尾聲，我們終於踏上了回家的路。

返回哈雷溫南的旅途暢行無阻，說是暢「飛」無阻更貼切。我和阿唐經歷了種種風波，絕對有資格好好犒賞自己。我二話不說，直接選了豪華經濟艙。

我們在聖誕節前回到家，來得及過節，如同我跟愛咪說的那樣。我大門都還沒打開，阿唐已經興奮地從側門衝到後院去看馬。我沒有他那麼高興，反倒有種近鄉情怯的感覺。

久久沒看到，房子感覺不太一樣。我有點希望會看到爸爸在廚房裡為我們準備培根三明治，媽媽叫喊拜恩妮去收拾她亂扔在整個客廳的課本，拜恩妮則是在把我們家的老貓趕到外面，因為牠把沙發抓破了。

我以為進門來的踏墊上會堆滿信件，卻驚訝地看到幾疊信整齊排在玄關桌上，我從日本寄回來的紀念品包裹壓在最上層。

「拜恩妮來過了。」我自言自語。

其中一疊最上面擺了張明信片，正面的圖片是太空博物館——莉琪．凱茲工作的地點，背面寫著：

班，你惹毛我了，你憑什麼跟加藤聊我的八卦？他建議我給你點顏色瞧瞧，派出我新的仿生人去修理你。愛你喲！莉琪（一堆飛吻～）

PS．不要見外，有空來拜訪我們。

PPS．加藤說你們吃飯時聊到獸醫那件事。不要再拖了，動起你的懶屁股，錢伯斯！

「給我點時間啦。」我對著明信片說：「我才剛結束這段旅程。」但我很感謝這種勉勵，愛咪在我們的婚姻生活中也不斷像那樣鼓勵我，我卻聽不進去。也許在新的一年，我可以展開新生活。

加藤動作真快！我心中讚許他，邊走進廚房，拿起外甥用紙漿做的倫敦塔造型磁鐵，把明信片貼在冰箱上。我心頭雀躍不已，甚至有點得意，我成功牽線，他們又在一起了。

不過，這種感覺是苦樂參半，因為我跟愛咪復合的機會相當渺茫，尤其現在這樣更是不可能，她都已經找到白馬王子了。

「也許我會試試看網路交友。」我喃喃對自己說。我泡好一杯茶，加了在希斯洛機場順道買的牛奶（英國男人做事有優先順序！）。我打開餐具櫃抽屜，手伸進去要拿茶匙，我看到了之前留下來的結婚戒指。

我的手遲疑了一下才把戒指拿起來，放到存放護照和出生證明書的盒子裡。雖然我不覺得會再用到那枚戒指，但扔掉好像也不太對。

我喝著茶，不禁覺得憂傷，於是我打電話給老姊。

「我回來了！」我故作輕鬆地說。

「你回哪裡？」拜恩妮問。她的反應使我的心情更為低落。

「回家啊……哈雷溫南。妳以為我是指哪裡？」

「喔，那就好，終於回來了。」

「謝謝妳幫我整理信件。」

「那不是我。你不在的時候，愛咪常常過去。她很擔心。」

「真的？」

「當然啊，不只她，我們所有人都很擔心。你突然失蹤。不要再那樣了。」

「我不會了。」

「既然你回來了，你可以來一起過聖誕節。」

「喔……好啊……愛咪會在嗎？」

「當然在啊，她和……」她連忙阻止自己講下去。

「妳覺得會尷尬嗎？」

「不會，只要你表現出成熟大人該有的樣子。你做得到吧？」

「應該可以。」

「很好。先這樣吧，我有一堆事要忙，我們聖誕節見，好嗎？一點鐘到。」

「沒問……」我話還說完，她已經掛斷電話。幾秒鐘後，我又打給她。

「我剛想到一件事，我可以帶阿唐過去嗎？」

「那臺機器人？」

「對……就是他。」

「他跟你一起回來了？」

「是啊，已經修好了。我可以帶他去嗎？」

拜恩妮正在思考，我們陷入沉默。

「應該可……但是他為什麼要來？他不行留在家裡嗎？」

「我最好還是帶他去，拜恩妮。他……跟其他機器人不一樣。我保證他不會惹麻煩。」我開了空頭支票，因為我完全不知道阿唐會不會惹事，但講了好像比較好。

「那就來吧，你確定就好。他一定很特別，不然你根本不會問。」

「沒錯。」

「你會告訴我們你這段期間去哪裡了吧？」

「會啊，拜恩妮，全部告訴你們。我不保證妳會相信。」

「喔，那可說不定，給我多喝幾杯香檳，我就會相信你，你也不是第一天認識我。」

我暗自發笑。

「班。」她說：「我很高興你打電話回來。我很想念你，我應該跟你說的。你家在附近，我卻找不到你，一切就感覺變了樣。不管你怎麼想，我真的以你為榮。換作是我，我的做法可能會不同，但是愛咪離開後，你有振作起來。你明明可以躲到角落裡擺爛，可是你沒有那樣做，而是去旅行了。那需要一些勇氣。」

「拜恩妮，妳已經開始喝酒慶祝聖誕節了嗎？」

「也許吧，一點點。」她說完後笑起來。「但那不會改變任何事，我還是為你感到驕傲。」

「謝謝妳，拜恩妮，我會把妳說的話牢記在心裡。」

我們回到家幾天後，英國冬天降下第一場雪。到了早上，哈雷溫南的藍天萬里無雲，外頭白皚皚一片。我迅速穿好衣服，快步下樓，從樓梯下方的櫃子裡翻出長筒雨靴，確定裡面沒有蜘蛛後再穿上。我呼喚阿唐。

「阿唐，快過來看！」

他不用我叫，早就領先一步，臉和手緊貼落地窗，凝視著花園和更遠處的馬場。在大地鋪上的白色厚毯下，所有景物都消失了。

「馬……在哪裡？」

我看向馬場，牠們當然不在那裡。

「阿唐，牠們可能在裡面，外面溫度很低，這種天氣連馬也會覺得冷。」

「冷？」他思考著。「我喜歡冷嗎？」

我想了一下。「你不喜歡熱，你應該會比較喜歡冷，但我們要確保你不被凍壞。」阿唐平常到處亂跑就是……一絲不掛，現在要挑衣服給他穿反而很奇怪。可是我不能害他出現機器人的失溫症狀，再說我還擔心他會生鏽。至少要給他帽子和靴子。

「在這邊等我。」我對他說完這句話，隨即上樓到客房。我捧起床上的被子，走回臥室東翻西找之前用的那一捲大力膠帶。我打開行李時有拿出來，只是忘記扔到哪裡。我最後在放內衣褲的抽屜裡找到，它被一些襪子包住。

我又有個主意，於是回去客房把枕頭也帶著走。我抱著這一堆東西下樓，再到廚房拿兩個塑膠袋。

「好了，來試試看……」我把被子圍在阿唐身上，用大力膠帶纏繞幾圈。

阿唐朝我眨眨眼，身體晃動。

「班……手臂……不能動。」

我暫停手邊的工作，去書桌前找來一把剪刀。我猶豫了片刻才剪破被子和被套，我持續剪下去，剪到阿唐可以把手伸出來為止。「隨便啦，反正我從來就沒有客人來借住。」

我也對枕頭做了類似的剪裁，挖出了夠深夠寬的洞，好讓阿唐把腳放進去。

「阿唐，可以請你抬起腳嗎？」

他聽話照做，表情卻有點擔憂，他不確定我的做法到底好不好。一隻腳一個枕頭，我幫他套上去，之後再拿塑膠袋整個包起來。我完工後，他像是綿羊和金屬香腸捲的混合體。

「難看？」阿唐問。

「還可以啦，小老弟，不要擔心。身體暖和比較重要，有點滑稽沒關係，總比被冷到好，我不要你生病。」

目前還剩下一個問題：他的頭頂空空的。

我走到廚房裡，打開專門放雜七雜八無用小東西的抽屜，挖出一個茶壺保溫罩（也就是給茶壺穿的毛衣），我要把它拿去給阿唐戴。說到茶壺保溫罩，我很確定一件事：爸媽在世的時候，只有我們家還在使用這樣東西。

不過這個是奶奶為爸媽手工編織的，因為家裡有個大茶壺，媽媽抱怨怎樣都找不到適合的保溫罩。我很高興它能再次派上用場。

我把保溫罩稍微撐開，正好套住阿唐的方形腦袋。壺嘴和把手的開口使這頂帽子變得有些怪異，於是我再調整一下，把開口拉到聲音接收孔的位置。這樣就像是我故意設計的帽子了。我站起來看他，他有點好笑，不過我沒說。

「走吧，阿唐，我們去雪地裡玩。」

「為什麼？」

「因為好玩啊。」

「為什麼？」

「去了就會知道，好嗎？相信我。」

我推開窗戶，踏到外面，腳步馬上打滑，我差點跌個四腳朝天。屋內的暖氣散發出去，露臺上的積雪因此不太穩固。「阿唐，小心點，會滑。」

「滑？」

「就是……地面溼滑會滑倒。抓緊我的手，走路要很小心。」我握住他兩隻手，協助他跨到落地窗外。

「為什麼好玩？」

「這個部分不太有趣，但會越來越好玩。」

「什麼時候？」

「很快，好嗎？」

現實沒那麼容易，跟我預想的差很多。我的想像是阿唐推開窗戶，飛躍出去，臉朝下撲到雪中，立即揮動四肢，在地上畫出雪天使。那是有可能的，只是我不會在今天看到。

我們走過露臺，到了草地上。阿唐瞬間感覺到寒意穿透枕頭。

「喔喔……噗呼……」他看著我，一副「我還是不懂哪裡好玩」的表情。

「對，噗呼……當然很冷。」

我決定自己創造樂趣，所以我放開他的手，捏了一顆雪球，瞄準他丟過去。砰的一聲，雪球擊中他的被子，他尖叫起來，手臂胡亂揮舞。

「班，為什麼？」

我哈哈笑著。「因為好玩啊！」

「不好玩！」

「好吧，那這樣呢？」我在他附近堆起一個雪白的方塊。「阿唐，幫我把雪堆起來，像這樣。」

他伸手一碰到雪就馬上縮回去，滿臉疑惑。

「沒關係，阿唐，我知道很冰，但那只是摸起來的感覺，你不會受傷，我保證。」

他半信半疑，卻還是加入了我的堆砌行動。他應該是想一想乾脆遷就我算了。我們把方塊堆到和阿唐一樣高。我轉身在旁邊堆了另一個比較小的雪方塊，並把它疊在大方塊上。

我掃視周遭，找到一些石頭，拿了兩顆塞到小方塊朝向我們的那一面。我接下來在底層方塊的正面畫了個小長方形，在左右側加上兩坨柱狀物，另外兩坨則朝著前方擺在地面上。我站在後面等待。阿唐直挺挺站著一兩秒，回頭看我，接著看回這個機器人造型的雪人身上，又再看我。他拍著手驚呼。

「班……班……班……班……班……是我！我！班……班……！」

「對啊，阿唐——就是你！看吧，我不是說過雪很好玩嗎？」

他燦笑著，戳了幾下雪人版阿唐的臉，開心地雙腳交替蹦跳，身體左右搖晃。

「你喜歡它嗎？」我詢問。

「喜歡，但是……」他在猶豫。「可以現在回去？噗呼……」

我對他微笑。「當然可以啊，阿唐。我們回去看電影吧。」

23 聖誕節

平安夜當天早上，阿唐凶巴巴的訓斥聲從家門口傳到樓上房間。我驚醒過來，一把披上舊睡袍，飛奔下樓，看見阿唐站在門廊上，他正在跟一架像直升機的小飛行器爭奪紙箱。阿唐尖聲叫囂。

「不要！不要！給！放開！放開！放開！不要！放開！給！」

「阿唐，發生什麼事？」我大喊，要壓過他的聲音。

「箱子是給班的，飛行機不給，我想幫班拿，不行。班叫飛行機給箱子！」

「阿唐，沒關係，我訂了小朋友的聖誕禮物，無人機是要送貨給我，它們只能交貨給訂購者。好了，我來拿吧。」阿唐放開抓著箱子的手，無人機便倒退一段距離，在空中平衡機身後，又飛回來到我們面前。它盯著我看，幾秒鐘過後，箱子落到我伸出的手上。機體的正面打開，電子簽名板和觸控筆從中升起。我拿起筆簽收。

無人機瞪著阿唐，它的照明燈眼球鄙夷地骨碌碌轉動。它瞪完阿唐就掉頭飛走了。

隔天一早，我把機器人和要送的聖誕禮物集合在走廊上。我懷著惴惴不安的心情走向車庫，檢查老喜美的車況。我這段期間在網路上訂了食材箱和禮物，直接宅配到府，和阿唐舒舒服服在家度過悠閒時光，反正我一點也不想加入聖誕節前的購物大混戰。可是這也表示我們出國後車子就沒有發動過，兩個多月以來都靜置在車庫裡。

我擠入牆壁和車門之間的空隙，進到駕駛座。我有點害怕即將知道車子還能不能開。結果是不行。我很擔心，要是不能開車就無法出發了。我這才發現自己多麼想去拜恩妮家，我想去看看他們，有好多話要說。

我必須想辦法發動引擎。

我不是什麼汽車達人，但我直覺認為是電瓶沒電了，如果能找到救車線，也許還有救。我回屋裡去找阿唐。

「小老弟，你能幫我把車推到車道上嗎？麻煩你了。你夠強壯嗎？」

「好。」他回答，但好像不太清楚狀況。

「車子發動不了。要把它推到外面，找另外一輛車接電……我為什麼要解釋這些？」

「不知道。」

我打開車庫門，放開手煞車，我們成功把它推到車道上。我走去隔壁找鄰居，是帕克斯先生開的門。他戴著聖誕節的紙皇冠（上午十一點〔註6〕就戴了！），身上穿著紅綠兩色鋸齒狀花紋的毛衣（那只可能是他老婆編織給他應景穿的）。

「啊，帕克斯先生，聖誕快樂。不知道你有沒有救車線？我可以跟你借嗎？」

帕克斯先生望向我身後，看到阿唐在車旁耐心等待，他皺起眉頭。

「車子發不動。」我解釋。我以為應該很明顯，不用怎麼說明，但他還是一臉不解。

「應該是電瓶沒電。我姊姊在等我們。我們回來後，我就沒檢查車子，而且……你知道拜恩妮是什麼樣子。如果我們去不了，她會很火大。」

結果不是電瓶沒電。我、阿唐、帕克斯先生輪流使用帕克斯先生的救車線，這該死的老車就是不發動。我逼不得已，只好打電話給拜恩妮。我們的對話開頭

註6　戴紙做的皇冠是英國聖誕節的傳統習俗之一，通常是在餐桌上吃飯時戴。

跟我預料中的差不多。

「拜恩妮，我是班。」

「聖誕快樂，你在路上了嗎？」

「哦……也祝妳聖誕快樂。我就是打來要跟妳說那個，車子發動不了。」

拜恩妮深吸一口氣，準備咆哮。

「我就知道他媽的會發生這種事！我料到你會找藉口，我很久以前就叫你把那輛車處理掉，你為什麼不……」

「拜恩妮，等一下。」我插話。「我沒說不去，我打給妳是要問有沒有人能過來接我們，麻煩妳了。」

「喔。」

「我們回程可以叫計程車。但是現在有禮物和酒，有人來載我們會比較容易。」

拜恩妮的語氣變了。「好，對，當然可以去接你。對不起，我……」

「沒關係，拜恩妮，如果是在不久前，那時候的我就會找理由不去，但我現在不一樣了，我是真的想過去看你們。」

「你等一下。」她說。我聽到背景中出現戴夫的聲音。

「戴夫去問羅傑可不可以派他的司機去接你們，回程應該也行，你就不用擔心叫不到計程車了。」

「羅傑是誰啊？」

「喔……他是戴夫的朋友。」

「該不會就是愛咪的男友吧？」

拜恩妮稍作停頓後才回答。「是他沒錯。但是請不要拒絕搭他的車。」

「好，不會啦。」我想了一下。「他有司機？聖誕節當天還願意上班？哇，他事業一定做得很大。」

「對，還算可以。不過是機器司機，所以碰到聖誕節不會有問題。」

「妳說那是什麼？」

「機器司機，新推出的仿生人，機器管家也是同一間公司生產的。車子已經為了機器司機改裝過，但他們很快會生產專用車。他們認為機器司機比自駕車安全，羅傑很相信那點。」

「啊，他人真好。看來我們會有新的體驗。」

老實說，我第一眼看到機器司機，我覺得有點毛毛的。他像個華麗版的撞擊測試假人。他把車停到屋外時，駕駛技術相當精準流暢。

「為什麼不能找人類開？」阿唐任性地問。

「因為車子壞了，阿唐。戴夫的朋友好心地派他的司機來載我們。我知道這樣很奇怪，他是仿生人，我也很緊張。雖然我們要搭這輛車，但不要擔心，拜恩妮家很快就會到。如果你表現良好、不吵不鬧，你等一下可以喝點柴油。」

阿唐咧嘴而笑。

「我們上車，班，一起來。」

機器司機從黑色大車走下來幫我們開門，阿唐不等他便逕自衝進後座。這沒有影響到司機的服務態度，他幫我打開前排副駕駛座的車門，從我懷裡接過包裹和酒，接著拿去後車箱整齊堆放好。關上我和阿唐身旁的車門，他回到駕駛座。我們順暢地駛離車道。

拜恩妮和戴夫只住在隔壁村，距離不遠，但我不介意再多坐幾里路，因為這是我坐過最舒服的一段車程。機器司機以最謹慎和尊重的態度對待車子、乘客和其他用路人。這就好像坐在一輛限速行駛的莊嚴靈車裡。連阿唐也不情願地承認，搭機器司機開的車沒想像中那麼糟。

大力士老姊開門迎來，抱住我整個人，禮物都快被壓扁了，酒瓶險些全部掉到地上。

「我的弟弟啊，謝天謝地，你回來了！不准再那樣搞失蹤，好嗎？你對我太狠心了。不要站在那裡，進來，喝點香料酒。喔，禮物，真好。安娜貝兒和喬治很想見你。」

我很懷疑最後那句話，但我跟著她走進客廳。我的外甥女和外甥一看到我就撲到包裝過的禮物上，尋找有他們名字的包裹。我買了某種會播放出音樂的東西……一套的，希望這樣可以，即使他們年紀不同。

「抱歉。」我說：「不知道小孩子喜歡什麼，我對那方面完全沒概念，我保證明年會解決這個問題。」

他們盯著手中的盒子，再看向對方。拜恩妮提醒他們。

「說謝謝。」

「謝謝班舅舅。」他們齊聲嘟囔。

有一個人坐在角落，翹著二郎腿，一隻腳的腳踝擱在另一邊的膝蓋上。我猜那是羅傑。他衣冠楚楚，看起來像是會去打高爾夫球和壁球的商務人士，坐在沙發上和戴夫輕鬆悠閒地聊天。

拜恩妮把一大杯香料酒塞到我手裡。不管是姊姊的熱烈歡迎或酒精飲料，我都心存感激，因為老是惦念著已往的過錯沒有好處，在聖誕節更是不該活在懊悔中。

「愛咪呢？」我問老姊。愛咪依然不見人影。拜恩妮隨意往四周看了看。

「喔，她可能在廁所，馬上過來。」

「這麼早就喝醉啦？」我開玩笑，但是拜恩妮好像不知道是笑話。

「嗯……可能吧。我想說，你的機器人……」

「怎麼了？妳說可以帶他來。」我說。

「對，我知道，那不是我要講的。我只是想問要不要拿酒或什麼東西給它喝……我是指『他』，愛咪說你堅持是『他』。」

我點頭。「謝謝妳想到他，拜恩妮，但不用拿飲料給他。他只喝柴油，我答應他可以喝，我自己有帶一些，可是最好不要讓他現在開始喝，相信我。」

「柴油？」

「一言難盡。」

「你目前沒有一件事可以長話短說吧？」

「我吃晚餐再講，到時候才會有一群不能隨便離席的聽眾。」我笑起來，她也笑了。

愛咪從廁所出來時，拜恩妮就說要去看餐點怎麼樣了。愛咪看到我，害羞地微笑，身體僵硬地抱我一下。

「歡迎回來。」她說。

「謝謝。」

「你看起來不一樣了。」

「不一樣？怎麼說？」

「不知道，就是不同了。」

我們接下來一陣無語，阿唐來回看著我和愛咪，我則盯著愛咪。她先是跟我對望，再看向阿唐，而我也跟著看阿唐。我為了化解這種尷尬的狀況，問她過得好嗎？

「我……很好，謝謝。我收到了我家人傳來的訊息，但我已經習慣了。他們別想毀掉我美好的一天。」

我點頭，轉移話題，我說有禮物要送她。

「我準備了禮物要給妳，我在東京買的……」

愛咪好像在想事情，似乎沒聽到我說的話。「班，你聽我說。」她才開口，羅傑便起身介入。他站起來顯得相當高。他大步走來，長手臂搭在她肩上。

「妳在這裡。妳還好嗎？」

愛咪看我一眼。「我很好，怎麼會不好？今天是聖誕節。我在歡迎班回來。我應該介紹你們認識。」

她介紹我們雙方。我們握手。

「不好意思。」我對羅傑說：「我沒有準備你的禮物。我不知道……」我越說越小聲。

「沒關係，我也沒有準備你的。」他說完，放聲大笑。愛咪勉強擠出幾聲呵呵假笑。

「還有啊，謝謝你派司機來接我們。」

「別客氣啦，大哥。你來了，兩位小姐才會閉嘴。」他再次大笑。

大哥？兩位小姐？就算是為了愛咪，我也不確定自己能夠忍受這個傢伙。

「大哥，跟你說啦，等雪融了，我們兩個好哥們去打高爾夫球怎麼樣？結束後再請你吃頓飯。至少我能做到那點。」

我並不想深入探究他最後那句話是什麼意思，於是我說：「當然好啊，一起去吧。」

「讚啦。」

愛咪鼓起臉頰。她可能一直屏住呼吸。羅傑拍拍我的肩膀。

「我去幫我們幾個拿飲料。」他轉身離開，愛咪以怪異的眼神看我。

「你的表現好成熟。」

「妳好像很驚訝。」

「我……有一點。」

「剛剛跟他講話其實不怎麼自在。」

「你不必真的跟他去打高爾夫球，你知道吧？」

「沒關係，也許我該去。」

我衣袖被扯了一下。阿唐站在我身後，仔細觀察愛咪。接著他眼睛大睜，對她微笑。

「你的機器人還在，我看到了。」愛咪有點煩躁地說：「怎麼會貼了膠帶？你沒有修好他嗎？」

「已經修好了。小老弟，你現在跟全新的一樣，是不是啊？他只是喜歡大力膠帶。」

「對。」阿唐回答。

我和愛咪四目相望良久。

「好吧，我相信你把他留下來有你的理由。」最後是她先說話。

「是啊。」

「班……班……班……班……」

「阿唐，你說，什麼事？」

「愛咪是特別的人。」

我不知道要怎麼回應。我看向愛咪，她面露訝異的神色，臉頰紅了。

「嗯……對，她很特別。但是你記得我們出國時談過的嗎？愛咪現在住這裡，對吧？」我正說著，愛咪隨即搖頭。

「喔，好吧，愛咪之前住這裡，現在住別的地方，和『別人』住在一起吧？」我問道，心中希望她反駁我。

「對。」阿唐堅決要說。「但……愛咪是特別的人。」

「我知道，阿唐，你不用再講了。」我轉過來對愛咪說：「抱歉，我還沒教他說話的藝術。」

晚餐時，我講述與阿唐的異國之旅。每當我說得不準確或遺漏重要的細節，阿唐立刻會插話。雖然他不吃東西，也不太明白聖誕節是做什麼的，拜恩妮還是對他很親切，給他一個座位，讓他跟大家一起坐在餐桌上。

他有自己的聖誕拉炮（註7），他很怕那個東西；他也有自己的紙皇冠，他就很愛，堅決不拿下來，晚上睡覺也要戴著。我講到加州旅館那一段時，在場的大人都笑到東倒西歪。阿唐和小孩子們不懂，但他們還是合群地一起跟著笑。

「那個法國女僕希望你做什麼？」拜恩妮問，邊緊緊捂住胸口，開懷大笑。

註7　玩聖誕拉炮（Christmas crackers）也是英國聖誕節的習俗。拉炮本身是紙筒，裡頭一般會裝紙皇冠、小玩具和聖誕節相關的冷笑話或謎語，外頭則用亮麗的包裝紙包成像大糖果的樣子。在吃聖誕大餐前，兩人一組合力拉開紙筒，會發出聲響。

「我不知道，但絕對是跟WD40除鏽潤滑劑和床底下的電瓶有關。」

「好恐怖啊。」戴夫說：「可是說真的，我們不都經歷過那種約會嗎？」

我們全部人又狂笑，尤其是羅傑，他的笑聲可能傳遍整條街，到郵局都聽得到。

接著我講到阿唐中暑，我差點失去他，當我不得已考慮要把他留在那邊時，又幾乎失去他。我還解釋他是怎麼自己修好圓柱管，一些人因此拍拍他的肩膀，給予讚賞的微笑，點頭稱道。阿唐受到讚美，他開心地拍起夾子手，兩腳上下踢著。

至於我和莉琪的私事，我決定避而不談，不過我有說我們晚餐去她家，阿唐喝柴油、砸南瓜、玩口紅。愛咪沉著一張臉，沒有說話。當我告訴他們我回家時看到那張明信片，在座眾人發出了「啊——」和「喔，好溫馨」的感嘆。我很高興其他人也認同我撮合莉琪和加藤。

我的故事說完了，大家出奇地沉默，最後是愛咪先出聲：「班，你的旅程好精采，你應該在忘記前寫下來。」

「不用。」阿唐說：「班不會忘記。阿唐放在腦袋裡，阿唐記得。」

「好了不起的機器人。」戴夫立刻發表意見。「我能理解你為什麼想留住他。希望我們的仿生人也能像他那樣瞭解事情。」

「是啊。」我往旁邊看一看。「你們的仿生人呢？」

拜恩妮漲紅了臉。「我讓他放一天假，因為今天是聖誕節。」

我簡直不敢相信自己的耳朵。

「班，我不知道你對你姊做了什麼。」戴夫說：「但她和仿生人說話的方式真的變了，你應該去聽聽看。」

「你跟我說要帶阿唐來。」拜恩妮試著澄清。「我就想到我們家的仿生人，我覺得對他很不好意思，就這樣。」這應該是我第一次看到老姊露出尷尬的表情。

「我不懂。」羅傑打岔。「我根本沒想到要給我的司機在聖誕節放假，我沒聽過有這種事。還好我沒那樣做，不然班和他的小朋友就沒辦法來聚餐了。」

羅傑是說得沒錯啦，可是他句點了我們愉快的暢談。拜恩妮以非常拜恩妮的方式解決冷場的問題。

「有人要再多喝點酒嗎？」

晚餐過後，我幫拜恩妮清理桌面，把餐具放入洗碗機。

她不時往客廳瞄一下，確定大家都開心。她微笑著招手要我過來。我們看到阿唐坐在沙發上跟愛咪在對談，她找到了我在東京買給她的禮物，阿唐在幫忙她拆。

雖然我說「幫忙」，但他比較像是在逗她笑，開箱過程中沒有幫上多少忙。膠帶和包裝紙黏了他全身到處都是，他一隻夾子手甩啊甩，想弄掉黏在手上的東西。愛咪顯然覺得很好笑。接下來，我們看到羅傑走過去，愛咪馬上收起笑聲，好像她的幽默感有個開關，就這麼突然被切掉了。我看夠了，走回廚房。

「羅傑真討人喜歡。」我說。

拜恩妮過一下子後才回應。

「抱歉，他吃晚餐時講那段話。他平常不是那樣——至少沒那麼糟啦。也許他自己也不知道在你旁邊會那麼不自在。」

「我不懂，他贏了不是嗎？愛咪跟他在一起，我知道原因。我也沒找他碴，又不是說愛咪會跟我復合，對吧？」

拜恩妮關上洗碗機，走向客廳。

「我們去看一下吧，希望我兩個野孩子沒有虐待你的機器人。」她說。

實際上，安娜貝兒和喬治不僅沒有虐待阿唐，他們還跟他輪流雙打，用分割畫面一起玩射擊遊戲。儘管我說是「輪流」，不過每次換人玩就像是在開庭辯論，不是換人拿手把那麼簡單。媽媽是拜恩妮，舅媽是愛咪，他們會這樣也不意外。

兩個小孩正在爭執，阿唐的眼中滿是疑惑，但我認為他同時也覺得慶幸，好險沒他的事，不是在跟他吵。他們爭論不休，像是在阿唐面前要炫耀自己比較強。應該沒有人料到會有這種狀況發生。

他們吵到後來，拜恩妮過去介入，把他們兩個分開，建議挑別的遊戲玩，要大家都能玩的，於是安娜貝兒選了一款跳舞遊戲。喬治抱怨聲連連，大人們興趣缺缺，阿唐卻樂在其中。

「班買遊戲？」

「要先有主機和周邊配件才行。」

「可不可以買？」

我低頭看著他，只見阿唐仰頭對我眨著大眼睛，努力表現出他最可愛的一面。

「我會考慮看看。」

小朋友們已經上床睡覺，拜恩妮又打開另一瓶香檳，舉杯敬酒。她特別挑選了一個香檳杯給愛咪。

「我想藉這個機會敬愛咪……」她開始講，愛咪卻打斷她說話。

「敬班，敬他平安回家，完成這趟偉大的驚奇之旅。」她瞪著拜恩妮。老姊平常的氣勢被壓下去，一聲不吭。不知道她們之間怎麼了，但現在時機不對，等之後再問吧。

愛咪敬我讓我受寵若驚，一波波略微誇大的恭維隨之而來，我趁機享受被讚美的感覺。我往後靠在爸爸的舊扶手椅上（這是拜恩妮繼承的，她把它放在家裡客廳的角落），我看著家人——還有羅傑。

整體來說，今年的聖誕節可能是多年來最好玩的一次，雖然我不明白為什麼。我將這種情緒沉澱在胸口。就在我手中的香檳喝到快見底時，我掃視客廳，看阿唐在哪裡。

我發現他全身癱軟在角落裡，旁邊是拜恩妮，他們兩個都搖頭晃腦地咯咯傻笑。

看來她找到了一些柴油給他喝。

我想去阻止他繼續喝，最後卻決定不採取行動。我轉而去找愛咪，感謝她跟我敬酒。

「不……不用客氣。我希望你多享受這榮耀的時刻，你該被好好稱讚一番——旅行路線那麼複雜，規劃起來一定是場惡夢。」她說。

我聳聳肩。「有時候是那樣沒錯。不過，我很高興自己做到了。」我想了一下，從口袋裡掏出那枚跟著我萬里長征的香檳軟木塞，把它交給她。

「這是什麼？」她問，臉上的神情卻顯示她心知肚明。

「我出國一路上帶著它。不小心帶出去的，本來是放在一條短褲裡。」我立刻察覺後面那段說明不應該講，於是趕緊挽救。「但如果我在出發前就發現了，我還是會帶著走。」

我搖著頭，告訴她我發現軟木塞的時候是在波林哲家裡，我看到了就馬上打電話給她。不過我沒有說她正是在那時候告訴我羅傑的事，我覺得最好不要提。

「妳應該要收下，因為……雖然我們不在一起了，我希望妳看到這個會想起我。」

愛咪親吻我的臉頰，好像快哭出來了。

「班，我不需要這個也會記得你。但還是謝謝你的心意。」

24 前車之鑑

聖誕節和元旦之間的一天早晨，我發現阿唐睡在客房床上。他的身體斜跨床鋪，頭部以奇怪的角度歪著，這個姿勢看起來就非常不舒服。等他睡醒下樓後，我跟他宣布今天的行程。

「阿唐，我們今天要出門，一場小旅行。」

「哪裡？」他疑惑地問。

「去買家具給你。」

「為什麼？」

「因為你要和我住，那就應該有自己的房間，放你的東西。」

「我的東西？」

「對。」

「我沒有『東西』。只有班在東靜……景……京買的襪子。」

「我知道，是時候做出改變了。你是獨立的個體，所以你應該擁有自己的東西。」

老喜美在聖誕節那天罷工，之後我就把它留在車庫裡沾灰塵。我嘗試要把阿唐推上車，可是車子和牆壁中間太窄，他擠不進去，所以我得先把喜美開到外面。

「來吧，討厭鬼，快給我發動。」我懇求。

我和愛咪還在一起的時候，我們出去總是開她的車。她相當堅持，只聲稱因為她的車都停在車道上，所以比較方便，但我心裡明白她那輛車是時髦昂貴的奧迪，比開喜美有面子。更何況她從來不讓我坐上奧迪的駕駛座。

相較於一般人，我敢說自己的開車技術不錯，但就算這樣，愛咪仍然不通融。她就是不信任我開她的車，也可能是她喜歡在某些情況下持有控制權，或是這兩個原因同時都有。

不管了，我從裡面打開車庫門，準備使出各種威脅利誘的手段，也要把喜美逼到門外。我叫阿唐跟在後面出來，他成功達成任務，沒有發生任何小插曲。奇蹟發生了，車子緩速前行，終於出了車庫。

整輛車吱嘎聲大作，我一轉動方向盤，它便會發牢騷，但至少可以上路了。也許它不喜歡聖誕節的積雪。

「我可能要買新車了。」我對自己如此說，儘管我非常喜歡這輛老爺車。我記得爸媽買下來的時候它是什麼樣子，那距離現在好像也沒多久，它當時是全新的車子，是「最先進」的小型房車。

好吧，也許這不是最先進的車款，但肯定符合爸媽的需求。他們跟我和拜恩妮說，他們退休了，生活要精簡化，房子和汽車要二選一。最後他們只選擇換成小車，我們兩人都鬆了一口氣。

「你們有必要精簡化嗎？」我問爸媽。他們看向我，像在看一個笨蛋，可是我認為自己明明問得合情合理。

「當然有啊。」媽媽說。

「為什麼？」

「就是……因為我們退休了，那是退休該做的，班。」

「對，但如果你們不需要……」

「好了，不要質疑你媽媽說的話。」爸爸加入戰局。「等你到了我們這個年紀，你就會明白了。」

只要是碰到他們不想解釋的事情，他們就祭出殺手鐧——「等你到了我們這個年紀，你就會明白了」——這招很有效，屢試不爽。那句口頭禪通常被我和拜恩妮當作生活中的娛樂來源。

我下車去關車庫門，阿唐隨即爬進車裡。我回來時發現他在跟安全帶搏鬥，那時坐道奇戰馬就沒有這個問題，可是現在改搭本田喜美，他完全沒轍。我協助他繫好安全帶，他忿忿皺眉。

「我知道，阿唐，我知道。我該換車了……換成一輛適合你坐的車。」

「太小。」

「對，我知道。可是這裡的內部空間不會比道奇小，有嗎？」

我倒車離開車道，他思考了幾秒鐘，得出結論：對，這輛比較小。

我看他一眼，聞到謊言的味道，可是我沒吭氣。無論如何，我還是得把老喜美換掉。我聽朋友說過，當舊車開始害你噴錢時，你就該添購一輛新車了。但我以前不懂——養車不都會噴錢嗎？

隨著我們遲緩向前行進，我漸漸明白朋友的意思：光有帕克斯先生的救車線是不夠的。

「阿唐，這樣好了，我們明天去買新車。」

「為什麼不是今天？」

「我們今天要去幫你買床，可能要自行組裝，所以時間會不夠。」

「組裝？」

「我們去店裡是要買拆開來的家具，這樣才可以放進車裡，但回家必須把各個部分拼起來，我們會使用螺絲起子之類的工具。」

「螺絲……」

我打斷他。「等我們買回家，你就會知道我的意思。」

他短時間內沒有發出半點聲響，我看得出來他在醞釀一場辯論風暴。

「班……」

「阿唐，你說。」

「拆開來的家具能不能進車子？」

「你是問那些東西『放得進』車子裡嗎？」

「對。」

「當然可以……大概吧。我認為沒問題。」

「班不確定？阿唐知道。今天買新車比較好，改天買家具，放得進。」

阿唐總能找到我計畫中的缺陷，但如果執意不改變行程，今天買家具，明天買車，我唯一的理由是我想這麼做，所以我決定退一步，接受阿唐的意見。我不想在他面前展現固執己見的人格特質，他不用我教已經夠頑固了。

於是我們掉頭回家，進屋子裡翻找買車需要的文件。隔沒多久，屋子裡找不到，我又回到車上，竟然在副駕駛座前方的置物箱裡找到，根本一直擺在車裡。

我們再次開車出發，這次是開往工業園區，那裡有一些汽車展售中心。

阿唐當然想試坐展示廳中的每輛車，可是經銷商大多不歡迎像阿唐這樣的機器人，所以我們最後輾轉來到一間沒有人會側目的展售中心。我們篩選過後，剩下喜歡的一輛，阿唐試坐車內每個座椅，並要求服務人員測試音響，尤其是音量，我是覺得沒必要放那麼大聲啦。

不過，在這輛車的各種功能裡，阿唐最喜歡的是自動杯架，只要輕碰一下按鈕，杯架即會自動冒出來或是折疊收下去。我不清楚他為什麼這麼喜歡，但不論是什麼原因，我忙著簽寫相關文件時，他等我的這段時間都在開心地玩那個杯架。

新車要送來的前一晚，阿唐發現我在車庫裡。我坐在老喜美車內，兩眼直視前方。身旁的車窗被輕輕敲響。

「班好不好？」

我搖下車窗，擠出一抹微笑。我點點頭。

「只是有點難過而已。」

「為什麼？」

「因為這輛車是我爸媽的，把車換掉感覺好像要拋棄他們。」

他環顧車庫，一頭霧水。「班的爸媽不在這裡？」

「對，那正是問題所在。他們過世了，你不記得我說過嗎？」

阿唐眉頭緊皺，我的確很有可能沒告訴過他。「我們是不是沒談過？」

「對。」他接著說：「班……『過世』是什麼？」

「意思是死亡，例如我在島上以為波林哲死了。」

阿唐點頭。「可是班為什麼難過？」

「因為他們已經離開，不會再回來，我永遠見不到他們。」

「像班要離開島嶼，阿唐留下？」

「不、不，不是那樣。他們是離開這個世界，他們的身體已經停止運作。」

「修不好？」

「沒錯。」

阿唐低頭看著自己的腳。「班的爸媽不能被修好？」

「對。」

「為什麼？」

「他們當時在開小飛機，一隻鳥飛進螺旋槳，他們從空中墜落。這很難解釋，不過人類受到重傷，有可能嚴重到完全救不了。雖然醫生有時候能救人，但如果頭部遭受致命傷，或失血過多，或有其他糟糕的傷勢，人體會沒辦法自我修復。我爸媽的狀況就屬於這一類。」

爸媽意外事故的原委和說明沒有引起阿唐的興趣。他睜大了眼睛，因為聽到人體會自行康復。「人體會自己修好？」

「是啊，經常。舉例來說，如果我的手指被割傷，身體會自行修補傷口，這叫做癒合。」

「班的爸媽不能癒合？」

「癒合不了。」我的喉嚨緊縮，眼淚快要掉出來了。「我真的很氣爸媽那種行為——老是跑去做蠢事、危險的事。在我們出生前，他們會去攀岩和從事其他類似的活動，我們曾經看過照片，可是他們有了小孩後就安分下來。我一直以為他們只是……我不知道，年紀大了，不再尋求那種刺激，但當他們一退休，似乎想起錯過了什麼，結果又重拾以前的嗜好。他們好像不在乎如果出事了，我和拜恩妮會受到什麼打擊。然後他們死了，我很生氣，因為我沒有機會向他們證明我可以當個有用的人。我當時在獸醫學校狀況不好，沒有女朋友，對什麼都沒興趣。我不敢冒險。他們走了之後，我還是個毫無成就的老二。到現在……來不及了，我在他們心目中的樣子不會改變，他們永遠不會以我為榮，像對拜恩妮那樣。而且我也沒辦法親口告訴他們：我真的好想念你們……」

過了一下子，我感覺到阿唐冰涼的夾子手放在我頭上。

「對不起，阿唐，我又像小狗尿尿了，我知道。」一滴淚從我鼻側滑落。

「不對。」他說：「班沒有尿尿，班在癒合。」

隔天，阿唐整個早上都在等新車送來。他站在客廳裡，臉貼著窗戶，不時叫我幾聲。

「班——什麼時候？」

「我不知道，小老弟，今天上午吧，他們沒說幾點。」

「車子到這裡，我們可以出去？」

「可以啊，我們去試開，順便幫你買家具。」

「兩件事給阿唐享受！」

「是啊，希望你喜歡囉。」他對高檔汽車和電影已經有濃厚的興趣，現在又加上了購物。

車子來了，阿唐急著跑出大門，在匆忙中跌了一跤。他在車道上突然停下腳步，憂心地回頭看著我。

「阿唐，怎麼了？」

「班今天好不好？」

我微笑。「我沒事，阿唐，謝謝你，我今天很好。」

他皺眉。

「真的啦，阿唐，我很好。快去吧，去看新車。」

阿唐衝過送貨司機面前，跳上車子。那位司機滿臉疑問，當機器人把頭貼在引擎蓋上，現場問號更是滿天飛。

「很可怕，不要問。」我說。

我簽收新車，讓司機先生把生鏽的老車帶走，這好像也象徵我在揮別過去。我看著他把老喜美開上卡車後面，那原來是放新車的地方。

送走老喜美，我不免傷感起來，但是我回過頭看到阿唐正試著拉門把，想進到新車裡，我任何一絲憂鬱便消失無蹤。他是我當下的人生，或說是新生活的開始，我必須為新事物騰出空間。

爸媽走了，愛咪離開了，我不該再假裝自己是鐵打的，他們的確在我身上留下缺憾的坑洞。不僅如此，我該活出自己，用人生填補這個大洞，而且要是充實的人生，不能又繭居在家混日子，忽視外面的世界和老婆……很快不能再說是老婆，等離婚正式生效就是前妻。我真的受夠以前那種生活了。

我悠閒地漫步到車前，聽到喀噠一聲，車子感應到了我的晶片鑰匙，車門開啟。阿唐好像忘記什麼是遙控裝置，他覺得這是神奇的魔法。他看著我，嘴巴張得好大。

「車子是活的！班……班……班——車子是活的!!」

「我相信你說的，阿唐，但你知道那是感應式鑰匙吧？來吧，要去兜風嗎？」

他毫不費力就坐進副駕駛座，跟在展售中心試坐時一樣順暢。他輕鬆關上門，聽到安全帶「咻」一聲滑過他的身體，他兩腳上下擺盪。

「開心嗎？」我問他。

「開心。」

「很好，我也是。」

向上通往家具展示間的電扶梯是阿唐新的遊樂場。他以前搭過電扶梯，可是不像賣場裡的這種——整條是平的，方便大型手推車在樓層間移動，且坡度平緩。這把阿唐弄糊塗了，他沒有調整姿勢，意思是隨著電扶梯上升，他的身體沒有與踏板垂直，反而呈現向後仰的狀態。

「阿唐，身體往前靠，你才會站直。」

「好。」他說，但依然沒有改變站姿。

我跨出電扶梯，才在看要先從哪裡開始逛，就發覺阿唐不見了。我快速回頭一瞥，發現他離開上樓的電扶梯後，直接跑去搭下樓的那一條，拋下我自己在這裡。電扶梯往前移動，他現在面朝踏板，整個身體直挺挺往前傾斜，雙臂張開，兩隻夾子手各放在一邊扶手上。

「阿唐，你在做什麼？」我呼喊。他明明有聽到，卻故意不理會。「回來！」

他轉過頭看我，接著原地轉身，開始逆向往回走。他走了幾步，還是沒前進，他氣得跺腳，怒目瞪過來，好像覺得是我的錯。

「那條坐到底，從另一邊再上來。」我邊喊邊比手畫腳，自認為這樣會有幫助。他轉過去背對我，搭完向下的這段，照我說的再去搭反方向的那條。

他在搭電扶梯上來時，我轉身環顧面前的展示間，這裡到處陳列了形形色色的沙發。我忽然察覺到阿唐還沒出現，未免也太慢了。原來他趁我不注意，又跑去搭下樓的電扶梯。他這次背對著前進方向站立，往回看著我，嘴巴張得好開，笑容燦爛。

「阿唐，別這樣好嗎？我叫你回來了！」

但是阿唐一定覺得這個遊戲實在太好玩，他上樓、下樓、再上來，又跑了整整三趟，我最後才成功抓住他的手，把他拉開電扶梯。「阿唐，過來，不要玩了。我們有正事要辦。」

他看著我，然後緊皺眉頭，開始摳大力膠帶。

我把任性的機器人拖走，遠離樂趣多多的電扶梯，這時我想到自己沒有列購物清單，我沒有寫下阿唐要什麼，更準確來說，應該是他「需要」什麼。這種空手來逛的行為非常危險，因為大賣場有種魔力，會使意志力最堅強的人屈服於購物的慾望，就算有列清單，也可能會下手購買不需要或新奇的物品，回去後才發現家裡沒地方放，甚至不確定那些東西的用途。

無論如何，我確定阿唐需要一張床，所以撇開其他不談，我們起碼要帶一張床回家。

我們在展示間裡跟著一連串的箭頭走，阿唐比在東京時更加震驚。他非要每隔幾公尺就停下來探索，坐沙發、爬到凳子上，他還想躲進衣櫃裡。

「班，看！女巫壁櫥！」

「這叫衣櫃，阿唐。衣櫃是用來放衣服，不是用來躲在裡面。」

「但是有保護，不怕女巫。」

「你不需要被保護，小老弟。這裡沒有女巫。」希望到了明年萬聖節，他已經把汽車旅館那件事全部忘光光。

「阿唐必須躲女巫！必須有衣——櫃。」

「你又不穿衣服，阿唐。我們有更重要的東西要買。」

他越講嗓門越大。「必須有衣——櫃……必須有衣——櫃……必須有……」

「好啦！該死的衣櫥，買就買。不准再吵了。」

「耶！」

「耶？你什麼時候會說『耶』了？」

「拜甥妮貝兒說的。」

「誰？」

「拜甥妮貝兒，聖誕節，一起玩。」

「我的外甥女？」

「對。」

「她叫安娜貝兒，阿唐。拜恩妮是她媽媽，我的姊姊。」

「拜甥妮貝兒。」

「不對，她叫安娜貝兒。」

「班姊姊拜妮，外甥女，拜甥妮貝兒。」

「不是啦，她……啊，算了。我們去看床吧。」

「耶！」

我們在賣場裡到處逛，購物車裡已經堆成一座小山，全部是我本來沒打算要買的東西：盤子、黑板、旋轉椅、鍋鏟和幾個靠墊。一些是我拿的，但機器人每次從我身邊跑掉，回來時都會帶著小燈泡或整包電池。

真不知道他是從哪裡學會瘋狂血拚。我已經不確定這些能不能塞進新車的後車箱，更何況我們組裝式家具都還沒拿。

到了床鋪展示區，我四處看，要找阿唐在哪裡，他八成是去選購薄毯或是布製的床底收納箱。我在找他的時候，我看到賣場裡有不同的家庭。一位小弟弟在吵鬧，因為他爸爸不准他玩蔬菜脫水器，而另一位家長在和號啕大哭的小小孩搶奪燭臺。這和照顧阿唐差不多。或許有一天我可以當稱職的爸爸，不過現在還不行。

恢復成單身就是有這個優勢——我現在有時間了，可以繼續成長，讓心智愈趨成熟，不用擔心我這個半吊子的大人會傷害到嬰兒。

阿唐笑嘻嘻地走回來，拿著一條可彎曲的棕色長筒狀物體。

「阿唐，你手裡拿了什麼？」

他把它舉到面前，臉上寫滿驕傲。

「凱爾！」

他找到了一個臘腸狗造型的擋風娃娃（註8）。

「還有，我找到床！來，班，來看床。」

他把我拖去看一張沙發床。他躺下去，四肢攤開成大字型。

「這張床。」他宣布。

註8　擋風娃娃（draught excluder），或稱擋風條，置於地上，其主要功能為阻擋冷空氣流入門縫，並減緩屋內溫度流失。外觀類似小型長條靠墊，也會做成造型布偶，跟一般門擋和氣密條有所不同。

「難得我們意見一致。這張床很好，也不高，你可以輕鬆躺上去。做得好，阿唐，你長大了，非常成熟的選擇。」

「對。」他說：「我長大，班也長大，班和阿唐都長大。」

我露出微笑。「你說得對，阿唐。我們一起長大。」過了片刻。「這張床舒服嗎？」

「舒……？」

「舒服。」我思考別種解釋方式。「這張床大小剛好，躺起來不會太硬，也不會太軟，對嗎？」

「對。」

「那就是『舒服』了。如果不舒服，你會覺得有什麼不太對勁。」

「像是愛咪不一起住和班。」

我的嘴角掠過一絲苦笑。「你要說：不和班一起住。但事情沒表面上那麼簡單，你以後會明白我的意思。」

我現在很難說服阿唐離開沙發床。

「好吧，那我不管你，自己走囉。」

我的威脅嚇壞了他，他立刻哐噹跟過來，緊抓住我一條腿。

「不可以！班！不要離開阿唐。不、不、不、不、不！」他大叫。

旁人開始盯著我看，於是我鬆開他緊抱住腿的手，彎腰跟他說話。

「阿唐，沒事啦，我沒有要把你永遠留在賣場，我的意思是我先去付錢，你可以在這裡等。」

「班想把阿唐留在島上，班把阿唐留在賣場裡。」

「喔，不是的，你聽好，我並不想把你留在島上，我只是當時認為那樣做是對的。我不會再想說要離開你。」

「班保證？」

「對，我保證，一言為定。現在就只有你和我，阿唐。你知道的啊。」我抱住他的金屬小身體，他回抱我。

「請班去買床……好不好？」

「真煩，六角扳手跑去哪了？」我坐在阿唐房間裡，被組裝式家具包圍，口中喃喃抱怨，沒有特別在問任何人。

「六──角？」

「那是一種螺絲起……嗯，那是……我不知道怎麼講。就是用來組裝這些的工具。」

「班為什麼生氣？」

「我沒有生氣，只是很沮喪。我不懂組裝家具為什麼要搞得這麼複雜。這是什麼鬼畫符的天書？你看這張圖片——他是在做什麼？甚至沒辦法跟實體對照。」

「班為什麼看不懂？」

「因為我不太擅長做這種事，好嗎？」

「班可以學？」

「是啊，謝謝你，阿唐。我在學習沒錯。我在努力學要怎麼照顧你，但是我需要一點時間，可以嗎？」

「如果班學完，愛咪會不會回來？」

我一時沉默，阿唐還會眷戀愛咪，我相當詫異。畢竟她先前叫我把他扔到垃圾堆裡。

「不會，阿唐，我不認為她會回來。我跟你說過——已經太遲了。這樣吧，你幫我一個忙，去看電視，這邊我來就可以了。我一個人處理比較好。」

「好。」他說道，雖然他看起來很失望。

「我保證一完成就去找你。」

已是傍晚時分。

「班……班……班……班……班……」

「什麼？」我對著樓下回應。

「班準備好沒？」

「還沒有，阿唐。好了就會叫你。不要催我。」

我聽到他哐噹走回客廳。在我完成任務前，我們又進行了三次相同的對話，阿唐已經等到不耐煩了。然而，當他看到新臥房，他完全忘記等待的時間有多無聊。我決定給他用更大間的客房，他之前擠進的那間太小。我把床和衣櫃組裝好，鋪上被子，放置枕頭。那些寢具是跟家具一起買回來的，而綠色的床罩組是阿唐親自挑選（我從來不理解他為什麼這麼熱愛綠色）。

我還買了床頭櫃、桌鐘和裱框的世界地圖，接著把桌鐘放在床頭櫃上，地圖掛在牆壁上。這樣還沒結束，我甚至在地圖上加工，畫出他從帛琉到哈雷溫南的路線。他抱住我的腳，瞪大眼睛盯著周圍每件物品。冬日殘陽打亮了他的新房間。

「這些都是我的東西？」

「是啊，阿唐，都是給你的。」

「謝謝——你！」

「不客氣，阿唐。你喜歡這個房間嗎？」

「喜歡。我可不可以坐在床上？」

「當然可以，小老弟。你想做什麼都行。」

25 炒蛋、扯淡、未爆彈

「班……班……班……班……班……班……」

「阿唐，什麼事？我在廁所。」

新年除夕早上，阿唐在下面樓梯口呼喚我，而我正站在馬桶前，還沒完全醒過來。

「班……班……班……」

「什麼事？」我喊回去。

「早餐。」

「是什麼？」

「我。」

「你是早餐？」

「不對，我是……我有……」他試著回想正確的字詞，我聽到他在氣憤跺腳。

「你準備了早餐，是不是？」

「對，創造，我創造早餐。」

我微笑，洗手洗臉，往樓下走。阿唐眨著睜大的眼睛，在樓梯口端著托盤要給我。托盤裡放了個小盤子，小盤子中一堆半生不熟的蛋像果凍般在晃動。說是「一堆」不夠精準，那根本是「一坨」黏答答的糊狀物，而且已經從小盤子裡溢出來，流得整個托盤都是。我從機器人手中接過托盤。

「謝謝你，阿唐，你很……貼心。」

他眉飛色舞地燦笑。

「你怎麼做的？」

他以動作說明，攪動頭上的空氣。「我手舉高。」

「你把手舉高到爐子上去炒蛋？」

「對，看不太到，只好猜。」

「看得出來。」我的目光從托盤向下移動到機器人身上。「你為什麼幫我做早餐？」

「阿唐有用，像仿生人一樣。我表現。」

我的心融化了。爐子對他來說太高，他站在前面看不到上頭的食物。我想起東京那家店裡的仿生人，以及幾個月前和愛咪的爭執。她對阿唐進廚房烹飪的看法沒說錯，可是沒有仿生人會做到這種地步來證明自己的價值。

「阿唐小老弟，你很有用，你不需要跟我或其他人證明任何事，你已經很棒了。但如果你以後想再下廚，也許要找個箱子給你墊高……那樣會比較容易。」

他再次燦笑。

阿唐看著我吃早餐……每口都盯著。他看著我的手從盤子移動到面前，我每吞下一口，他就開心地咧嘴笑。阿唐主動涉足新事物，成了把手舉高的炒蛋「高手」。

他是我的驕傲。

當天晚上，我發揮優秀的童子軍技能在客廳生火，準備拿著一杯暖身用的蘇格蘭威士忌，和阿唐相伴，坐著迎接新年的到來。可是過了幾分鐘，火焰使阿唐的金屬身體溫度過高，所以他起身，坐到餐桌前。

我有兩個選擇，要麼獨自坐在火邊搞孤僻，不然就跟他一起坐。我選後者，我們可以玩遊戲。也許這不是最酷炫的跨年方式，但我決心要製造樂趣。

我挑了《東拼西湊》（Scramble）要教他玩。這款拼字桌遊默默無聞，卻是鼎鼎大名《Scrabble》的山寨版。幾年前的聖誕節，某位年事已高的糊塗阿姨把它拿來送給我媽。那是份地雷禮物，我們沒有人感興趣，除了收到禮物當天有禮貌性稍微試玩外，媽媽把它送進專門櫥櫃存放，那裡是所有家庭桌遊的墳墓。我們從此之後就沒有再碰過那款遊戲。

不過阿唐在這裡，我覺得那可能還有遊玩的價值——教他如何正確說話。

「《東拼西錯》？」阿唐不肯定地問，而我一邊在設置遊戲。「什麼是……」

「這是桌遊，阿唐，一種棋盤（board）遊戲。」

「無聊（bored）？」他皺著眉頭問：「要不要做別的事？」

「不對，阿唐，不是『無聊』，是b、o、a、r、d『棋盤』。兩個不一樣。這是款拼字遊戲。」

「喔。東拼西錯是什麼？」

「這是桌遊，阿唐，我剛剛說了啊。」

「不對，問字……東拼西錯的意思。」

「喔，意思是……它其實有很多不同的涵義（註9），可是在這裡是指把東西組合在一起。你看，我們挑選字母，用它們拼出字詞，像這樣。」我做示範。「看到沒，我拼出了『門』。」

「門？」他指著花園的方向。

註9　遊戲名稱《scramble》，也有「炒蛋」的意思。

「對，沒錯，就像那個門。」

「壞掉。」

「不要來那套，你說話好像愛咪。」

「壞掉……」

「對，好啦，我會去修。現在換你拼。至少兩個字母，而且要和我的字連接起來。」

阿唐看著我拼的字，再看看他的字母。他好像很迅速就理解這遊戲在做什麼，但他不懂英文拼寫的細部規則。

「ＳＱＡＴＣＨ。」

「這樣拼不行，阿唐。」

「為什麼？」

「因為『Ｑ』後面必須有一個『Ｕ』。」

「為什麼？」

「因為是規定，英文就是這樣。」

「阿唐字，阿唐式英文。」

我發出一聲悶笑。我無法否認他的完美邏輯。「好吧，那這個字是什麼意思？」

「不知道。」

「如果這個字沒有意思，就不能算。」

「為什麼？」

「怎麼問『為什麼』？因為這是遊戲規則……那就是這個遊戲的意義啊。」

「阿唐不懂。」

「阿唐，你應該要說『我不懂』，記得嗎？」

「阿唐我不懂。」

就在這個時候，我們的對話被門鈴聲打斷。

「不要亂跑，阿唐，我回來再繼續討論。等一下！我馬上過去。」

愛咪站在門外，一身白雪，儘管包了好幾層羊毛衣，她仍然看起來像在受凍。她吐氣時呼出陣陣白霧，臉龐在氤氳中忽隱忽現。

「愛咪。」我的話很多餘。「嗨。」

「嗨，班。」

「嗨。」

「我能進去嗎？」

「可以，當然可以，抱歉。」我站到一旁，請她進來。室內的熱氣沖刷到她身上，散出家門口。

「那是誰的車？」愛咪問。她在我臉頰上親了一下，踏入屋中。

「我的。」

「哈哈，很好笑。說真的啦，你的車是喜美，那輛到底是誰的？」

「我說了，那是我的車。我回收舊車，拿去部分折抵，買了新車。」

她一時語塞。

「哇，你真的改變好多。你怎麼會想要一輛ＢＭＷ？」

「我為什麼不能有ＢＭＷ？」那說出口有點火爆，我其實沒有那個意思，所以我開始講出記憶中這輛車的特點，要使她刮目相看。「它有多功能中控儀表板、運動型強化底盤、輔助駕駛的便利……功能。跟一般車相比，它在城市裡可多跑一〇八公里。」我瞥一眼阿唐，他已經跟到走廊上，站在我身後，正抱著我的腿，像聖誕節那天一樣凝視愛咪。他往上看，搖了搖頭。

「真不錯，你瞭解自己說的話嗎？」愛咪問。

我不安地變換站姿。「我當然瞭解。」我回答，下一秒又馬上屈服於她電鑽般的銳利瞪視。「不是完全瞭解，但是這輛車很舒服。重要的是，它後車箱很大。」

「給機器人用？」愛咪不確定地問。

「主要是用來放組裝式家具。阿唐坐副駕駛座。」

愛咪笑起來。「當然。」

「上面可以脫掉。」阿唐補充。

「什麼？」

「車頂。」我說明：「那可以降下來。」

「你買了敞篷車？如果我沒親眼看到，我可能還不會相信。」

「沒錯，就是敞篷車，妳答對了。」

「為什麼要買敞篷車？」

「為什麼不買？」

「你住伯克郡，又不是住在法國蔚藍海岸。」

「也許我會帶它去托斯卡尼或其他地方。」

她不太相信。

「事實是，舊車問題很多，再開下去會噴錢。所以我買了新車，就這樣。」

「很合理。」愛咪說。

我提議說要幫她掛大衣。她脫下外層一件件都是雪的衣物，阿唐立刻伸出夾子手，取走愛咪的外套、帽子、手套和圍巾，並且目不轉睛地盯著她看。他轉身，將這些都披到最靠近的暖氣葉片上。

「幫愛咪弄乾，沒有雪。」他告訴我們。

愛咪先是看向我，再對阿唐說話。

「你真是太體貼了。」

「必須照顧愛咪。」他說完，抓住她的衣袖，想護送她到客廳。他們兩個對看許久。結果出乎我的意料，她同意了，阿唐領著她走。

「愛咪，妳要喝一杯嗎？」我在他們身後喊。我走向廚房，再問道：「紅酒或白酒？」

「我可以喝茶嗎？麻煩你。」

「哇，妳也變了，妳竟然會拒絕紅酒。」

「是啊，我……還得開車。」

我幫愛咪泡好一杯茶要拿給她。她坐在沙發上，我剛好看到阿唐把小板凳推到她腳下。她微笑著感謝他。接下來，他跑掉了，回來時帶著一條毛毯。他把毯子蓋在她身上後，爬到她身旁的位子。

「阿唐，你要一起蓋毯子嗎？」愛咪問。

「不用，愛咪一定要溫暖。」

「阿唐，沒關係，小老弟，她現在應該夠暖和了。」

阿唐直瞪著我，害我覺得自己像個傻瓜。

「現在照顧愛咪。」

我中間安靜一下子，正嘗試推敲阿唐和愛咪之間是怎麼了。我清了清喉嚨。

「那麼，愛咪，我沒有惡意，可是妳為什麼要過來？也不是說見到妳是什麼壞事，我見到妳很高興。」愛咪看著她的茶，像是在忖度怎麼回答最得體。

「我……我想在聖誕節那天跟你談，但找不到恰當的時機。」

接著是一陣尷尬的沉默，阿唐決定帶頭說話。

「愛咪一定要有食物。我去創造炒蛋？」

「阿唐，你真貼心，可是我不確定愛咪現在餓了沒……」

「我很餓，我最近一直感覺吃不飽。」

「既然這樣，我可以請妳吃晚餐嗎？」

阿唐得意洋洋地對我笑。

「他真的會煮飯嗎？」愛咪問。

我想回答：「假的。」但是阿唐的大眼睛使我無法直接講白，「他還在學。」

阿唐立即接著說：「對，班和阿唐一起學習，我幫忙。」

愛咪露出讚賞的神情。她面向阿唐。「我不太想吃蛋，阿唐，但如果你能做三明治給我，那就太棒了。」

我正要說話，阿唐搶在前面。

「我三明治給愛咪，現在照顧愛咪，愛咪是特別的人，我走。」他朝廚房走去，愛咪看著他離開。

我搖搖頭。「抱歉，三明治會很恐怖，先跟妳說一聲。」

愛咪說不介意。我接下去說：「愛咪，我想問妳，妳離開前要我把阿唐當垃圾扔掉，可是妳現在對他的態度為什麼改變了？」

她低頭看著那杯茶。

「班，我們從十月就分手，你變得不一樣了，我看得出來。」

我點頭。

「我也是……現在一切都變了。」她略作停頓。「你那個時候在國外跟我講電話，你說有想到我。我也有想到你。」

「真的？」

「是啊。我還想到阿唐，因為想弄清楚你為什麼要那樣做。我是指帶他回家，旅行結束又再帶他回來。」

「妳繼續說吧。」

「我開始思考，你一定是看到他有什麼特別之處，而我沒看到。也許你去出國不是全為了自己。然後你把旅行中的所見所聞告訴我們。在聖誕節那天，大家應該都理解到他很特別。你從頭到尾像是爸爸一樣對待他，即使你老是說你不懂怎麼跟小孩相處。他剛剛把我的外套拿去暖氣那邊烘乾，我就知道了。」

「知道什麼？」

「他不只是一個金屬盒子。」

我還沒來得及回應，阿唐便端著一個碗回來，裡頭是兩片起司夾著一塊麵包。他把碗戰戰兢兢地放到愛咪的大腿上。她纖細的手握住阿唐的夾子手，又捏又壓。

「阿唐，謝謝你，這太棒了。」

阿唐提出一個問題：「愛咪有兩個心跳多久？」

愛咪對他微笑，再轉頭看著我。

「才三個多月。」

26 隱藏技能

「對不起，跟班說謊。」我們坐在露臺上發抖時，阿唐說。我自己在外頭待了好一陣子，他才來找我。八成是愛咪派他來的。

「沒事啦，阿唐，你沒說謊。」

「但是我沒有告訴班。」

「沒關係。可是你怎麼會知道？」

「聽得見。」

「你能聽到心跳聲？」

「對。」

「你有超音波聽力？我怎麼不知道？」

他搖頭。「沒有『超』。能聽到一些東西，聽到愛咪寶寶的心跳。」

「也許你有內建聲納探測器，可能連波林哲也不知道。」

阿唐疑惑地朝我眨眨眼。

「不用管，我只是想到什麼就說出來。」我忽然又想到一件事。「天啊，所以你一直會聽到每個人的心跳嗎？」

「不會，可以選擇。阿唐醒來都會聽到，不去聽，不好。」

「你可以調整聽力？隨時想關掉都可以？這太厲害了吧。真希望我也能這樣。」

阿唐有聽覺調節系統，我根本不該驚訝——認識阿唐到現在，照理說，他有什麼花招我都不會再大驚小怪才對——但他留了這一手，我不免驚嘆。我從沒見過他在頭上調整任何東西，所以一定是內部系統，某種自動校正器。

不論那是偶然或是生存技能，我已經想得太遠。愛咪走出來，到我們身旁。

「班？你還好嗎？」

「我不知道。」

「進來吧，這裡很冷。」

她哄著我走過花園的門，我們回到屋內，我接下她為我泡的茶，說是要協助我安定心神。阿唐逕自回房間睡覺。

「我在國外的時候，妳為什麼不告訴我？」

「你出國後，我一段時間都還不知道，那時候好多事情，我沒發現月經有一次沒來，第二次沒來我才注意到，而且身體也沒有不舒服。你打電話到拜恩妮家跟我講話那時候，我幾個禮拜前才得知，可是我在電話裡說不出口。這種事用電話講好像不太對。」

「假如妳跟我說了，我就會回來。」

「真的？」

我沒有吭聲，因為連我自己也不知道真正的答案。

她接著說：「我當時必須告訴你有羅傑這個人，因為我聽到你說的那些話。你要我說什麼？『嗨，班，聽著，我現在跟別的男人在一起，但是我要通知你，我懷孕了。孩子的爹可能是他，也可能是你。不好意思啦！』」

「妳那樣說的話……」

「我想在聖誕節那天當面告訴你。」愛咪說：「但是羅傑打斷我說話，之後我就找不到適當的機會。想不到阿唐發現了，如果我不小心一點，阿唐、羅傑、拜恩妮，他們其中一個會比我先講。我拜託他們都不要把這件事洩漏出去。我不希望任何人要說謊騙你，尤其是阿唐。那天對我來說壓力真的很大。」

「一定的啊。」

「請不要氣阿唐不說。」

「我沒有。本來就不該由他來告訴我。真不幸，被他發現了，我是指對他來說很不幸，他要憋在心裡。雖然他保密的功夫真的很到家。我們出去旅行，他一路上好多祕密沒講，他只在完全準備好的時候告訴我。要是妳不趕快講，他可能也會代替妳講。但如果妳要他保密，他就會盡力做到。」我垂頭喪氣地在沙發上垮下來，暫時一語不發，盯著天花板。

「我不知道哪件事比較嚇人——妳懷孕了，還是妳不知道小孩是我的還是羅傑的。」

「我理解。」

「我很懷疑，愛咪，妳哪裡能理解？而且妳怎麼會不知道是誰的？」

「嗯……時間有點重疊。」

「太好了。」

「拜託，我說對不起了。我不是來要求你做什麼，真的不是。我只是覺得你應該要知道。」

我點頭。

「也許我這樣講你心情會好一點，我希望小孩是你的，我打從心底覺得是你的。」

「妳什麼時候變得這麼多愁善感？」

她露出笑容。「是啊，懷孕引出了我溫柔感性的一面。」

不管怎樣，這解釋了她對阿唐態度的轉變。

「我希望有自我成長的機會，在當爸爸前把人生整頓好。我目前還沒辦法養小孩，我不想傷害任何幼小的心靈。」

「班，你從九月就開始照顧小孩了，只是你沒意識到。」

我想了想。

「妳沒搞錯吧？妳認為我能當個稱職的父親，只因為我一直在照顧機器人？」

「我以前認為阿唐只是你疏遠我的藉口，你只是想找事情做來殺時間。沒想到他會幫助你這麼多。」

「我也沒想到。好啦，話說回來，羅傑知道後覺得怎麼樣？」

她鼓起臉頰。「跟你差不多吧。」

「妳是不是也跟他說一樣的話，妳打從心底覺得小孩是他的？」

「班，你太過分了。」

「妳一定理解我為什麼這麼講。」

「對，我理解。實際上，你的態度比他好。可能是因為他不認為那是他的小孩。」

「假如妳查出誰是爸爸了，妳會選擇跟孩子的親生父親在一起嗎？」

「我不知道，班。事情不是二選一那麼簡單，對吧？」

「是啊。那妳為什麼說希望小孩是我的？」

「因為我認為你會是比較稱職的好爸爸。」

「哈哈，妳很會說笑話。」

「我沒在開玩笑，我是認真的。」

「可是我沒有工作，自己都顧不來。我沒有把妳照顧好，不是嗎？」

「人生不是只有工作，其他的也很重要。」

愛咪懷孕期間經常來找我和阿唐。她從來沒有帶羅傑來，雖然她偶爾會講到他。

我看著窗外的柳樹，三月的風掃過枝條，我在考慮是否要在垃圾桶被吹倒前去拿進來，這時她說：「我怎麼說他就是不願意準備嬰兒房，他好像不感興趣。我一直告訴他，時間緊迫，寶寶要出生了，但他就是不在乎。我不知道他為什麼要我搬過去。現在這樣子，我還不如自己出去住。」

「他一定在乎，大概只是有點緊張。我也是，我們都很緊張。」

「對，我知道，但你會實際動手做事，比如泡茶給我喝、協助我練習呼吸。我只是問他想要原木色嬰兒床，還是白色的——這問題是會給他多大的壓力？」

「不然我過去幫忙布置嬰兒房，這樣妳會不會比較安心？」

兩天後，她大半夜裡驚慌失措地打電話給我。羅傑又不在家。

「寶寶不會動了！」

「愛咪，冷靜點。上次胎動是什麼時候？」

「我不知道，我在睡覺。」

「也許寶寶也睡著了。」

「如果不是呢？羅傑不在家。」

「妳要過來嗎？」

中間靜默了幾秒。

「好。」她說。她聽起來像阿唐說話。

愛咪到的時候是凌晨四點鐘，我還穿著睡袍，不過我已經燒了一壺水。門鈴聲把阿唐吵醒了，他哐噹下樓，查看是怎麼了。

「發生什麼事？」

「愛咪來了，她有點擔心寶寶，沒事啦。回去睡吧，阿唐。」

「為什麼擔心寶寶？」

「我一段時間沒有感覺到有動靜，阿唐。我看有人說如果幾個小時沒有動就應該去醫院，他們會檢查心跳。」

阿唐緩慢拖著腳步走到她面前，伸出夾子手放在愛咪的手上。

「寶寶沒事。聽到心跳，力道很強。寶寶睡覺。長大很累人，需要睡覺，愛咪也需要睡覺。」他微笑，稍微停頓後又說：「喔，但是寶寶現在醒來。」

彷彿要證明阿唐是對的，愛咪感覺到寶寶翻了一個身。

從那之後，愛咪就不想和阿唐分開了。她盡量不去過度煩惱，但知道阿唐能判斷寶寶是否健在，她就放心許多。

愛咪開始請產假時，阿唐也和她一起去參加準父母互助會。他很享受自己在聚會上的新任務，他是準媽媽們的定心丸。他會輪流走到每位孕婦面前，告知她們肚內的寶寶心跳有多快。他甚至診斷出雙胞胎，那位媽媽和負責她的醫療團隊都沒發現。

「班。」兩週後的一場早餐聚會結束，他叫我。

「阿唐，你說。」

「阿唐長大後可不可以當助產士？」

我不知道該怎麼回答。

27 委屈「球」全

「星期天打高爾夫球怎麼樣？」

羅傑突然打電話過來，想實踐他的「諾言」，要帶我去打高爾夫球，打完吃晚餐。

我本來希望他已經忘記那回事。

「喔，我星期天有空，可是星期一早上有面試，我們不會拖到太晚才結束吧？」

「面試？你終於決定要找工作啦？」

我深吸一口氣，沒有被他的揶揄激怒。

「我想回去讀獸醫學校，但是愛咪今年需要我幫忙。」我反駁。「如果他們同意，我希望九月回去。」

「好吧，祝你好運，希望他們不介意你離開那麼久。」

「謝謝，應該沒問題。」我說。

你這個王八蛋。

「所以要不要打球？」他講回原來的話題。

「星期天可以去。」

「讚啦。」

聖誕節過後的冬天相對溫暖，到了復活節卻下起春雪來，反常的氣候令許多人有種冬天還沒走的錯覺。我不清楚什麼原因，可是羅傑認定現在去打高爾夫球再合適不過了。

「有積雪還能打球嗎？」

「喔，不用擔心，到時候就融化了，現在是四月。而且整座球場的草坪底下有暖氣系統，所以會員一年四季都可以打。」

「整座球場底下都有暖氣？哇，一定很高檔。」

「沒錯，是會員限定的豪華俱樂部。你有球桿嗎？」

嗯……我有球桿嗎？爸媽退休後迷過高爾夫球一段時間，但是當爸爸發現他的差點（註10）成績比媽媽的還糟，差距還越來越大，他便認為「反正這種運動很愚蠢」，於是不玩了。不知道他有沒有把球桿留下來，有的話會擺在閣樓裡，跟他的網球拍和釣魚竿當鄰居。

「我不確定，我再跟你說吧。」

「好喔，大哥，沒問題。我有一套備用的。這樣吧，不管你有沒有找到，我備用的就放到車裡，我的後車箱絕對夠大。」

我咬牙切齒。我告訴自己：為了愛咪也要撐過去，我要讓她開心。

「那你會帶桿弟嗎？」羅傑接著說。

「我需要嗎？」

「你不一定要有，但是我的機器司機也兼做桿弟，所以我會有。」

「你等一下。」我把手機從耳邊移開。「阿唐，你在哪？」

「這裡。」他的聲音從屋裡某處傳來。

「這裡是哪裡？」

「這裡。」

註10　差點（handicap），打高爾夫球平均總桿數與標準桿數的差距值，以衡量個人技術實力。比賽時，不同程度的選手會依其值分配出賽。

「好吧，你聽得到我說話嗎？」

「聽不到。」

「阿唐，不要這樣。」

我聽到哐噹聲靠近，阿唐出現了。

「現在更清楚聽到班。」

「你星期天早上想出去嗎？」

「哪裡？」

「跟羅傑一起打高爾夫球。」

「高爾夫球是什麼？」

「一種球類運動……我等一下再解釋。你想不想去？」

「跟……羅奸？」

「阿唐，別人名字不要亂叫。」

「班那樣叫。」

「對，但那不是重點。拜託，跟我一起去，不要放我一個人跟他整天相處。」

阿唐嘟起嘴巴。「好——我去。」

我把手機舉回耳邊。「說好了，我會帶桿弟。」

「讚啦。我九點開車去接你，除非你車子拋錨的問題已經解決了。」

他掛斷電話。阿唐歪著頭。

「桿——迪是什麼？」

羅傑今天過得非常不順。他的機器司機兼桿弟好像吃錯藥，突然失控暴走，把球場和會館都砸了。羅傑的保險公司還必須派人來把他壓制在地後拖走。帶給愛咪這個壞消息的人不知道會有什麼下場，我們兩個都不想親身體驗。

「你要搭便車回家嗎？」我問他（我們早上是各自開車來的）。我們正往俱樂部外面走，跟這個地方永別——我們被列入黑名單，終身禁止再踏入一步。

他需要我載，我不應該這麼高興。幸災樂禍的心態實在不可取，但也有例外——對偷走我老婆的人就不用客氣了。

儘管這樣說，我還是有點同情他，因為那種鳥事通常會發生在我身上。阿唐自己坐在後座哼哼唱唱，好似剛剛度過了最美好的一天。

我靠邊停車，愛咪打開大門，雙臂交抱在大肚子上，身體倚靠門框。羅傑不知道該如何是好，所以他繼續坐在車裡，並為今天的意外道歉，說改天再補償我。

「喔，真的沒關係。」我體貼地說。我從後照鏡裡看到阿唐臉上掛著燦爛的笑容。

羅傑局促不安地摳著褲子上的毛球。

「你遲早還是得進去。」我說。

他點頭，下了車。我看到他跟愛咪說了幾句並想親她，她卻馬上別過頭，快步走來跟我講話。她探入車窗。

「謝謝你載他回來。我快氣炸了，這下會花很多錢。我跟他講過機器司機只能開車，不能做別的事，他偏偏不聽。」

「不要客氣，反正阿唐喜歡坐車到處繞繞。」我說。

她對我展現甜美的微笑。「我們回頭見囉？下次吃午餐？」

「好啊，愛咪，沒問題。」

「我再打給你。」她說。

我按下按鈕，等待車窗關上。

「我現在很慶幸自己不是羅傑。」我跟後座的阿唐說，而且我沒在開玩笑。愛咪已經有所改變，但發飆起來還是隻可怕的母老虎……懷孕時更加凶悍。

我之後便鮮少見到羅傑。

雖然高爾夫球日泡湯了，那卻使我省思該怎麼與阿唐多多相處。他的嗜好包括打電動、看電影、看電視，他特別喜歡寵物相關的節目，他還熱愛看馬，可是我想和他做點別的，一些更動態的活動。隔天我帶他去公園玩傳接球，不過跟玩雪和拼字遊戲一樣，他無法理解。他好似不明白「樂趣」這個概念。

我把球丟給他，球砸到他的頭，彈了開來，落到他身旁不遠處。他不爽地看著我。

「阿唐，你應該要接住。」

「為什麼？」

「因為好玩啊。」

「我不懂。」

我停下來思考：他為什麼不理解？我要怎麼解釋？

「還記得我們去搭玻璃底船嗎？看得到魚的那艘。你喜歡對吧？」

「對。」

「記得你有什麼感覺嗎？」

「記得。」

「這是一樣的，我們傳接球是要你有搭船時的感受。」

搭玻璃船的快樂回憶對現況幫助不大。機器人看上去更加困惑。「球是魚？要假裝球是……魚？」他重重跌坐在草地上，外蓋彈開來。

「阿唐，你讓我把蓋子修好吧。」

「不要。」

我在他一旁潮溼的草地上坐下。「傳接球像是在玩遊戲……像《東拼西湊》。你還記得《東拼西湊》嗎？」

「記得。」

「桌遊會使人快樂。」

「為什麼？」

我把手放在他的方塊小腦袋上，嘆了口氣。我意識到這樣行不通，我沒辦法解釋《東拼西湊》哪裡好玩，因為我自己就討厭那個鬼遊戲。

「不然舉這個例子好了，去東京的飛機上，你玩的電動……角色互相踢來踢去的那款。」

阿唐眼睛一亮。

「你玩得很開心，記得嗎？有些人玩傳接球或《東拼西湊》會有那種感受。你現在懂了嗎？」

「哪些人？」

「什麼『哪些人』？」

「哪些人喜歡玩傳接球和《東拼西錯》？」

「我不知道誰，就一些人。那不是重點啦。」

「重點是什麼？」

「重點是每個人喜歡不一樣的東西。有些人喜歡球類運動，有些人不喜……」

「是哪些人？」

「我不知道，阿唐，可能是一些我不認識的人，你就不能接受這個講法嗎？」

「班怎麼知道他們喜歡？」

「什麼『我怎麼知道』？」

「班不認識人，也許是因為沒有人喜歡玩。也許班是錯的，也許不好玩？」

我敗給他了。

「阿唐，要不要回家看電影？」

「要！」

選《魔鬼終結者》真的是失策。我以為阿唐會感興趣，但他看起來只是在擔心受怕。影片播了幾分鐘，我決定要看別部。

「班為什麼停止電影？」

「因為太可怕了，阿唐，你可能不會喜歡。」

「我下次再看？」

「說真的，阿唐，你會更喜歡別部電影，我保證。」

「我們現在不看電影？」

「當然要看啊……只是換一部。」

「哪部電影？」

「《星際大戰》。」

「《燻雞大戰》？」

「《星際大戰》。」

他再複述一遍，這次講對了。

「不過有很多集，可能要分成好幾天才能看完。」

「很多部電影？」

「對。」

「有多少？」

「我不知道，好像有十二部。我沒特別在追。」

「阿唐為什麼會喜歡？」

「因為有機器人。專心看吧，你會懂我的意思。」

「好──的。」

阿唐專心看了一兩分鐘後大叫：「看！金色仿生人！嘻嘻嘻嘻嘻嘻！嘻嘻嘻嘻嘻！嘻嘻嘻！」

「那不是要讓觀眾笑的，阿唐。」我說。但從阿唐的角度來看，那應該很好笑。

他看得更入戲時，不再狂笑，還漸漸成為片中機器人R2—D2的粉絲。每當他可能受到傷害，阿唐會變得非常激動。我們第一部片看到了後段，他已經崩潰了，認為他的銀幕英雄會永久損壞，我只好安撫他，說之後不會有事，他才不躲在夾子手後面看。我們看完《四部曲》和《五部曲》，我一邊上網偷偷買了R2的海報，要送給他貼到房間牆上。

我大半夜被吵醒，因為客廳裡傳來一陣騷動，伴隨著隆隆低鳴，還有驚叫聲。那是金屬般的尖叫，所以絕對跟阿唐有關，不知道他在搞什麼東西，但我還是先從床頭櫃上拿起武器——喝了半杯的熱巧克力，再走下樓。

我發現機器人畏縮在沙發後面。螢幕上在播終結者被對手壓爆的那段。阿唐不斷尖叫，驚恐地重踏地板，我關掉電視，他終於靜下來。

「阿唐，你搞什麼？我叫你不要看這部了。」

我坐在沙發上，試著說服他到前面。

「沒事的，小老弟。看——不見了。」

他從沙發頂端偷瞄黑色的螢幕，哐啷繞出來，坐到我旁邊。

「你為什麼要看？」

他什麼話也沒說，擺了一張苦瓜臉，看著地板。

「阿唐，我不給你看不是要欺負你，是怕你看了會太緊張，所以我才換片子。」

「的確緊張。」

「看吧，我沒說錯。」

「人類為什麼要和機器人打架？」

「嗯，因為他們是壞蛋機器人，專門來傷害人類，好嗎？他們在阻止壞蛋。」

「沒有好機器人……不公平。不是現實。」

「我知道，但你可以把劇情想成是生化人和人類嗎？不要想說是機器人和人類。」

他摳著大力膠帶。「也許可以。」

我知道用這種手段解決問題不太道德，可是現在是凌晨兩點鐘，我只想回去睡覺。

「沒事了吧？你能回去睡嗎？」

「對。」

「很好。」我從沙發上站起來，看我的拖鞋在哪裡。

「班，等一下。睡不著，阿唐睡不著。」

可惡！就差一點。

「你說沒事了。」

「還是害怕。」

「怕什麼？」

「人類壓扁阿唐。」

我又坐回去。「沒有人會來壓扁你，阿唐。我保證，我會阻止他們。」

「阿唐跟班睡覺？」

「喔，這樣不行，阿唐，你要能夠在自己的房間裡睡。」

他雙手抓住我睡袍一角。「不要，拜託、拜託，班，拜託你……拜託！」

「喔，好吧，只有今天晚上是特例。」我的腳滑回拖鞋裡。「走，一起去睡。」

28 陣痛期

七月一日，早上七點二十九分，邦妮・艾蜜莉亞呱呱墮地，體重適中，三千兩百克。母女均安。那是精簡版——用來當作出生喜訊，傳給拜恩妮、羅傑、愛咪老闆和愛咪的家人。未刪減版就更加刺激。

當天晚上，我努力改造空房間，要重新整理出一間嬰兒房，以免愛咪以後來訪，寶寶需要有個地方睡覺。我這幾天已經把房間漆上中性的顏色（愛咪不想提早知道寶寶的性別），我還去了附近的嬰兒用品店掃貨，因為我不知道自己在做什麼，所以全部都買了。

阿唐有盡力幫忙，可是他的畫畫風格屬於印象派，不符合嬰兒房的主題，於是我請他當茶水小弟。自從拿了箱子給他站在上面，他廚房的家事越做越順，廚藝進步一大截。嬰兒房在快午夜前完工，我期待可以睡上一晚好覺。

凌晨兩點鐘，手機響了。

「我的羊水破了。」

「羅傑呢？」

「出差了。他不接電話。」

「真會挑時間。」

「還用你說嗎？」

「妳每次宮縮間隔多久？」

「還沒感覺。」

「我沖個澡，馬上出門。」

「什麼？」

「沖澡。我不要全身髒兮兮過去。」

「班，小孩要出來了。我不覺得寶寶會在乎你乾不乾淨。」

「那好吧，我穿好衣服就走。」我正要結束通話，又聽到愛咪的聲音。

「班。」

「怎麼樣？」

「帶阿唐來。」

「嗯……好，如果妳希望他在。」

「對，我希望那樣。」

我在屋子裡跌跌撞撞，還沒完全醒來。我到廚房泡了杯咖啡，然後去叫醒阿唐。他喃喃抱怨，夾子手往我的肚子推。

「班不要吵阿唐。」

「不行，小老弟。愛咪要生了。她需要你。」

「為什麼？」

「我不知道——你可以安撫她吧？」

「但是有醫院在。」

「我知道，但她希望你陪她，好嗎？我知道現在是大半夜，可是她請你過去。我甚至覺得你有在場還比較重要。」

「羅奸在哪裡？」

「他不在。」

「在哪？」

「羅傑在哪不重要，好嗎？有我們在，我們要去協助愛咪，因為我們愛她，對吧？」

「對。」他回答，隨即滾下沙發床，撞到地上，發出一聲哐噹巨響。他站起身來。

「我現在走。」

「好，我先燙一件襯衫。」

阿唐對我眨著眼睛。

「我要燙襯衫，我還沒穿好衣服。」

「班為什麼要襯衫？任何衣服不是都可以？」

「這是重要的一天，我要看起來夠體面。」

「阿唐覺得不用。」他一眼不眨地盯著我，我這才恢復理智。

「我在想什麼？愛咪不會在意我穿什麼吧？」

就在這個時候，我的手機又響了。

「你們在路上了嗎？」

「還沒，我們很快會出門。」

「怎麼還沒？你說不會去洗澡了！」

「我沒有。我是在叫醒阿唐。」

「他要過來了吧？」

「對、對，沒錯。」

「你確定？班，我需要他，我不能沒有他。」她哭了起來。

這是哪招？愛咪完全沒有意思要找兩個可能是爸爸的人，她甚至還沒提到拜恩妮，卻一定要那個老式機器人在旁邊。歷經九個月，我們確實邁進了一大步。

「愛咪，聽我說，阿唐要過去了，我們都會去，我們很快會在妳身邊。」

「我該怎麼辦？」

「嗯……他們產前課教妳什麼？」陪愛咪去上課是羅傑難得跟她去做的一件事。

「他們說要挺直身體，深呼吸，不要驚慌。」

「好，就那樣做。」

「我會盡力。」

「去坐到那顆大球上面。」

「好主意。」

我們在途中，愛咪傳訊息說她大門沒鎖，我們到的時候可以直接進門。

「愛咪，妳在哪？」

「在這裡。」

「這裡是哪裡？」

阿唐指著樓上。

「阿唐，你能聽到寶寶的聲音嗎？目前還好吧？」我們爬樓梯上去時，我問道。

「還好。」他說。我奔向愛咪的房間，放阿唐在後面照自己的速度走。

我在新布置好的嬰兒房裡找到愛咪，她平躺在羊皮地毯上，正在滑手機。

「愛咪，妳還好嗎？妳在做什麼？為什麼躺著？」

「我在玩遊戲。」

「妳什麼？」

「你叫我保持冷靜，我乾脆就專心玩手遊，不去想其他的。我剛剛創了個人最高分紀錄。」

「我不認為……」我開口說話，但愛咪瞪著我。我在那一刻明白了，她分娩時，我的一言一行不管怎樣都會是錯的，所以我應該臨機應變，碰到什麼難題，出什麼對策，盡我所能去解決。

「我在球上坐了一下，覺得無聊。」

「正常的。」

「還有啊，我開始宮縮了。」

「什麼？」

她解釋幾分鐘前有過一次輕微的宮縮。

「妳非常冷靜。」

「我在玩遊戲。而且我知道你們在路上了。」

我覺得我很難在整個陪產過程中跟上愛咪的情緒變化，所以我沒說什麼。

「我還是沒有聯絡到羅傑。」

「我們會繼續試。」我說。但她頓時翻身到側躺的姿勢，手機掉到一旁，她的臉因疼痛而扭曲。

「妳還好嗎？」

「好你個頭，白痴，我他媽的在生小孩！」

我伸手揉她的背。

「你他媽別碰我。」

我立刻舉起雙手，猶如碰到了銀行搶匪。接著，阿唐到了她身邊。

「愛咪很好，寶寶很好。愛咪要呼吸。」

兩分鐘後，宮縮停了。

「抱歉。」悶痛結束後她說：「我沒有給你咖啡什麼的。我去泡一杯。」

她試著起身，我扶她坐好，可是我絕對不會讓她靠近滾燙的開水。

「說真的，愛咪，妳現在有更重要的事要處理。不用擔心咖啡。」

她點頭。

「但我們可能要送妳去醫院。」我提出這個意見好像在冒生命危險，因為愛咪很可能又變臉。她同意了，說我們應該先打電話。

「我去打。」我自願幫忙，愛咪卻搖頭。

「他們喜歡媽媽打電話，他們才能判斷宮縮的強度和間隔。」

我點頭，拿起她的手機，幫她找到電話號碼。

「小心點，不要碰到遊戲，我按了暫停。我不希望現在的分數沒了。」

愛咪和護理人員對談，她仔細說明身分、懷胎幾個星期（快三十九週），以及宮縮的情形。一分鐘後，通話結束。

「怎麼樣？」

「他們說收縮程度和頻率還不到，先不用就醫。他們建議泡個澡。」

「真的？」

「可以紓解疼痛。」

「好，我幫妳放水。」

我思考片刻。「要我陪妳在浴室裡嗎？」

她皺眉頭。「當然要啊，那是什麼問題？」

「只是，我們不在一起了……也許妳不希望我看到妳的裸體。」

「班，我跟你說，你會在現場迎接這個小孩出生，你會看到嬰兒從我的陰道裡出來。給你看我脫光泡澡根本沒什麼。」

我原本蹲在地上，現在站起來，而愛咪又發生一次宮縮。我不確定該怎麼辦。愛咪看我發愣，於是提供明確的建議。

「站在那邊做什麼？拿止痛藥給我，然後他媽的去放洗澡水！」

愛咪在浴缸裡泡了幾個小時，準確來說是四個小時。我和阿唐坐在旁邊，隨時幫她加溫水。每當她感覺到宮縮要來了，我們會移開特別挑選過的香氛蠟燭，不要讓她碰到。宮縮發生時，她不准我跟她有接觸，但阿唐可以用夾子手撥開她臉上的頭髮（他不會戳到她的眼睛），並用溼涼的法蘭絨毛巾輕拭她的前額。

宮縮沒有發作時，我說她看起來不錯。她虛弱地微笑，我看得出這種讚美使她心情愉快。我起身離開去泡咖啡，由阿唐陪她，因為她執意要求我去。我回來時帶了一些不同的食物供她選擇。

「我讀到說孕婦分娩應該試著吃點東西。」

「我不想吃。」

「請妳試試看，吃根香蕉吧。」

「班是對的。愛咪，香蕉。」阿唐說。

她勉強吞下水果，又是另一陣宮縮。

「阿唐認為現在去醫院。」機器人說。

「我很好，阿唐。」愛咪回答：「我在浴缸裡很開心。」

「愛咪，阿唐說得對，收縮間隔已經很接近了。我們應該直接去醫院。」

「既然阿唐這麼認為，我們就走吧。」她撐起身體，我扶她踏出浴缸。

「我去拿妳的浴袍。」我走到浴室外。

「班。」她叫道。

「怎麼了？」

「我感覺到頭了。」

我相當激賞她在車上的沉穩態度，她掌控住宮縮的陣痛，表現出冷靜的愛咪，我就知道她做得到。我趁著兩次宮縮之間的空檔那樣跟她說。

「我是在努力撐住，不要讓寶寶這麼快出來。」她告訴我，而我臉上的血色瞬間流光。

我們抵達醫院，儘管我嚴重抗議，我們還是先被引導去做檢傷分類。值班的助產士對我們展露溫暖的微笑，問我是不是爸爸。

「對，當然啊。」愛咪說。我聽到不禁有些喜形於色。助產士接著低頭看阿唐。

「這是你們的嗎？」

「對。」我告訴她。

「機器人不應該進來這裡，也許它可以在外面等？」

我正要爭辯，愛咪已經搶先反駁。「不行。」她凶狠地說，說完伸出手給阿唐牽著。

助產士打消了叫阿唐離開的念頭，詢問愛咪是否能試著提供尿液樣本。愛咪立即從助產士手中搶走裝樣本的瓶子，把它扔到診間角落的立櫃上。

「我感覺到寶寶的頭。」愛咪沒有大小聲或咒罵，她語氣中透出的威嚇已經足以震懾這位助產士。我敢肯定她贏了那麼多場官司，她這種氣勢逼人的語氣是致勝因素。

「好吧，躺到床上，我們來看一下。」助產士說著，邊把小隔間裡的窗簾拉到診間另一側。愛咪扯去身上的衣物。

助產士看一眼赤身裸體的愛咪。

「快！」她大喊：「有寶寶要出來了，給我接生工具！」

我往下看，果然——嬰兒的頭。

「寶寶的頭出來了，愛咪！」我說。阿唐站在愛咪的頭旁邊，用手整理她的頭髮。他看我一眼。

「妳能給她止痛藥嗎？」我問助產士。

「恐怕已經來不及了。不要擔心，幾分鐘就結束了——你馬上會看到。」

我和阿唐分別握著愛咪的一隻手，不過他比我更能承受愛咪施加的力道，儘管我覺得痛，我還是努力不表現出來。

幾分鐘後，多出了一個小寶寶，是個小女嬰。我立刻知道她是我的孩子。

訪客探視時間再過一小時就要結束，羅傑終於現身醫院——邦妮都已經在媽媽肚子外待了將近十二個小時。愛咪請我和阿唐先迴避一下，她要和羅傑談事情。

「他出差是去哪啊？」我們去買我的咖啡時，我對阿唐說：「吐瓦魯嗎？」

「不對，是噗哩貓斯。」

「普利茅斯？你怎麼會知道？」

「愛咪說的。她說：『噗哩貓斯有什麼特別？羅奸為什麼不能來？』」

「哎喲，看來有人要失寵了。」

「對。」他對我微笑。

「阿唐，我知道我們不喜歡羅傑，可是希望別人過得不順，這樣很壞心。」

他摳著大力膠帶，我又說：「但我還是忍不住覺得有點高興，不是只有我達不到愛咪的期望，至少我沒有做過那麼糟糕的事。」

半小時過後，愛咪傳訊息給我，說羅傑離開了，她想要我們在醫院趕人前過去。

「愛咪，羅傑怎麼了？」

她不自在地動了動身體，緊緊抱著邦妮。「他離開了。」

我一定是滿臉問號，因為愛咪接下去解釋。

「我是指正式離開。他從來就不希望當爸爸，他根本不想認真經營任何關係。我跟他有相同的社會地位，他可能只是把我當成炫耀身分用的戰利品。」

我提議說要去修理他。

「你真好，班，但是那樣幫助不大。」她含著淚說：「不過還是謝謝你。」

「可是，妳和邦妮呢？他把妳們趕出來了？」

「還沒有。他說我可以有幾個禮拜的緩衝期。」

「他這個時候才變得這麼善解人意。」

「我們都知道他是哪副德行。」

「我要去跟戴夫談談，告訴他謹慎選擇朋友的重要。」

「你可能要排後面了，拜恩妮一定會搶頭香。」

「愛咪，我希望妳不要誤解我現在要說的……可是妳和邦妮願意搬回哈雷溫南嗎？」

「但……但是我甩了你。你為什麼還要我搬回去？」她的臉頰已經淚痕斑斑。

「愛咪，從那之後發生了很多波折。我不是說要復合，只是……妳們都搬來會很好。我有準備日常生活的必需品——我是說，給寶寶用的。我為她布置了嬰兒房……以免妳來找我的時候寶寶沒地方休息。還有啊，我可以去羅傑那邊拿妳的東西，你就不必再看到他。」我越講越小聲。

「你準備了嬰兒房？」

我點頭。愛咪拿起我一隻手到她面前，印在雙脣上。

「那是我聽過最美妙的一段話。我們很樂意搬過去。」

接下來二十四小時，我在屋裡忙著打掃，阿唐也來幫忙，到處揮舞雞毛撢子。在我去醫院接愛咪和邦妮前，除了天花板外，房子兩層樓的起居空間都已經一塵不染。

「我待在這裡。」我正要出門，阿唐跟我說：「我要幫愛咪和邦——妮做三明治。」

「邦妮暫時只能喝母乳，阿唐，不過還是謝謝你喔。」

他微笑，哐噹作響地走向廚房。

我們前腳踏出醫院，愛咪馬上說：「我好期待可以喝香檳。」

「愛咪，不要忘了，能當媽媽是上天賜予的禮物。」我以最溫柔的語氣訓誡，她朝我手臂揍了一拳。

「妳可以喝一小杯，到家就拿給妳喝——妳應得的獎賞。我還準備了一些布利起司和燻鮭魚，妳有胃口可以吃。」

「喔，我想到了！拜恩妮和戴夫送給我們的香檳，慶祝結婚週年的那瓶，開來喝吧！」

「嗯，這個嘛……」

阿唐第一次看到愛咪哺乳，他大為驚訝。這邊真的要稱讚一下愛咪，她非常有耐心，雖然她和阿唐已經成為密不可分的朋友，但是機器人一直盯著她胸部看，她難免不太舒服。

「邦妮在做什麼？」

「她在喝奶，阿唐。」我解釋。

「喝奶？」

「對。愛咪會產生出母奶給邦妮喝。」我應該找個更好的說法。

阿唐眉頭緊蹙。「愛咪會流出母奶？」

「對。」

「愛咪故障？」

「沒有啊，你為什麼這樣問？」

「因為愛咪在漏奶。」

「喔，沒有，阿唐。」愛咪說明，伸出一隻小手摸他的臉。「母奶沒有漏，這是正常的，這樣對邦妮很好。」

他驚訝地眨了眨眼睛。

她接著說：「對了，你能上樓幫我拿集乳瓶嗎？在嬰兒房裡。」

「集乳瓶？」

愛咪解釋完集乳瓶長什麼樣子，他上樓去，大約十分鐘過後終於回來，集乳瓶吸附在他的腦袋一側。他還成功切下電源，集乳瓶吸著機器人的空氣母乳，因此製造出一種奇怪的吱嘎吸吮聲。

「噢。」他說。

「阿唐，你在做什麼？」我和愛咪同時大叫，把邦妮吵醒了。

阿唐對我們眨眨眼，放下手中的電子控制器，集乳瓶還黏在他頭上震動。我走過去關掉電源，把瓶子從他的金屬腦袋上拔下來。

「你為什麼把集乳瓶放到頭上？」

「想知道會發生什麼事。」

「可是你為什麼要這樣做？」

阿唐聳一下肩。

「有什麼理由不試試看？」

某個星期天，我的外甥女和外甥吵著要和阿唐玩，於是拜恩妮載他們過來。他們像一對跳旋轉舞的僧侶進到屋內，如旋風般四處掃蕩，非要找到阿唐不可。他們在樓上阿唐的房間找到他，他正在反覆進出衣櫃，那是他酷愛的嗜好之一（現在完全跟女巫恐懼症無關）。我在泡咖啡，而拜恩妮去找愛咪聊天。

「我親愛的姪女呢？」我聽到這句話嘹亮地從客廳傳來，後頭接續著飛吻的聲音。

拜恩妮一逮到機會，就神祕兮兮地抓我到客廳角落講話。「你和愛咪到底怎麼了？」她低語：「我問過她，可是她不說。」

「妳是什麼意思？」

「不要裝傻了，班。她在邦妮出生那天就和羅傑分手，又馬上搬回這裡。你覺得我會怎麼想？」

「沒什麼好說的，拜恩妮。她跟羅傑分手，因為他不想當爸爸，連試都不想試。」

「你也不想當爸爸啊。」

「我現在想了。」
「那你們復合了嗎？」
「沒有。愛咪和邦妮來住，這是合理的安排。羅傑不要她們待在他家，我總不能讓她們露宿街頭。而且我確實希望她們搬來這裡。」
「所以你真的希望愛咪回到你身邊？」
「這樣講吧，羅傑出局了，我高興都來不及，可是我們的情況需要小心處理。我不想再次辜負愛咪，或是我自己。也許我們有一天會復合，但現在不是時候。」
拜恩妮擁抱我。「爸媽會以你為榮，你知道嗎？」
「但願是那樣。他們在世時，我沒什麼成就，他們沒機會沾光。真希望他們知道我變得更獨立懂事了。」
「他們會很想聽你的旅遊經歷。」
我笑起來。「一定的啊，他們自己也會做那種瘋狂的事。」
「你其實很像爸媽，你可能自己沒發現。」
「應該是吧。」
「你記得那次他們說想上太空嗎？」
「也許我們該完成他們的心願，代替他們去，也帶阿唐一起。」我停頓半晌又開口：「我希望爸媽能夠認識愛咪和邦妮。」我試著轉移話題。

「我也希望。不過呢，我跟你說，我還希望他們也能認識阿唐。他們會把他當成心肝寶貝。」

「妳真的這樣想？」

「是啊，他們會覺得他好可愛。他是大家公認的可愛機器人，看我兩個小孩多喜歡他。你眼光很準，從一開始就沒有看錯他。」

我不知道該說什麼。

「當然，我們對其他智慧機器人的態度也都要改變。我聖誕節給我們家的仿生人放一天假，我以為是個好主意，卻造成他恐慌。他隔天一直纏著我，問我有什麼家事可以做。最後我只好叫他在下雪天裡去油漆圍籬，純粹是為了讓他有事情忙。」

「不要擔心，拜恩妮，按步就班慢慢來吧。妳還不用馬上為人工智慧掀起平權運動。目前只要先好好善待他們，給予應有的尊重，這樣絕對錯不了。」

「羅傑的機器司機故障會不會就是這個原因？」

「有可能。但如果是我被迫幫羅傑開車，我也會故障。」

「好會說話啊，班——很高興以前的毒舌班沒有完全被升級版取代。」

「對，以前的我沒有全部消失，只留下會帶給我快樂的部分。」

「老實說，你沒必要跑到地球另一端去尋找快樂。」

「也許跑那一趟是必要的。」

「有幫助嗎？你現在快樂嗎？」

「我有些事還要努力，但是，對，我很快樂。」

「沒別的了，我真的只希望你過得快樂。」

29 似曾相識

姊姊和兩個小孩結束拜訪，又如一陣旋風般離開。愛咪坐到沙發上，搖著睡在嬰兒床裡的寶寶，我提出一個重要的問題：她怎麼能確定邦妮是我的小孩？

「我做了親子鑑定……所以我很確定。我在醫院跟羅傑說了。我發現他根本不想維持長期的感情關係，但他得知邦妮是你的小孩，他還是很不高興。雖然他本來就明白，不過他在那個時候才獲得證實。」

「明白什麼？」

「他不可能成為我的理想伴侶。他表面上好像符合每項條件，實際上卻沒有。」

「真有趣，我以為那是妳對我的看法。」我說。

「從來沒有那回事。」

過了幾秒鐘，她沒有說下去，氣氛變得尷尬，於是我把話鋒轉回來，又談起邦妮。

「我從她出生那一刻就知道了，我是說，妳看看她——她頭髮那麼可笑，怎麼可能不是我的小孩？」

愛咪笑了。

「我很開心，妳的心願終於實現了。」我說：「妳生了小孩。」

「班，我不想要別人的小孩，我一直想要的就是生下你的孩子。」

「真希望我能早點瞭解妳的想法。」

「真希望我有說得更直白。」

「我們從來沒有完全理解過對方，是吧？」

「是啊。」

「我不懂妳需要什麼，妳也不懂我為什麼整天無所事事。」

她點頭。「我現在懂了，你還在面對心裡的傷痛。」她默然幾秒，換了話題。「所以你要回去讀獸醫嗎？」

我看著她，有點不解。「羅傑沒告訴妳？」

「告訴我什麼？」

「我昨天早上收到一封信。」我打開書桌抽屜，拿出一個褐色大信封，遞給愛咪。

她念出信的內容：「親愛的錢伯斯先生，非常榮幸邀請您返回敝校就讀，您的復學申請已通過。杰夫・漢莫頓醫師將再次監督指導……」

她信念到一半停下來，以柔軟的手摸我的臉頰。

「班，這是好消息！」

我心中有話悶著，不吐不快，於是我在沙發上往前坐，開始傾訴。

「我在國外的時候，我以為要做出改變，妳才會回到我身邊。但後來妳和羅傑交往，我知道太遲了。我理解到重新振作起來不是為了妳，而是為了我自己。聽到妳和別人在一起，我就明白了，我沒辦法成為妳心目中的男人，所以我的目標變成了規劃往後的人生要怎麼過，以及要怎麼實現。我沒想到會有一個嬰兒蹦出來，那不在計畫內，可是我一點也不後悔。只不過九月份獸醫學校要開始上課，我希望到時候還能多照顧妳和邦妮。」

愛咪久久盯著我，她淺綠色的眼眸望入我的雙目深處。她再次綻放出笑容，俯身一吻，印在我嘴邊，沒有直接貼到我的雙脣上。她聞起來有茶香和小寶寶的味道。

我拿出所有意志力，克制住衝動，我緩緩撥開她勾住我肩膀的手臂，並往椅背靠。

「愛咪，現在不是時候。」

她面露擔憂的神色。

「我們互相傷害過對方。我不想再造成更多痛苦，為了我們好，也為了邦妮。」

「你為什麼認為我們會再傷害彼此？」

「因為妳還不確定我是不是妳理想中的對象，我甚至不清楚自己是怎麼樣的人。我們怎麼知道第二次能夠成功？」

她憂慮的愁眉染上恐懼，她咬了咬嘴唇。

我握住她的手。「我愛妳，我會為妳和寶寶做任何事，但我們都需要時間適應新生活。我不會離開妳們去任何地方……這次不會了。」我跟她說。

兩道淚痕在愛咪的臉頰上滑落。她以手腕擦掉淚水，接著點點頭。

「妳想去睡一覺嗎？我可以照顧邦妮。」我說。

「我可以去睡嗎？」她心情較為平復，漸漸變得愉快些。

「當然，妳想做什麼都可以。」我這句話是真心的。

她上樓後，我說道：「阿唐，來吧，我們帶邦妮去看馬。」

後記

這個故事是怎麼來的呢？一開始是先有名字：艾克烈・唐（Acrid Tang）。某天晚上，我和老公在討論氣味（我們家裡有新生兒），而他形容了那種「嗅覺饗宴」。我說「acrid tang」（刺鼻的酸臭味）聽起來像機器人的名字。我們兩個都笑了。

有了名字，機器人的模樣隨即浮現腦中——兩個金屬盒子疊在一起，被瘋狂科學家倉促組裝出來。接下來出現的是班，阿唐頹廢的朋友，他會帶著機器人走遍天下，尋找創造阿唐的人。到了早上，我已經知道班會在他家後院遇到機器人，這就是故事的起頭。於是我開始動筆創作。

家中的小寶寶（後來長大一些，會爬會走）提供了源源不絕的笑料。我兒子的行為模式被我應用在機器人身上，如果我不承認，那絕對是睜眼說瞎話。就算不是直接套用，也或多或少有在機器人的言行舉止上反映出來。

沒有科技的成分，機器人小說就不可能寫得出來。儘管我是科技控，我對阿唐的運作機制（他的動力來源，他會不會進食或睡覺）卻不怎麼感興趣，我反而更喜歡探究他的個性。我在創作初期便做了決定，要先發展班和阿唐的人格和關係，之後再考慮實際層面，除非那些橋段能製造出幽默。事實上，那些經常很有「笑」果，所以在班更瞭解阿唐和基礎機器人學的同時，我也進一步認識阿唐。雖然我知道如果我的機器人要符合精確的科學理論，我怎麼解釋都會很不科學。

我把阿唐設定成有同情心、有本能反應、固執，有時候甚至會使用手段操縱他人，而且這些特質都會發展到更複雜的程度，超出波林哲原先的預期，他甚至不知道阿唐有耍心機的能力。阿唐在情緒上相當敏感，映襯出波林哲缺乏敏感度。這個反派認為他創造出來的機器人會如鏡中的倒影，性格跟他很像，而那就是他的癥結所在。

有些人不太明白阿唐怎麼會有表情。我一直覺得阿唐主要是透過肢體語言來表達自己，例如興奮地蹦跳，再來就是班不時會下意識揣測阿唐可能有的反應，因此他會看到機器人的表情。我有時候會把阿唐比擬作《酷狗寶貝》（Wallace & Gromit）裡的酷狗阿高（Gromit），牠的表情和情緒是來自眼睛、耳朵和肢體動作，因為牠沒有嘴巴，也沒有使用任何語言來表達感受。

阿唐能選擇的溝通方式有更多種，但道理是一樣的。

書中沒有解釋阿唐實際上是怎麼運作，尤其是動力來源的部分，我相信有些讀者會很失望。所以我在此提供幾個可能，各位可以自行推敲——或許阿唐有班還沒發現到的太陽能板？波林哲一心想奪回那枚晶片，也許是因為那是打造永動機的關鍵？阿唐也可能只是帶走了高效能電池，本書結局後還可以持續用很久？

或許，那是另一個故事了……

作者致謝

首先，獻上我的愛與感激給我的老公史帝芬。即使家中財務狀況會不穩定，他仍然鼓勵我去實現畢生的願望——我的作家夢，但最重要的是他對我有信心，這本書才得以存在。我還要感謝我媽和其他家人朋友的支持，你們幫忙我照顧小孩，這兩年裡也從來沒有暗示我放棄這條路，或是該去找「正當」的工作（作家常聽到的那種話）。

我當然不會忘記感謝我的兒子托比，謝謝他高超的午睡工夫，留給我許多寫作時間，謝謝他準確戳中笑點的搞笑技能，我每天都笑開懷。

接下來，我要感謝我的寫作小組，索利赫爾作家工作坊（Solihull Writers Workshop），還有我親愛的 Pub Club，你們的鼓勵、友誼和指教幫助我完成了這本書。皮特、麗茲、丹、莎拉、雷，我特別點名你們！我非常榮幸經常聆聽你們的作品。

萬分感謝我的經紀人珍妮・薩維爾，她看到糟糕的初稿裡還有潛力，並幫助我磨亮這個機器人故事。安德魯納伯格聯合國際經紀公司（Andrew Nurnberg Associates）的其他出色同仁，我也好感謝你們，你們千辛萬苦地工作，把阿唐銷到全世界。

感謝我的編輯珍·羅森，助我實現成為小說家的夢想，即使當我不清楚在做什麼的時候，妳還是讓我覺得自己是個專業的小說家。謝謝Transworld出版社的優秀人才，你們把書從電腦送到讀者手中的能力實在很厲害，我超級佩服！

我再來還要感謝思想交流的聚集地——推特。過去這一年裡，我在線上結識了許多讀者和作家，他們時時刻刻提醒我，雖然作家大部分時間是一個人工作，但我們從來就不是孤獨的。

最後，我想感謝作家工作坊（The Writers Workshop），沒有他們，我不可能在寫這篇致謝文。我二〇一三年去了他們在約克舉辦的文學節，因而認識珍妮，他們直接給我上臺機會，我因此在大庭廣眾下朗讀了我的作品。參加文學節獲益良多，大家給我的意見使阿唐在字裡行間活了起來。

嬉文化

花園裡的機器人
（原名：A Robot in the Garden）

著　　者／黛博拉·因斯托（Deborah Install）
譯　　者／陳彥賓
國際版權／黃令歡、梁名儀
執 行 長／陳君平
美術總監／沙雲佩
企劃宣傳／陳品萱
榮譽發行人／黃鎮隆
美術編輯／方品舒
文字校對／施亞蒨
協　　理／洪琇菁
執行編輯／丁玉霈
內文排版／謝青秀
總 編 輯／呂尚燁

出　　版／城邦文化事業股份有限公司 尖端出版
台北市中山區民生東路二段一四一號十樓
電話：（〇二）二五〇〇—七六〇〇
傳真：（〇二）二五〇〇—二六八三
E-mail：7novels@mail2.spp.com.tw

發　　行／英屬蓋曼群島商家庭傳媒股份有限公司城邦分公司 尖端出版
台北市中山區民生東路二段一四一號十樓
電話：（〇二）二五〇〇—七六〇〇（代表號）
傳真：（〇二）二五〇〇—一九七九

中彰投以北經銷／楨彥有限公司（含宜花東）
電話：（〇二）八九一九—三三六九
傳真：（〇二）八九一四—五五二四

雲嘉以南／智豐圖書有限公司
（嘉義公司）電話：（〇五）二三三—三八五二
傳真：（〇五）二三三—三八六三
（高雄公司）電話：（〇七）三七三—〇〇七九
傳真：（〇七）三七三—〇〇八七

香港經銷／城邦（香港）出版集團有限公司
香港灣仔駱克道一九三號東超商業中心一樓
電話：（八五二）二五〇八—六二三一
傳真：（八五二）二五七八—九三三七
E-mail：hkcite@biznetvigator.com

新馬經銷／城邦（馬新）出版集團 Cite（M）Sdn. Bhd.
E-mail：cite@cite.com.my

法律顧問／王子文律師　元禾法律事務所
台北市羅斯福路三段三十七號十五樓

二〇二三年四月一版一刷

郵購注意事項：
1.填妥劃撥單資料：帳號：50003021戶名：英屬蓋曼群島商家庭傳媒(股)公司城邦分公司。2.通信欄內註明訂購書名與冊數。3.劃撥金額低於500元，請加附掛號郵資50元。如劃撥日起 10～14日，仍未收到書時，請洽劃撥組。劃撥專線TEL：(03)312-4212 ・ FAX：(03)322-4621。E-mail：marketing@spp.com.tw

國家圖書館出版品預行編目資料

花園裡的機器人 / 黛博拉．因斯托（Deborah Install）作；陳彥賓譯. -- 一版. -- 臺北市：城邦文化事業股份有限公司尖端出版：英屬蓋曼群島商家庭傳媒股份有限公司城邦分公司發行, 2023.04

面；　公分

譯自：A Robot in the Garden

ISBN 978-626-338-807-9（平裝）

873.57　　111017247